Das Buch

Als am Kirmesmontag 2014 der 72-jährige Leonard Kump an der Straße zwischen Flamersheim und Kuchenheim tot aufgefunden wird, kommt Kriminalhauptkommissar Jodokus Ellebach die Szene seltsam bekannt vor.

Eine Bemerkung seiner Frau bringt ihn auf die richtige Spur: Das Motiv liegt in Geschehnissen rund um die Flamersheimer Kirmes im Jahr 1964.

Nachdem Ellebach, sein Kollege Lothar Schaeffer und die junge Kommissarsanwärterin Caroline Mayntz endlich das Knäuel entwirrt haben, wird ihnen klar: Hier wurden alte Rechnungen beglichen!

Der Autor

Erich Koprowski, Jahrgang 1954, stammt aus der Voreifel, lebt in Köln und freut sich über Ihren Besuch auf seiner Homepage: www.erich-koprowski.de

Vom gleichen Autor

Krumme Touren (2012), *ISBN 978-3-839 135-01-3*

Erich Koprowski

Alte Rechnungen

Ein Voreifel-Krimi

Hiermit gebe ich mein kriminelles Ehrenwort, dass dieser Roman eine reine Ausgeburt meiner Phantasie ist. Alle Figuren, mit Ausnahme des Kaplans Theodor Kellermann, dessen historisch verbrieftes Wirken ich in die Handlung eingewoben habe, sind frei erfunden. Jede ansonsten auch nur entfernte Ähnlichkeit mit einer lebenden oder verstorbenen Person wäre reiner Zufall. Einige der beschriebenen Schauplätze, Gebäude und Institutionen existieren realiter. Die dort stattfindenden Handlungen sind, wie alle anderen auch, ebenfalls frei erfunden.

Erich Koprowski

Bibliografische Information der Deutschen Nationalbibliothek: Die Deutsche Nationalbibliothek verzeichnet diese Publikation in der Deutschen Nationalbibliografie; detaillierte bibliografische Daten sind im Internet über http://dnb.dnb.de abrufbar.
© 2017 Erich Koprowski
ISBN 9783743167636
Herstellung und Verlag: BoD – Books on Demand, Norderstedt

Prolog

Die weite Ebene, an deren südlichem Rand das Dorf liegt, in dem unsere Geschichte spielt, verdankt ihre Entstehung einem devonischen Urmeer, dessen Wasser an die Ufer eines Gestades schwappten, das wir heute als Eifel kennen.

Seit die Menschen sesshaft wurden, siedelten die Kelten und nachfolgend die Römer in der Gegend; der Anhang „heim" weist unser Dorf jedoch als fränkische Siedlung aus.

Tatsächlich entstand nach Abzug der Römer Ende des 5. Jahrhunderts ein bedeutendes fränkisches Hofgut, die „villa regia nomine Flameresheim", die auf dem Höhenrücken im heutigen Nachbarort Kirchheim gelegen war. Es diente den fränkischen Königen als Stützpunkt – einer sogenannten Pfalz – für ihr Visitationsprogramm, das sie mangels einer Zentralverwaltung ihres Reiches durchzuführen gezwungen waren.

Nachdem das fränkische Hofgut bei den Normannenüberfällen 881 und 892 zerstört worden war, wurde es nicht wieder aufgebaut. Die Bewohner siedelten sich vielmehr eine halbe Stunde östlich in der Ebene an. Das heutige Flamersheim war gegründet. Es folgte eine wechselvolle Geschichte, in deren Verlauf das Dorf mehrmals den Besitzer wechselte, von den Pfalzgrafen von Tomburg zum Kölner Erzbischof, von dort zurück nach Tomburg und nachfolgend zu den Herren von Ringsheim und den Herzögen von Jülich, die es verschiedenen Vasallen als Lehen gaben.

Die Franzosen beendeten 1794 die Feudalherrschaft, 1815 folgten die Preußen, die erneute Besatzung durch die Franzosen der Rheinlande nach dem 1. Weltkrieg, das „Dritte Reich" und schließlich und endlich das Land Nordrhein-Westfalen in der Bundesrepublik Deutschland.

Der heutige Durchgangsverkehr lässt das uralte Dorf links liegen und kommt höchstens damit in Kontakt, wenn er an der Tankstelle, die vor dem Ortseingang an der Umgehungsstraße liegt, einen Stopp einlegt.

Das war nicht immer so gewesen. In einer Zeit, die heute gerne die gute alte genannt wird, es aber niemals war, musste durch das Dorf, wer weiter in Richtung Eifel oder zur Ahr wollte. Es verfügte über eine hervorragende Infrastruktur, die alles bot, was die 1200 Bewohner zum Leben brauchten: zwei Bäckereien, drei Metzgereien, zwei Tante-Emma-Läden, die feilboten, was die Bewohner nicht selbst erzeugen konnten, ein Bekleidungsgeschäft, zwei Gärtnereien, zwei Friseure, ein Elektrogeschäft, ein Haushaltswarengeschäft, ein Schreibwarengeschäft, zwei Fahrradhändler, einen Hufschmied, eine Sattlerei, eine Autowerkstatt und eine für Landmaschinen, eine Volksschule, einen Kindergarten, eine Geburtsklinik, zwei Ärzte, einen Zahnarzt, eine Apotheke, eine Post, eine Sparkasse, eine Raiffeisenkasse, sechs Bauernhöfe, eine Burg, ein Sägewerk, einen Zimmereibetrieb, einen Kohlen- und Baustoffhändler, vier Kneipen und ein Kino. Im weiten Umkreis gab es kein Dorf, das derlei aufzuweisen hatte.

Viele Einwohner verdienten ihr Brot in der Lederfabrik, die ein tüchtiger Gerber im 19. Jahrhundert hier gegründet hatte. Das Auge des Gesetzes wachte in Person eines Dorfpolizisten über die Gemeinde. Für das Seelenheil sorgte das Bodenpersonal der katholischen und der evangelischen Kirche. Letztere hatte ein weitsichtiger und liberaler Burgherr im 17. Jahrhundert hier etabliert. Die dritte Religion, die einmal hier vertreten gewesen war, spielte seit dem letzten großen Krieg keine Rolle mehr.

In „braunen" Zeiten waren die Menschen israelitischen Glaubens deportiert und zum größten Teil ermordet worden. An sie erinnert heute nur noch eine Tafel an der Stelle, wo einst ihre Synagoge gestanden hatte – und neuerdings ein Straßenname, benannt nach Jupp Weiß, dem Lagerältesten des KZ Bergen-Belsen.

Die Einwohner des Dorfes genügten weitgehend sich selbst. Nur wenige verließen den dörflichen Dunstkreis, um sich in der Welt umzutun.

Alles änderte sich, als das Automobil seinen Siegeszug antrat – wobei „Siegeszug" ein Euphemismus ist. Die Motorisierung breitete sich so epidemisch aus wie eine Seuche. Sie war hochinfektiös, und niemand konnte sie stoppen. In den Jahren des Wirtschaftswunders galt als krank, wer nicht von ihr befallen war. Und wie jede andere Seuche auch, forderte sie ihren Tribut.

Neue Straßen zerschnitten das Land. Menschen, die in Köln oder der nahen, damaligen Bundeshauptstadt Bonn gutes Geld verdienten, fuhren auf ihnen übers Wochenende hinaus aufs Land. Wenn ihnen gefiel, was sie sahen, kauften sie sich ein Stück davon, um darauf zu bauen.

Rübenäcker wurden zu Bauland, und es entstanden ganze Trabantensiedlungen, deren Bewohner sich weitgehend selbst genügten. Innerhalb von 50 Jahren verdoppelte das Dorf seine Einwohnerzahl. Supermärkte und Discounter auf der grünen Wiese übernahmen die Versorgung der Bevölkerung, derweil die gewachsene dörfliche Infrastruktur nach und nach zerbröselte, ohne dass jemand groß davon Notiz nahm. War das gut oder ist das schlecht? Keiner weiß es. Die Zeitläufte sind unerbittlich, und es gibt immer Verlierer und Gewinner. Der Verlierer waren viele, der Gewinner wenige. Einer der Wenigen war der Autohändler Leonard Kump.

Dies ist nicht nur seine Geschichte.

ERSTES BUCH

1964

1

Samstag, 8. August

„Kermes, wo böste? Mir wolle aach Daach Kermes han!"

Diesen traditionellen Ausruf zur Eröffnung der Kirmes in Flamersheim hatte nicht nur der zwölfjährige Jodokus Ellebach sehnsüchtig erwartet. Als einige Tage zuvor der erste Schaustellerwagen auf dem Marktplatz vorgefahren war, verbreitete sich die Nachricht unter den Dorfjugendlichen wie ein Lauffeuer. Fortan belagerten sie den Marktplatz, um in Vorfreude zu verfolgen, welche Attraktionen dieses Jahr aufgebaut werden würden.

Jodokus Ellebach brauchte nicht weit zu gehen. Von seinem Zimmer im Bauernhaus seiner Eltern, das direkt neben der katholischen Kirche lag, konnte er das Treiben auf dem Platz beobachten. Seine Mutter erging sich derweil in einer Putz-, Back- und Kochorgie.

Sie stammte aus Altenahr, und der Kirmes-Besuch der Verwandten stand ins Haus. Oma, Opa, Tante, Onkel, Vetter und Kusine würden am Kirmessamstag mit dem Postbus, der zweimal täglich Altenahr über Flamersheim mit Euskirchen verband, anreisen und bis Kirmesmontag bleiben. Jodokus würde zu seinem älteren Bruder Wilhelm in dessen Zimmer umquartiert werden, damit Vetter und Kusine in seinem Zimmer nächtigen könnten. Oma und Opa und Tante und Onkel würden je eine Kammer zugewiesen bekommen, in der früher die Tagelöhner geschlafen hatten, die in längst vergangenen Zeiten dem Bauern zur Hand gegangen waren, und die jetzt das Jahr über leer standen.

Jodokus verfolgte, wie der Marktplatz nach und nach zum Festplatz wurde: Die Schiffschaukel wurde am gegenüberliegenden Ende aufgebaut, in der Mitte würde traditionell das Pferdekarussell seine Runden drehen, rechts und links eingerahmt vom „Krömche", einem Kramladen, der allerhand Tand feilbot und für große Kinderaugen sorgte, sowie der obligatorischen Schießbude und nicht zuletzt dem Lampenbüdchen, an dem man seine Groschen auf eine Zahl im Spielfeld setzte, die dann hoffentlich nach Drehen des Glücksrades aufleuchtete und man ein Gewinnkärtchen erhielt, das man gegen den entsprechenden Gewinn eintauschen konnte. Man konnte die Kärtchen auch sammeln und den Gewinnwert entsprechend erhöhen. Wie im richtigen Roulette gewann aber letztendlich stets nur einer: die Bank respektive der Inhaber des Büdchens. Neuerdings gab es auch eine Frittenbude, die den Gaumen der Dorfbewohner mit den bis dato noch nicht verbreiteten, in siedendem Fett gebackenen Kartoffelstäbchen verwöhnte.

Das ganze Dorf war an diesem zweiten Samstag im August auf den Beinen, um das Ausgraben des Kirmesknochens zu verfolgen, der nach uralter Überlieferung die Kirmes symbolisierte. Auf dem Marktplatz entspann sich ein lautstarkes Zwiegespräch zwischen Leonard Kump, dem Vorsitzenden des Junggesellenvereins, dem traditionell die Rolle des Kirmesausrufers zufiel, und der Kirmes, die sich in Person eines weiteren Junggesellen zwischen den Wohnwagen der Schausteller versteckt hielt.

Es ging zu wie auf dem Basar. Zunächst bot die Kirmes nur einen Feiertag an, der Kirmesausrufer verlangte sieben. Gleichzeitig stocherte er mit einem Spaten in der Erde, um den Kirmesknochen zu finden. Die Kirmes bot zwei Tage an, der Kirmesausrufer verlangte sechs. Nach und nach näherte man sich an. Bei drei Tagen wurde man sich einig. Triumphierend hielt der Ausrufer den synchron ausgegrabenen Kirmesknochen, die gebleichte Stirnplatte eines Ochsen, in die Höhe. Ursprünglich hatte es sich bei dem Kirmesknochen um einen Pferdeschädel gehandelt, der die Freiheit des früheren heidnischen Lebens symbolisieren sollte.

Die Dörfler jubelten und johlten. Das Tambourkorps „Frischauf" setzte mit Pfeifen und Trommeln zu „Alte Kameraden" an und sich selbst anschließend zu einem Umzug durch das Dorf in Marsch, allen voran der Fändelschwenker des Junggesellenvereins, der die mit kurzen Stangen versehenen Fahnen in die Luft warf und sie dort mehr oder weniger kunstvolle Pirouetten drehen ließ, bevor er sie sicher wieder auffing, gefolgt von Leonard Kump und der „Kirmes", die den Kirmesknochen wie eine Trophäe zwischen sich trugen.

Wie in der Geschichte von Has' und Igel war der Dorfpolizist Peter Eicks mit seinem grünen Motorroller, einer Zündapp „Bella", an den Straßeneinmündungen entlang des Zugwegs immer schon zur Stelle, bevor der Zug dort eintraf, um den so gut wie nicht vorhandenen Verkehr zu regeln.

In seiner grünen Uniform mit Tschako, Reithosen und den blankpolierten schwarzen Schaftstiefeln war der athletische dreißigjährige Polizeihauptwachtmeister eine imposante Erscheinung. Seit er vor drei Jahren den Flamersheimer Polizeiposten am Ringsheimer Weg übernommen hatte, geisterte der Junggeselle durch so manche Träume junger Frauen als potentieller Heiratskandidat. Unversehrte junge Männer, noch dazu mit Pensionsberechtigung, waren rar in jenen Tagen.

Am „Pötz", dem Flamersheimer Dorfbrunnen, der am Ortsausgang in einem Brunnenhaus an der Einmündung der Kleinen Höhle in die Große Höhle – zwei uralten Hohlwegen, die hier zusammentrafen – einstmals die Wasserversorgung der Bewohner dieses Teils des Dorfes sichergestellt hatte und dank eines modernen Rohrsystems, an das alle Haushalte anschlossen waren, nun seiner Funktion beraubt war, vollzog der Festzug eine Kehrtwende in Richtung Dorfzentrum.

Nach dem Umzug wurde der Kirmesknochen im Tanzsaal des „Flamersheimer Hofes" an der Mönchstraße als Ankündigung aufgehängt, dass jetzt einige Tage voller Ausgelassenheit und Lust anbrechen sollten. Die Flamersheimer Kirmes, gesellschaftlicher Höhepunkt im Jahreszyklus des Dorfes, war eröffnet.

2

Mindestens zwei Flamersheimer hatten sich, fast unbemerkt, dem turbulenten Kirmesgeschehen entzogen: Konrad Bell und Cäcilie Hackhausen, genannt Cilli, trafen sich bereits am frühen Nachmittag zu einem heimlichen Tête-à-tête am Bembergs Häuschen, einer Jagdhütte im Flamersheimer Wald, deren Existenz und Lage längst nicht einmal jedem Einheimischen bekannt war. Den Weg dorthin hatten sie auf ihren Fahrrädern auf getrennten Routen zurückgelegt. Während er den direkten Weg über den Hohlen Weg und der alten Brücke über den Steinbach wählte, fuhr sie den Umweg über Schweinheim. Sie trafen sich am Waldrand beim „Kohlsiefen" genannten Bächlein, und kurz darauf hatte das Grün des Waldes sie verschluckt.

Für das klammheimliche Vorgehen zweier ungebundener junger Menschen verschiedenen Geschlechts, gab es gute Gründe. Der 17-jährigen Cilli Hackhausen eilte, vielleicht nicht ganz zu Unrecht, der Ruf eines leichtfertigen Mädchens voraus, das sich gerne aufreizend kleidete und gab. Ihre Mutter war früh zur Witwe geworden, nachdem ihr Mann 1955 betrunken mit dem Motorrad auf der Schweinheimer Chaussee gegen einen der Bäume gefahren war, die seinerzeit die Straße dort noch gesäumt hatten. Sie musste sich fortan alleine um den kleinen Tabak- und Schreibwarenladen kümmern, der mehr schlecht als recht ihr Auskommen sicherte. Für die Erziehung ihrer Tochter blieb ihr nur wenig Kraft übrig. Cilli interessierte sich schon früh für das andere Geschlecht, vielleicht weil der Vater fehlte. Ihr von einer langen blonden Mähne umrahmtes porzellanfarbenes Gesicht und der wohlproportionierte weiße Körper erinnerten an eine Nymphe. Der Blick aus ihren tiefgründigen grünen Augen und der rote Schmollmund verhießen allerhand lustvolle Freuden. Verheißungen, denen sich auch Konrad Bell nicht entziehen konnte – und wollte!

Seine Mutter allerdings, die als Kriegerwitwe ihren einzigen Sohn wie ihren Augapfel hütete, durfte davon nichts wissen. Sie vermutete ihn bei den Kirmesvorbereitungen im Dorf. Dass er sein Fahrrad und eine Decke mitgenommen hatte, war ihr nicht aufgefallen.

Gertrud Bell hatte für ihren Filius, nachdem der seinen Wehrdienst abgeleistet haben würde, eine rosige Zukunft nach ihrem Geschmack vorgesehen. In ihren Tagträumen sah sie ihren Sohn mit seiner Frau, einem „anständigen" Mädchen aus dem Dorf, gemeinsam mit ihr unter einem Dach wohnend und seinem ehrbaren Beruf als Maler und Anstreicher nachgehend, während sein braves Ehegesponst ein Hausfrauendasein fristete und eine Vielzahl Kinderlein großzog – natürlich unter der Oberaufsicht ihrer Schwiegermutter.

Konrad wiederum wirkte mit seinem stillen, sanftem Wesen, seinem pechschwarzem Haar und blauen Augen, die wie geheimnisvolle blaue Edelsteine funkeln konnten, auf viele junge Frauen unwiderstehlich. Einige hatten schon dieses Geheimnis ergründen wollen, am meisten, und bislang ohne Erfolg, Margret Kessel, die ihm gegenüber wohnte – und jetzt Cilli Hackhausen.

Nachdem letztere beim „Maigeloog" von Leonard Kump als Mailehen ersteigert worden war, musste sie sich in acht nehmen. Kump betrachtete sie seither als sein Eigentum und wehrte eifersüchtig und brutal jeden potentiellen Rivalen ab. Heute war er als Vorsitzender des Junggesellenvereins jedoch anderweitig beschäftigt, und Cilli nutzte die Gunst der Stunde.

Die abgelegene Jagdhütte wurde nur einmal im Jahr, und zwar im Herbst während der Treibjagd, von den Herren auf Burg Flamersheim genutzt. Den Rest des Jahres lag sie im Dornröschenschlaf, allerdings in einem gut gesicherten. Die doppelten Türen waren fest verrammelt und mit eisernen Riegeln versehen, die vergitterten Fenster mit von innen gesicherten massiven hölzernen Läden verschlossen. In das Haus zu gelangen, war unmöglich. Die überdachte hölzerne Veranda jedoch, die auf eine kleine Lichtung hinausging, stellte für Konrad und Cilli kein Hindernis dar. Sie schoben ihre Räder in das nahe Tannendickicht, überkletterten mühelos die Brüstung, rollten ihre mitgebrachten Decken aus, und ehe man sich versah, fielen sie mit dem Ungestüm der Jugend übereinander her.

Nachdem die Hormone fürs erste erfolgreich ihre Arbeit verrichtet hatten, drehte sich Cilli von Konrad weg und nestelte aus einer Packung „Collie", die sie ihrer Mutter aus dem Laden geklaut hatte, zwei Zigaretten, zündete sie an und schob Konrad eine davon zwischen die Lippen. Auf dem Rücken nebeneinander liegend schauten sie dem sich kräuselnden Rauch nach.

„Wenn das der Leo wüsste…", sinnierte Konrad.

„Der würde dich zu Brei schlagen, und ich würde auch meine Abreibung kriegen."

„Der Dreckskerl!"

„Der erstickt mich. Komm', lass uns abhauen."

„Wohin denn?"

„Ganz egal, nur weg hier. Dieses Kaff, die Leute, Leo, das geht mir auf die Eierstöcke."

„Und wovon sollen wir leben? Du gehst doch noch zur Schule."

„Da findet sich schon was."

„Wir sind beide noch nicht volljährig. Wir können alleine nirgendwo hin. Und meine Mutter, die kann ich auch nicht alleine lassen."

„Spielverderber!"

Es war ein Paradoxon der alten Bundesrepublik, dass Jugendliche vor 1975 erst mit 21 Jahren volljährig wurden, Männer aber schon vom vollendeten achtzehnten Lebensjahr an zum Dienst in den Streitkräften, im Bundesgrenzschutz oder in einem Zivilschutzverband verpflichtet werden konnten. Da hätte auch kein Einspruch des Sorgeberechtigten geholfen, der ansonsten über das Wohl und Wehe des Jugendlichen bestimmen konnte. Im Ernstfall war es auch für Minderjährige süß und ehrenvoll fürs Vaterland zu sterben!

Eine zeitlang hingen sie schweigend ihren Gedanken nach. Dann spürte Konrad, wie eine sanfte Hand seine Brust streichelte und langsam tiefer liegende Körperpartien erkundete. Weniger ungestüm, dafür umso zärtlicher, liebten sie sich ein zweites Mal.

3

Unter den Klängen des „Laridah"-Marsches waren das Tambourkorps und der Junggesellenverein in den Tanzsaal eingezogen, was nicht so ganz einfach war, da der Saal im ersten Stockwerk des uralten Wirtshauses an der Mönchstraße lag. Eine lange und breite Holztreppe führte hinauf. Mit einem Tusch des Tambourkorps hängten jetzt der erste und der zweite Vorsitzende mit feierlicher Miene den Kirmesknochen an die vorgesehene Stelle an einen Stützbalken an der Längsseite der Tanzfläche. Tische und Stühle waren auf einem diese an drei Seiten einrahmenden Podest arrangiert, am Kopfende neben dem Treppenaufgang befand sich die Theke.

Der den Ball ausrichtende Junggesellenverein hatte die „Heartbeats", eine 5-Mann-Coverband aus Rheinbach engagiert, die, zur Freude der jungen Leute und zum Missfallen der älteren, auch schon die Beatles-Hits „She loves you" und „A hard day's night" in ihr Repertoire aufgenommen hatte. Alsbald schwofte das feierwütige Volk auf der Tanzfläche. Das Bier – „Stern" Pils – schleppten die Serviererinnen in massiven Halbliter-Steingutkrügen an die Tische, während die Luft im Saal nach und nach von Tabakrauch und Alkoholdunst geschwängert wurde.

Auch Cilli Hackhausen und Konrad Bell waren gekommen. Cilli konnte es sich nicht leisten, wegzubleiben, es wäre Leonard Kump sofort aufgefallen. Anstelle von Shorts und Bluse trug sie jetzt ein türkisfarbenes, ärmelloses Chiffonkleid, mit V-Ausschnitt an Vorder- und Rückseite und einem ihre Wespentaille betonendes Taillenband. Ihre Füße steckten in farblich dazu passenden High Heels im Pumps-Schnitt, die ihren hohen Spann bestens zur Geltung brachten. Woher sie das Geld für eine derart extravagante Mode nahm, war ein offenes Geheimnis: Sie plünderte einfach die Ladenkasse ihrer Mutter und brachte diese des Öfteren an den Rand des Ruins – und der Verzweiflung.

„Rote Lippen soll man küssen" intonierte die Band den jüngsten Hit von Cliff Richard. Margret Kessel hatte Konrad Bell zum Tanzen aufgefordert, sang aus voller Brust mit und schaute ihm dabei tief in die Augen. Doch so recht wollte er ihre Zuneigung nicht erwidern. Er schien irgendwie abwesend. Immer wieder warf er verstohlene Blicke in Richtung Cilli, die schien sich jedoch ganz auf Leonard Kump zu konzentrieren.

Um Mitternacht erschien Peter Eicks in voller Montur zur „Ausweiskontrolle" im Saal. Jeder, der noch nicht 18 Jahre alt war, hatte das Fest jetzt zu verlassen. So wollten es das „Gesetz zum Schutze der Jugend in der Öffentlichkeit" und Hauptwachtmeister Peter Eicks. Seinen Ausweis musste aber niemand vorzeigen, Peter Eicks wusste es auch so, und die Teenager fügten sich scheinbar klaglos in ihr Schicksal. Auch Cilli hatte den Saal verlassen. Im Schatten des Ladeneinganges der Metzgerei, die dem Wirtshaus gegenüberlag, wartete sie, bis Peter Eicks auf seinem Motorroller davongefahren war. Wieselflink huschte sie dann durch die durch die breite Toreinfahrt des „Flamersheimer Hofes" zurück. Wenn man wollte, konnte man hier, von den Gästen im Schankraum unbemerkt, den Festsaal betreten oder verlassen.

Mitternacht war längst vorüber, als die Band ihr letztes Lied, „Ramona" von den Blue Diamonds, ankündigte. Mit dem Zweivierteltakt konnten die wenigsten der noch verbliebenen Tänzer etwas anfangen, und statt eines Tangos schoben die Herren ihre Damen in einer Art Freistil über den Tanzboden.

Margret Kessel hatte sich wieder einmal Konrad Bell gekrallt und ließ ihn, enger umschlungen als nötig, ihre Körperkonturen spüren.

Leonard Kump presste Cilli Hackhausen derart an sich, das ihr fast die Luft wegblieb. Aber aus der Umklammerung des 1,90 Meter großen Hünen gab es für sie kein Entrinnen.

„Ich habe dich heute beim Knochenausgraben gar nicht gesehen", sagte er mit einem lauernden Unterton in der Stimme, nachdem die Musik verklungen war.

„Ich war auch nicht da. Mir war den ganzen Tag über irgendwie nicht gut, und ich habe mich zu Hause ausgeruht. Ich wollte wenigstens heute Abend für dich fit sein."

Mit eisernem Griff packte er sie am Handgelenk und schaute ihr mit stechendem Blick in die Augen.

„Ist das auch wahr?"

„Natürlich, denkst du, ich lüge dich an?", antwortete sie mit fester Stimme, die verdecken sollte, wie mulmig ihr zumute war.

„Das wäre nicht gut für dich!", drohte er unverhohlen. „Du kommst noch mit zu mir. Ich denke, der Abend ist noch nicht zu Ende…"

Ohne den Griff an ihrem Handgelenk zu lockern, zog er Cilli hinter sich her. Vom Festsaal in der Mönchstraße bis zu seiner Junggesellenwohnung über der elterlichen Autowerkstatt am Markt waren es nur ein paar Schritte.

Der Kirmesplatz lag, wie das ganze Dorf, bereits in tiefem Schlummer. Der unter einem Wohnwagen angebundene Hund eines Schaustellers ließ ein leises Knurren hören, irgendwo in der Pützgasse verklang das Knattern eines Zweitaktmotors. Wie ein Schäferhund seine Herde umrundete Peter Eicks für heute ein letztes Mal sein Dorf.

Leonard schloss das Schlupftor auf, das in das Werkstatttor integriert war. Im Inneren stieg er mit Cilli im Schlepptau die Treppe zu seiner Wohnung empor. Seine Eltern waren erst im vorigen Jahr in eines der Häuser gezogen, die im Siedlungsgebiet an der „Wolfskaule" neu errichtet worden waren. Ihre alte Wohnung samt Inventar hatten sie ihrem erwachsenen Sohn überlassen. Der hatte an der Einrichtung wenig verändert, und man hätte nicht vermutet, dass es sich hier um die Bleibe eines jungen Mannes handelt.

Der junge Mann öffnete jetzt die Klappe der Telefunken-Musiktruhe und setzte mit einem Knopfdruck den 10-Platten-Wechsler in Gang. Der Tonarm senkte sich und ließ Bernd Spier mit „Das kannst du mir nicht verbieten" erklingen, wochenlang die Nummer eins der deutschen Hitparaden im Jahr 1964.

Leonard verfolgte akribisch die Hitparadenliste, die allwöchentlich am Radio- und Fernsehgeschäft Steinwarz ausgehängt wurde. Jeden Nummer-eins-Hit musste er haben. Praktischerweise verkaufte Steinwarz auch gleich die Schallplatten dazu.

Aus dem Barfach der Schrankwand entnahm er jetzt eine Flasche Cinzano Blanco und reichte Cilli ein Glas davon. Er selbst genehmigte sich zwei Finger hoch Jim Beam in einem Wiskeytumbler und ließ sich auf der Couch nieder. Mit einem Wink bedeutete er Cilli, sich neben ihn zu setzen. Sie prosteten sich zu und tranken.

„Wenn ich herausfinden sollte, dass du mir fremdgehst…", raunte er und zog sie an sich heran.

Eine Antwort konnte Cilli nicht geben, den Leonards Mund verschloss den ihren. Seine Hände gingen auf Erkundungstour und bald begannen sie, sich gegenseitig zu entkleiden. Schließlich fand sich Cilli rittlings auf seinem Schoss sitzend. Auf dem 10-Plattenwechsler lief Siw Malmquists „Liebeskummer lohnt sich nicht".

* * *

„Bringst du mich nach Hause?" Erwartungsvoll schaute Margret Kessel Konrad Bell an. „Wir haben ja quasi den gleichen Weg."

Nebeneinander stiegen sie stumm die Treppe aus dem Festsaal hinunter und verließen den „Flamersheimer Hof" durch die breite Toreinfahrt. Sie wandten sich nach rechts und bogen dann in die Horchheimer Straße ein. Unter der spärlichen Straßenbeleuchtung erkannten sie Leonard Kump und Cilli Hackhausen, die gut 50 Meter vor ihnen gingen und am Marktplatz in Leonards Wohnung verschwanden.

Margret und Konrad passierten den Kirmesplatz. In der Valdergasse, die noch spärlicher beleuchtet war, suchte Margrets Hand die von Konrad. Er zog sie sanft weg, aber Margret fasste nach. Unter der großen Blutbuche an der Ecke zum Neuen Weg, die in ihrer bald zweihundertjährigen Lebenszeit schon allerhand gesehen hatte, verstellte sie ihm den Weg und zog ihn an sich heran. Ihre Lippen fanden die seinen. Erfreut registrierte sie, dass ihre Bemühungen die erhoffte Reaktion unterhalb seiner Gürtellinie auslösten.

„Komm!", hauchte sie und zog ihn in Richtung der Einfahrt zur Burg. Das Gesindehaus an der Ecke war zurzeit nicht bewohnt, gleich dahinter lag linker Hand die riesige Scheune mit ihren großen schwarzen Flügeltoren. Mit sicherem Griff drückte Margret die Klinke des Schlupftores nieder. Der Duft von Heu umfing sie. Nur wenig Licht drang von der Straßenlaterne, die am Haus des Verwalters den Platz vor der Scheune erhellte, durch die Ritzen der Bretterverschalung in das Innere. Nachdem sich ihre Augen an die relative Finsternis gewöhnt hatten, ließ sich Margret ins Heu sinken.

Sie streckte ihre Hand zu Konrad aus: „Komm!"

4

Sonntag, 9. August

Wer abends saufen, feiern und tanzen kann, der kann morgens auch in die Kirche gehen.
In der Wohnung über der Kump'schen Autowerkstatt schliefen Cilli und Leonard noch ihren Rausch aus, als sie vom dröhnenden Festgeläute aller vier Glocken der katholischen Kirche regelrecht hoch- schreckten. Pünktlich um 10 Uhr am Sonntagmorgen zelebrierte Monsignore Potthaus mit dem Rücken zu seinen Schäfchen nach lateinischem Ritus das Hochamt in einer brechend vollen Kirche. Akribisch registrierte die Gemeinde, wer nicht am Gottesdienst teilnahm.

„Mist, ich muss zur Messe", ärgerte sich Leonard.

Als angehender Geschäftsmann, der den Werkstattbetrieb von seinen Eltern bald übernehmen würde, konnte er sich abweichendes Verhalten vom ungeschriebenen

Ehrenkodex des Dorfes – und das Versäumen der Messe war eines – nicht leisten.

So gut es ging, reinigte er sich in aller Eile von den Spuren, die die vergangene Nacht an ihm hinterlassen hatte, zog hastig Hose, weißes Hemd, Strümpfe und Schuhe an, und bevor der Pfarrer seiner Gemeinde das erste „Dominus vobiscum" entgegengerufen hatte, stand er unter der Orgelempore. Dieser Stehplatz nahe den Türen war der bevorzugte Aufenthaltsort der Junggesellen. Er stellte die Pole Position dar, wenn es nach der Messe darum ging, einen möglichst guten Platz zum Frühschoppen an der Theke der „Alten Post", die unterhalb der Kirche an der Horchheimer Straße lag, zu erobern.

Cilli räkelte sich derweil in den Laken und wartete, bis die Messe begonnen hatte und das Dorf fast menschenleer war. Dann warf sie ihr Kleid über und stakste auf ihren hochhackigen Pumps nach Hause. Ihre Mutter würde ebenfalls in der Messe sein, von Cilli selber erwartete niemand dergleichen. War der Ruf erst ruiniert...

Nach der Messe versammelten sich die Gläubigen vor dem Kriegerdenkmal, das gegenüber dem Marktplatz vor der Burgmauer auf Granittafeln die Gefallenen des Dorfes der beiden Weltkriege sowie der Kriege von 1866 und 1870/71 namentlich aufführte. Der Pfarrer hielt eine kurze Gedenkansprache, besprengte die Gemeinde mit Weihwasser, das Tambourkorps intonierte „Ich hatt' einen Kameraden", und mit Tschingderassabumm zog man anschließend zum Festsaal, wo der Frühschoppen abgehalten wurde, der sich für manch einen bis in den Abend hinzog.

Für Kinder wie Jodokus Ellebach war nach dem Hochamt endlich der Kirmesplatz freigegeben. Mit acht Mark Kirmesgeld in der Tasche, das er von seinen Eltern, Oma und Opa sowie Onkel und Tante zugesteckt bekommen hatte, fühlte er sich wie ein Krösus. Den Verlockungen des „Krömchens" hätte nur ein Heiliger widerstehen können. Ein paar Mal war Jodokus um den Stand herumgestrichen, dann erwarb er die lang ersehnte Pistole, mit der sich mittels Federdruck Erbsen verschießen ließen. Die Munition dazu, harte getrocknete gelbe Hülsenfrüchte, würde er im Vorratsschrank seiner Mutter reichlich finden.

Selig kaute er an einer Lakritzstange und enterte zusammen mit seinem gleichaltrigen Vetter Michael das „Kotzkümpche", ein Karussell auf dem Karussell, das sich gegenläufig drehen ließ und einen manchmal bis zum Erbrechen schwindelig werden ließ. Nie gab Jodokus sein Geld auf einmal aus, schließlich war Montag auch noch Kirmes.

Eigentlich hatte Konrad Bell mit Margret Kessel nichts im Sinn. Aber in seinem jugendlichen Alter von 20 Jahren triumphierten die Hormone oft noch über den Verstand. Er hatte den Sex im Heu durchaus genossen. Über mangelnde Gelegenheiten hatte er sich gestern wirklich nicht beklagen können. Dass Margret es durchaus ernster meinen könnte, dämmerte ihm erst, als sie ihn am Sonntagmorgen zur Messe abholte.

„Schießt du mir nachher eine Rose?", fragte sie.

Üblicherweise taten Kavaliere das für ihr Mädchen.

„Hm, mal sehen…", antwortete er ausweichend.

Auf dem Weg zur Kirche gelang es Margret immer wieder, Konrads Hand zu fassen. Das ganze Dorf sollte sehen, dass sie nun miteinander „gingen".

Bei der Messe war Konrad nicht bei der Sache, doch dank des seit Kindesbeinen eingeübten liturgischen Procedere fiel das niemandem auf. Im Geiste suchte er einen Ausweg aus seinem Dilemma, fand aber keinen.

Als guter Schütze bekannt konnte er an der Schießbude nicht absichtlich an den Tonröhrchen vorbeizielen, in denen die Rosen steckten. So fügte er sich in das scheinbar Unvermeidliche und schoss für Margret einen kleinen Strauß künstlicher Rosen ab.

Vor allen Leuten dankte sie ihm postwendend mit einem lang anhaltenden Kuss. Konrads Bedauern hielt sich in Grenzen, als Margret ihm danach eröffnete, dass sie heute leider zu Hause helfen müsste, weil die Verwandten, die aus allen Richtungen angereist waren, beköstigt werden mussten. Aber morgen, morgen würden sie sich doch wiedersehen?

Nach Margrets Abgang war Konrad zum Frühschoppen in den „Flamersheimer Hof" getrottet. An der Theke standen neben den üblichen Verdächtigen, selbstredend auch Leonard Kump und Cilli Hackhausen, die dieser mit einem Arm fest umklammerte. Leonard führte das große Wort und leerte dabei einen Bierkrug nach dem anderen. Er konnte ein gewaltiges Pensum verdrücken, ohne dass ihn der Ruf der Natur ereilte. Cilli verfügte nicht über solche Eigenschaften. Sie hatte zwei kleine Pils intus, als sie sich aus Leonards Klammergriff löste und nach draußen in den Innenhof verschwand. Dort lagen unter dem Treppenaufgang zum Festsaal die Toiletten. Konrad leerte seinen Krug, und mit einer kleinen zeitlichen Verzögerung verließ er ebenfalls das Lokal in diese Richtung.

„Mädchenblase!", riefen ihm die Thekensteher hinterher und verfielen dabei in grölendes Gelächter.

Eigentlich hatte Konrad mit diesen Leuten nicht viel am Hut. Das ewig großspurige Gelabere ging ihm auf den Keks.

Draußen kam ihm Cilli entgegen. Im Vorbeigehen drückte sie Konrad mit einer kaum wahrnehmbaren Bewegung einen halben Bierdeckel in die Hand, den er blitzschnell in seiner Hosentasche verschwinden ließ. Im sicheren Hort der WC-Kabine las er, was sie mit Kajalstift darauf geschrieben hatte.

5

Montag, 10. August

Im Gegensatz zu den allermeisten Familien im Dorf hatten Bells keinen Kirmesbesuch. Konrads väterliche Linie war, bis auf einen Onkel, der im Ruhrgebiet lebte und zu dem sie keinen Kontakt hatten, ausgestorben. Auch die Eltern seiner Mutter waren bereits verstorben, und mit ihrer Schwester, die auch im Dorf lebte, war seine Mutter heillos zerstritten. Den Grund dafür hatte Konrad nie herausfinden können. Es musste etwas Gravierendes sein, aber es wurde nicht darüber gesprochen.

„Ich geh' schwimmen", verabschiedete er sich am Vormittag von seiner Mutter.

„Höck, op Kermesmondaach?", staunte sie.

„Du weißt, ich habe am Hahneköppen keinen Spaß. Es ist schönes Wetter, da bin ich lieber an der Talsperre. Ich komme früh zurück. Heute Abend will ich noch ein bisschen tanzen gehen."

„Möm Margret?" In der Stimme seiner Mutter schwang Hoffnung mit. Margret Kessel käme ihr als Schwiegertochter schon recht.

„Och, das findet sich…"

Mit dem Begriff „an der Talsperre schwimmen gehen" verband jeder im Dorf die Steinbachtalsperre mit ihrem Waldfreibad.

Konrad aber hatte anderes im Sinn. Er ließ sein Rad die Kleine Höhle hinunterrollen, bog dann nach rechts in die kleine Gasse ab, die die Kleine mit der Großen Höhle verband. Dort wandte er sich wiederum nach rechts und fuhr in Richtung Schweinheim. Über Loch und Queckenberg gelangte er zur Madbachtalsperre.

Die Talsperre war Ende der 1930er Jahre zur Brauchwasser-Versorgung der Euskirchener Tuchindustrie gebaut, aber kriegsbedingt nicht vollendet worden. So war die Krone des nur 14 Meter hohen Dammes außergewöhnlich breit und wurde jetzt von den Einheimischen illegal als Liegewiese, der kleine Stausee als ebensolches Schwimmbad genutzt. Die Talsperre lag idyllisch eingebettet in den Ausläufern des Flamersheimer Waldes.

Im Gegensatz zur Steinbachtalsperre, die den Bonner Ministerialbürokraten als Naherholungsgebiet diente und an schönen Wochenenden total überlaufen war, kannten die Madbachtalsperre nur die Einheimischen. Zudem lag sie auf dem Territorium des Amtes Rheinbach-Land im Landkreis Bonn, außerhalb des Reviers von Dorfsheriff Peter Eicks, und die Rheinbacher Polizei hatte andere Sorgen, als illegales Schwimmen zu ahnden.

Bei Konrads Eintreffen war niemand da. Kein Wunder, denn für alle, außer den Flamersheimern, war ja ein ganz normaler Werktag. Konrad entkleidete sich und ließ sich ins Wasser gleiten. Mit langsamen, kräftigen Zügen umrundete er einmal die Wasserfläche. Dann kletterte er aus dem kühlen Nass und legte sich auf dem Damm auf sein Badetuch. Seine Gedanken schweiften zurück an das Wochenende im Juni, an dem er auch Heimaturlaub gehabt hatte.

Es war ein strahlender Frühsommertag gewesen. Morgens war Konrad seiner Mutter in ihrem Gemüsegarten zur Hand gegangen, nachmittags war er zur Madbachtalsperre geradelt. Bei seinem Eintreffen hatte im Wasser wie zufällig eine blonde Nixe ihre Bahnen gezogen, sonst war niemand dort. Als sie seiner gewahr wurde, hatte ihm die blonde Nixe zugewinkt und in aufgefordert, zu ihr ins Wasser zu steigen, was Konrad sich nicht zweimal hatte sagen lassen. Bei den ausholenden Schwimmbewegungen hatten sich ihre Hände immer wieder wie zufällig berührt. Die Nixe hatte es mit glucksendem Lachen quittiert. Als sie später nebeneinander auf ihren Handtüchern gelegen hatten, hatten ihre Hän-

de, ebenfalls wie zufällig, begonnen, den Körper des jeweils anderen zu erkunden. Die Hormone hatten ihr Tagwerk begonnen.

Schnell hatte jetzt die strahlende Augustsonne seinen Körper getrocknet. Er zog sich an und schwang sich auf sein Fahrrad. Über die Hahnentrift war es nur ein Kilometer bis zum Bembergs Häuschen. Eine Nixe ließ man nicht warten!

6

„Da bist du ja! Ich hatte schon gedacht, du hättest meine Nachricht nicht verstanden." Cilli, die Nixe, lehnte über der Brüstung der Veranda von Bembergs Häuschen, reichte Konrad eine Hand und half ihm hoch.

„Das war doch klar wie Kloßbrühe: Montag um eins beim Bembergs Häuschen." Konrad blickte ostentativ auf seine Armbanduhr. „Und das ist genau… jetzt!"

Sie hatte ihre Decke schon ausgerollt, er tat es ihr nach. Das Kontrastprogramm zum Hahneköppen konnte beginnen.

Den Sex mit Cilli empfand Konrad als sensationell, obwohl er auf diesem Gebiet nicht über große Erfahrungen verfügte – oder vielleicht gerade deswegen. Die Heimlichtuerei erhöhte jedenfalls die Spannung und die Lust. Von einem befreundeten Sani seines Panzerbataillons hatte er sich Kondome besorgt, die wären in Flamersheim ansonsten nur in der Apotheke mit der Diskretion einer Rundfunkdurchsage zu bekommen gewesen. Leider erwies sich das bundeswehreigene Verhütungsmittel als nur bedingt abwehrbereit und wenig gefechtstauglich: es riss im entscheidenden Moment.

„So ein Mist!" Entsetzt betrachteten sie danach das Corpus Delicti.

„Hoffentlich ist nichts passiert", seufzte Cilli.

„Vorgestern ist doch alles gut gegangen", sinnierte Konrad. „Ach was, einmal ist keinmal!"

„Sonst musst du mich heiraten!"

„Das würde ich dann auch tun", antwortete er eine Spur zu spät, in der Hoffnung, diese Ansage niemals wahrmachen zu müssen.

„Ach, Konrad…" Cilli schmiegte sich an ihn. „Ich wollte, wir beide wären ganz weit weg", wärmte Cilli ihr Wunschdenken von vorgestern wieder auf.

„Wo sollte das sein?"

„Ganz egal, nur weg. Weg von diesem Kaff, weg von diesen Spießern, weg von allem!"

„Und von Leonard?"

„Vor allem von dem", stieß Cilli hervor. „Aber ich habe Angst, Angst vor Leonard. Seit der mich als Mailehen ersteigert hat, betrachtet er mich quasi als sein Eigentum. Ich weiß nicht, wie ich da rauskommen soll…"

Sie verschwieg allerdings, dass sie das Machohafte an Leonard auch anzog. Er ließ sich von niemandem etwas sagen, im Gegenteil: er bestimmte immer, wo es langging. Und im Zweifelsfall ließ er zuerst die Fäuste sprechen. Seit er mit ihr ging, fühlte sie sich beschützt – und zugleich bedroht.

„Du gehst doch noch zur Schule", wärmte Konrad ebenfalls seinen Einwand von vorgestern auf.

„Ich schmeiß' die Schule hin. Ich will endlich Geld verdienen. Meine Mutter hat ja nix. Ich habe mich bei Schewe beworben, wenn ich will, kann ich da am nächsten Ersten anfangen."

Kurt Schewe hatte im neuen Industriegebiet an der Vogelrute in Euskirchen eine Wäschefabrik etabliert, die für Quelle und Neckermann Damennacht- und -unterwäsche produzierte. Er hatte einen großen Bedarf an Arbeitskräften. Ungelernte Frauen aus den Dörfern der Umgebung wurden an den Nähmaschinen angelernt und fertigten dann im Akkord Nachthemden und was die Dame von Welt darunter trug. Die Arbeit war eintönig und hart, aber Schewe zahlte gut.

„Weiß deine Mutter davon?"

„Nö…, noch nicht. Aber nach der Kirmes sag ich's ihr. Ich glaube, sie wird froh sein."

„Und was ist mit deiner Ausbildung? Du hast dann keinen vernünftigen Schulabschluss und bei Schewe bist du eine austauschbare Arbeitsbiene. Und du bist noch keine einundzwanzig. Wenn deine Mutter Nein sagt, dann wird nichts draus."

„Mir doch egal", erwiderte sie trotzig.

„Komm, wir fahren zur Madbach und schwimmen noch eine Runde", versuchte Konrad das Gespräch in andere Bahnen zu lenken. „Und dann machen wir, dass wir zurückkommen, bevor unser Fehlen auffällt."

7

Unter den Klängen des Tambourkorps marschierten die Mitglieder des Junggesellenvereins heran. Gegen fünf Uhr am Montagnachmittag hatte sich das halbe Dorf auf dem Marktplatz eingefunden, um dem althergebrachten Schauspiel des Hahneköppens beizuwohnen. Der Brauch stammte aus der Zeit der napoleonischen Besatzung der Rheinlande von 1794-1815.

Die Rheinländer fanden sich damals unter einer stringent geführten Verwaltung wieder und unterlagen dem Code Napoleon. Die offizielle Umgangssprache war mit einem Mal nicht mehr deutsch und schon gar nicht rheinisch-ripuarisch, sondern französisch. Widerstand war zwecklos, dafür bekam der Gallische Hahn bei der Kirmes seine Schläge weg.

Kopfunter lugte der Hahnenkopf aus einer Öffnung am Boden eines Weidenkorbs mit zwei Handgriffen heraus, der an eben diesen an einem zwischen zwei Bäumen gespannten Seil in der Luft hing. Der kurz zuvor durch Genickbruch getötete prachtvolle rebhuhnfarbene Italienerhahn war im Korb fixiert. Zusätzlich war der Hals des unseligen Vogels mit Mullbinden umwickelt, damit er den Schlägen möglichst lange Widerstand bieten konnte. Der „Hahneköpper" musste vor dem ersten Schlag einen Schnaps trinken, bekam dann die Augen verbunden und wurde ein paar Mal um die eigene Achse gedreht. Dann drückte man ihm den stumpfen Degen in die Hand, und zur Gaudi des versammelten Dorfes versuchte der Aspirant auf das Amt des Hahnenkönigs, dem armen Vogel den Kopf abzuschlagen. Gelang ihm das nicht mit drei Schlägen, war der nächste dran.

Nach mehreren erfolglosen Vorgängern war die Reihe nun an Leonard Kump. Den Degen in der Rechten, suchte er mit ausgestrecktem linken Arm nach dem Hals des Hahnes, dessen Blut unter dem Korb eine kleine Lache bildete, die langsam im Ascheboden des Marktplatzes versickerte.

Leonard hatte den Kopf des Hahnes ergriffen, ließ diesen dann los und holte zum Schlag aus. Knapp daneben! Das Dorf johlte und feuerte ihn an. Erneut suchte und fand er den Hahnenkopf. Diesmal traf der Schlag und trennte den Kopf vom Körper des Tieres.

Das Publikum jubelte auf, der neue Hahnenkönig war gefunden! Die Augenbinde wurde abgenommen und der abgeschlagene Kopf auf die Degenspitze gesteckt.

Hahnenkönig zu sein, musste man sich leisten können. Von ihm wurde erwartet, dass er abends im Festsaal das Hahnenbier bezahlte – also eine Lokalrunde schmiss. Dafür durfte er sich unter den Schönen des Dorfes eine Maid auswählen, die als seine Hahnenkönigin die Ehre mit ihm teilte.

Leonard Kump ließ seinen Blick über die Menge schweifen. Verärgert stellte er fest, dass Cilli nirgendwo zu sehen war. Gleichwohl erwartete das Dorf hier und jetzt eine Entscheidung von ihm. Andere Mädchen suchten seine Aufmerksamkeit zu erregen. Seine Wahl fiel schließlich auf Margret Kessel, die ihm am nächsten stand. Mit hoch aufgerecktem Degen und aufgepflanztem Hahnenkopf in der Linken ging er auf sie zu und überreichte ihr eine zuvor ausgezupfte Schwanzfeder des Hahns, die sie zögernd annahm. Eine Ablehnung verbot sich aus Traditionsgründen von selbst.

Der Tambourmajor stemmte seinen linken Arm in die Seite, und schwang mit der rechten seinen Stab hoch über seinem Kopf. Das Tambourskorps „Frischauf", von Kopf bis Fuß in weiß, hob zu „Preußens Gloria" an und nahm die frischgebackenen Hahnenmajestäten in seine Mitte.

„Im Gleichschritt, Marsch!", brüllte der Tambourmajor und militärisch-zackig setzte sich das Korps erneut zum Umzug durch das Dorf in Bewegung.

8

In Anbetracht der Tatsache, dass für die Allermeisten morgen wieder der Arbeitsalltag beginnen würde, begann der Hahnenball bereits um 19 Uhr. Anstelle der Cover-Band aus Rheinbach – deren Mitglieder gingen unter der Woche alle einem Broterwerb nach – gab es heute Musik aus der Plattenküche. Ein DJ aus dem Kreis des Junggesellenvereins legte auf und versuchte redlich, den Saal in Gang zu halten.

Die von Leonard Kump spendierte Runde „Hahnenbier" hob die Stimmung. Als Hahnenkönigspaar musste er mit Margret Kessel den Tanz mit einem Walzer eröffnen. Konrad Bell und Cilli Hackhausen hatten sich fast unbemerkt zu den Feiernden hinzugesellt – aber eben nur fast.

Margret Kessel hatte sehr wohl registriert, dass Konrad gekommen war, hielt sich aber demonstrativ an Leonard Kump. Der warf seinerseits Cilli Hackhausen gelegentlich drohende Blicke zu, die ihr nichts Gutes verhießen, ignorierte sie aber ansonsten weitgehend und widmete sich seiner Hahnenkönigin.

Kurz nach 23 Uhr begann sich der Saal zu leeren. Leonard und Margret hatten sich im Verlauf des Abends einen ordentlichen Alkoholpegel angetrunken, was Leonard aber wenig auszumachen schien. Sie hing an ihm wie eine Klette.

„Nimmsumisch mi nach Hause?", lallte sie. „Schwill mal mi einem großen Jungen spielen."

Leonard ließ sich nicht lange bitten und umfasste sie mit einem Arm. Schwankenden Ganges führte er sie aus dem Saal hinaus, die Treppe hinunter und dann durch das stiller werdende Dorf zu seiner Wohnung. Als sie das Schlupftor zur Werkstatt hinter sich zufallen ließen, zeigte Margret auf den dort abgestellten Abschleppwagen der Firma Kump.

„Boah ey, is bei dir alles so groß?"

„Komm' rauf, ich werd's dir zeigen!"

„Schwill aumal so ein Auto fahr'n!", quengelte sie.

„Vielleicht später. Erstmal muss unser Dorfsheriff Feierabend machen. Komm' ich zeig dir meinen Abschlepphaken..."

„Schwill aber jetzt..."

Leonard verschloss ihren Mund mit dem seinem und zog sie dann die Treppe hinauf. Oben angekommen, begannen seine Hände ihren Körper zu erkunden und sie langsam auszuziehen. Erregt machte Margret sich an ihm zu schaffen, und bald landeten sie als ineinander verschlungenes Knäuel auf seinem Bett.

Konrad und Cilli hatten mit gemischten Gefühlen bemerkt, wie sich ihr Blatt anscheinend gewendet hatte.

Ein Freudenschwall durchströmte Cilli, wähnte sie sich doch jetzt, Leonard los zu sein. Konrad hingegen plagte sich mit dem Gedanken, dass aus dem gelegentlichen Sex mit Cilli nun mehr werden könnte.

„Wann musst du morgen weg?", fragte sie, nachdem Leonard und Margret das Feld geräumt hatten.

„Ich muss um 10 Uhr wieder in der Kaserne sein. Das heißt, ich muss von Kuchenheim aus den ersten Zug nach Bonn nehmen – um viertel vor fünf."

„Dann haben wir ja fast noch die ganze Nacht…"

„Ja, aber wo sollen wir denn jetzt noch hin?"

„Komm mit zu mir!"

„Und deine Mutter?"

„Die schläft immer wie ein Murmeltier. Aber wir müssen leise sein."

Die wenigen Schritte vom „Flamersheimer Hof" zu Cillis Wohnung legten sie im Schlagschatten der Häuser ungesehen zurück. Cilli schloss die Tür zu einem schmalen Flur auf, an dessen Ende eine Treppe in die Wohnung, die über dem Laden lag, führte. Auf Zehenspitzen schlichen sie hinauf, die hölzerne Konstruktion knarzte vernehmlich unter ihrem Gewicht. Aus einem der Räume drang ein leises Schnarchen an ihre Ohren.

„Pst!"

Cilli legte einen Zeigefinger vor ihre geschürzten Lippen und zog Konrad an einer Hand hinter sich her in ihr Zimmer. Sie liebten sich so leise sie konnten.

9

Dienstag, 11. August

„Ich muss los", flüsterte Konrad Cilli ins Ohr und versuchte, sich aus ihrer Umschlingung zu lösen. Sie antwortete mit einem leisen, unwilligen Stöhnen und umklammerte ihn noch fester. Nach ihrem leisen Sex war sie ermattet eingeschlafen. Konrad hatte sich nicht getraut, die Augen zu schließen und sich krampfhaft wach gehalten. Ein Zuspätkommen in der Kaserne kam nicht in Frage.

Der Blick auf die Leuchtziffern seiner Armbanduhr verriet ihm, dass es halb vier war und Zeit, sich auf den Fußweg zum Kuchenheimer Bahnhof zu machen. Mit sanfter Gewalt befreite er sich aus Cillis Armen. Im Halbdunkel des Raumes stand er auf und zog sich an. Cilli versuchte ihn am Hosenbund wieder ins Bett zu ziehen.

„Komm, lass. Ich muss wirklich…", flüsterte er.

„Wann sehen wir uns wieder?", kam es ebenso geflüstert zurück.

„Übernächstes Wochenende habe ich wieder Ausgang. Ich schreib' dir `ne Karte aus Koblenz."

„Bestimmt?"

„Bestimmt!"

Cilli hatte sich ebenfalls aus den Laken geschält und umarmte jetzt Konrad zu einem ausgiebigen Abschiedkuss. Nur mühsam konnte er die Regung in seinen Lenden unterdrücken. Endlich machte er sich los, schlich die Treppe hinunter und durch den schmalen Flur auf die Straße.

Erleichtert atmete er aus, als er die Tür leise hinter sich ins Schloss gezogen hatte. Er wandte sich nach rechts in die Christian-Schäfer-Straße und bog dann in den Kuchenheimer Weg ab. Der Nachtwächter der Lederfabrik saß dösend in seinem Glaskasten am Eingang des Werks und winkte ihm müde zu.

Konrad passierte die Raiffeisenkasse, die hier auch ein umfangreiches Warenlager unterhielt. Am letzten Bauernhof vorbei, aus dessen Stallungen außer einem gelegentlichen leisen Muhen und dem Klirren von Kuhketten noch kein Geräusch zu hören war, ließ Konrad das Dorf hinter sich und marschierte forschen Schrittes in Richtung Kuchenheim. Am unter Linden aufgestellten Wegekreuz begann der neu angelegte Radweg entlang der Landstraße. Konrad warf einen Blick auf seine Armbanduhr. Vier! Die drei Kilometer bis zum Bahnhof müsste er bis viertel vor fünf mühelos schaffen.

Über den weiten Feldern verhieß im Osten die erste Morgenröte zaghaft das Herannahen eines weiteren heißen Hochsommertages. Die Natur lag noch im Dämmerschlaf. Außer seinen Schritten und den eigenen Atemgeräuschen drang kein Laut an Konrads Ohren. Umso deutlicher gewahrte er nach ein paar Minuten das Herannahen eines Fahrzeuges aus Richtung Flamersheim.

Das charakteristische Nageln des 60-PS-Dieselmotörchens, das sich mit den 2,9 Tonnen Gesamtgewicht des Fahrzeuges abschleppte, gehörte unverkennbar zu einem Hanomag-Lastwagen. Wahrscheinlich war Heinrich Ehser schon unterwegs, der bei den Bauern der umliegenden Dörfer die Milchkannen eingesammelt hatte und diese nun zur Molkerei nach Kuchenheim brachte.

Ehser hatte sich ein kleines Ein-Mann-Fuhrunternehmen aufgebaut, das alles transportierte, was die Bevölkerung brauchte. Legendär waren gleich nach dem Krieg seine Weinschmuggeltransporte aus der französischen in die britische Besatzungszone, zu der Flamersheim gehörte. Mit seinem Tempo-Dreirad brachte er Mist zur Ahr, der angeblich den Winzern zur Düngung ihrer Weinberge dienen sollte, und kam mit Stroh, unter dem die Weinflaschen versteckt waren, zurück.

Bevor es reguläre Müllwagen gab, war Ehser auch als amtlich bestellte Müllabfuhr in Flamersheim tätig. Der Müll stand in offenen Gefäßen am Straßenrand, die er auf die offene Ladefläche entleerte und anschließend zur Kippe auf „Hallekul", der ehemaligen mittelalterlichen Richtstätte zwischen Flamersheim und Kirchheim, brachte.

Jetzt transportierte er jeden frühen Morgen die Milchkannen, später am Tage würde er vielleicht nach Frechen zur Brikettfabrik fahren und „Klütten" holen, den allgegenwärtigen Winterbrand, und diesen auf seinem Firmengelände am Ende der Großen Höhle lagern, bis er ihn an die Dorfbewohner weiterverkaufen konnte, die meistens mit dem Handwagen bei ihm vorfuhren, um ihren Bedarf zu decken. Hin und wieder kam es vor, dass er Briketts mit seinem Hanomag Kurier direkt auslieferte. Dann fuhr er vor dem Beladen zur Gemeindewaage – im Grunde genommen eine überdimensionale Dezimalwaage – die sich am Marktplatz seitlich an der Burgmauer befand, um das Leergewicht feststellen und später den beladenen Lkw wiegen zu lassen. Fasziniert hatte der kleine Jodokus Ellebach immer wieder beobachtet, wie im Inneren des Waagenhäuschens der Wiegemeister mit Gewichten hantierte, die er auf einem Gestänge hin und her schob, bis die ungleichen Waagebalken austariert waren.

„Schlecht gefahren ist besser als gut gelaufen", dachte Konrad und drehte sich um. Sicher würde Ehser ihn bis nach Kuchenheim mitnehmen. Die Molkerei befand sich praktischerweise unmittelbar neben dem Bahnhof. Konrad betrat die Fahrbahn und reckte dem herannahenden Fahrzeug die rechte Hand mit aufgerichtetem Daumen entgegen. Der Lastwagen wurde langsamer. Nur wenige Meter trennten ihn noch von dem Anhalter.

Konrad nahm die Hand herunter und machte einen Schritt auf das Fahrzeug zu. Plötzlich heulte der Motor auf und der Hanomag schoss mit einem Satz auf Konrad zu. Bevor er reagieren konnte, wurde er wie von einer Riesenfaust frontal getroffen und durch die Luft geschleudert. Als sein Körper wieder den Boden berührte, war alles Leben aus ihm gewichen.

Der Lastwagen verharrte mit laufendem Motor kurz an der Unfallstelle, jemand stieg an der Beifahrerseite aus und gleich an der Fahrerseite wieder ein. Dann brauste der Wagen in Richtung Kuchenheim davon.

10

Leonard Kump war in seiner Wohnung regelrecht über sie hergefallen. Betrunken, wie sie war, hatte sie ihm nicht viel entgegenzusetzen, musste sich aber eingestehen, dass sie auch gewissen Gefallen an seiner fordernden Art, Sex zu machen, gefunden hatte. Als er in den kleinen Stunden des frühen Morgens endlich genug hatte, fragte er: „Na, willst du immer noch das große Auto fahren?"

„Aber du musst mir zeigen, was ich tun soll", antwortete, wieder einigermaßen nüchtern.

Sie stiegen die Treppe zur Werkstatt hinunter und Leonard Kump schob die Falttore zur Pützgasse hin auf. Margret nahm auf dem Fahrersitz des Abschleppwagens Platz. Leonard Kump setzte sich neben sie und erteilte ihr wie ein Fahrlehrer Anweisungen.

„Dreh' den Zündschlüssel. Wenn die Kontrolllampen aufleuchten, ziehst du den Zugstarter bis zum ersten Widerstand heraus. So! Wir glühen den Motor vor. Jetzt guck' auf den Glühfaden des Glühüberwachers. Der wird jetzt langsam rot. So, jetzt ist's gut. Kupplung treten, Zugstarter ganz herausziehen!"

Mit einem Rütteln sprang der Diesel an. Unter Leonards Anleitung schaltete Margret die Gänge hoch, und er dirigierte sie über den Kuchenheimer Weg aus Flamersheim hinaus. Nach gut einem Kilometer sahen sie aufkommenden Morgendämmerung auf dem Fahrradweg neben der Landstraße einen Mann gehen.

„Guck' mal", rief Margret aus und verlangsamte das Tempo, „Ist das nicht Konrad?"

Der Mann drehte sich um, betrat den Fahrbahnrand und hielt ihnen den emporgereckten Daumen entgegen.

„Komm', wir nehmen ihn mit", bat sie und schaltete in den zweiten Gang hinunter. Der blaue Hanomag-Abschleppwagen wurde nochmals langsamer. Nur noch sechs oder sieben Meter trennten sie von dem Anhalter. Plötzlich trat Leonard Kump ihr auf den rechten Fuß und riss das Lenkrad nach rechts. Der Hanomag schoss nach vorne und erfasste Konrad Bell frontal. Wie eine Puppe flog er in hohem Bogen durch die Luft und schlug hart auf dem Asphalt auf. Entsetzt hatte Margret den Wagen zum Stehen gebracht und wollte aussteigen.

„Los, weg hier", kommandierte Leonard Kump.

„Wir müssen ihm doch helfen…"

„Du bist wohl bekloppt?"

„Und wenn er tot ist?"

„Dann können wir sowieso nichts mehr für ihn tun." Böse funkelte er sie an. „Und halt ja deine Klappe. Wenn das rauskommt, bist du erledigt. Du bist ja schließlich gefahren!"

„Aber ich…"

„Ich werde sagen, dass du mir die Wagenschlüssel geklaut hast, während ich schlief, weil du eine Spritztour machen wolltest. Und jetzt rutsch rüber!"

Sie wechselten die Positionen. Margret rutschte auf die Beifahrersitzbank, Leonard Kump stieg an der Beifahrerseite aus und auf der Fahrerseite gleich wieder ein.

Immer schneller werdend, entfernte sich dann der Hanomag von der Unfallstelle. Benommen hockte Margret auf dem Beifahrersitz und starrte durch die Windschutzscheibe ins Leere. Über Palmersheim fuhren sie zurück und stellten den Abschleppwagen wieder in der Werkstatthalle ab. Mit zitternden Knien stieg Margret aus. Gemeinsam sahen sie sich die Wagenfront an. Es gab eine Delle und Anhaftungen von Blut, wo Konrads Körper aufgeschlagen war, das rechte Scheinwerferglas war zerbrochen. Margret musste sich erbrechen.

„Los, mach', dass du nach Hause kommst! Ich kümmere mich um das hier."

Margret Kessel stand unter Schock. Sie wusste nicht mehr, wie sie nach Hause gekommen war. Wie ferngesteuert war sie über die Valdergasse und den Neuen Weg geschlurft. Für die Burg, die im 19. Jahrhundert im englischen Herrenhausstil umgebaut worden war und sich im Morgenlicht romantisch im davorliegenden Weiher spiegelte, hatte sie keinen Blick. Als sie die Brücke über den Flämmerbach erreichte und kurz vor zu Hause war, rebellierte ihr vegetatives Nervensystem und sie musste sich erneut erbrechen.

Einer Ohnmacht nahe, setzte sich eine Weile auf das gemauerte Brückengeländer, bis sie endlich wieder genügend Kraft fand, die letzten Meter bis zu ihrem Haus zu bewältigen. Zögerlich öffnete sie die Tür des Häuschens an der Kleinen Höhle, das ebenso wie alle anderen an dieser Straße, ein Fachwerkhaus war. Leise schlich sie durch den kleinen Innenhof und betrat schließlich die Küche, deren Fenster zur Straße hinausging.

Sie drehte den Wasserhahn über dem Spülstein auf und spülte sich den Mund aus. Der Nachgeschmack des Erbrochenen wich einem noch viel bittereren. Margret ließ sich auf einen Stuhl sinken, der direkt unter dem Fenster stand und schaute durch die Scheiben auf das gegenüberliegende Haus. Dort wohnte Konrad Bell mit seiner Mutter. Die schlief wahrscheinlich tief und fest. Für sie würde es ein böses Erwachen geben!

Wie angewurzelt saß Margret auf dem Küchenstuhl und starrte ins Leere. Sie hatte noch nicht einmal Tränen und fühlte sich leer und verbraucht. Wenn herauskam, was sie getan hatten – und sie war sich sicher: das würde es – war sie erledigt! Sie würde im Dorf niemandem mehr unter die Augen treten können, schon gar nicht Konrads Mutter. Und alles nur wegen einer betrunkenen Nacht mit Leonard Kump!

Überlaut drang das Ticken der Küchenuhr in ihr Bewusstsein, doch Margrets Zeit stand still. Schließlich hob sie den Kopf und warf einen Blick darauf. Gleich halb sechs! Ihr Vater hatte in einer halben Stunde Feierabend.

Friedrich Kessel, den alle nur Fritz nannten, arbeitete als Nachtwächter in der Lederfabrik. Zum Glück war seine Pförtnerloge leer gewesen, als sie und Leonard Kump mit dem Abschleppwagen in Richtung Kuchenheim das Dorf verlassen hatten.

Ihr Vater, der gute, sanfte Mann! Bei der sogenannten „Allerseelenschlacht", dem Kampf um das Dorf Schmidt hoch über dem Rursee am 2. November 1944, hatte er einen Arm- und einen Hodendurchschuss erlitten.

Der rechte Arm mit seinem steifen Ellbogengelenk hing seither wie ein ihm nicht gehörender Körperteil an ihm herab. Der Hodendurchschuss beraubte ihn seiner Potenz, im Alter von 26 Jahren! Bei einem Heimaturlaub hatte er Anfang 1943 noch Margret gezeugt, sein einziges Kind, sein ein und alles.

Fritz konnte in seinem erlernten Beruf als Gerber nicht mehr arbeiten. Im Gegensatz zu manch anderem, war er nach dem Krieg aber nicht dem Alkohol verfallen. Er fand Trost im katholischen Glauben, den er mit großer Frömmigkeit praktizierte. Er verpasste kein Hochamt und keine Fronleichnamsprozession. Regelmäßig nahm er im Herbst an der Fußwallfahrt der Pfarrei St. Stephanus Auffindung zu Muttergottes mit der Lilie nach Barweiler teil.

Für seine Kriegsverletzungen erhielt er eine lächerlich kleine Rente, die hinten und vorne nicht reichte. Das Häuschen an der Kleinen Höhle gehörte schon seit Generationen seiner Familie und war schuldenfrei. Der große Garten, den er mithilfe Margrets Mutter bestellte, bewahrte die kleine Familie in der Nachkriegszeit vor dem Schlimmsten.

Als nach der Währungsreform 1948 die deutsche Wirtschaft wieder Fahrt aufnahm, bot ihm sein alter Chef den Posten als Nachtwächter in der Fabrik an. Seither drehte Fritz Nacht für Nacht mit umgehängter Stechuhr, die er an festgelegten Kontrollpunkten zu betätigen hatte, seine Runden durch die Gebäude zwischen Wasserwerkstatt, Kesselhaus, Gerbgruben, Spalt- und Spritzmaschinen.

Wie ihre Mutter Sibylle mit all dem umging, war Margret nie klar geworden. Bei ihrer Geburt war ihre Mutter 24 Jahre alt gewesen. Ihr eheliches Sexleben endete sehr frühzeitig. Und jetzt, mit Mitte vierzig, war sie noch sehr ansehnlich, eine Frau im besten Mannesalter, sozusagen.

Im Dorf munkelte man, dass sie sich mit verschiedenen Liebschaften schadlos hielt. Genaueres wusste niemand. Nach außen führten die Kessels eine funktionale Ehe, so wie viele andere auch.

In Margrets Kopf jagten sich die Gedanken. Was würde aus ihr werden? Sicher, sie hatte eine feste Anstellung als Verkäuferin in der Kurzwaren- und Miederwarenabteilung des „Eifel-Kaufhaus" in Euskirchen. Was sie dort verdiente, würde ihr zum Leben reichen. Zu Hause musste sie nur „Kostgeld" abgeben und hatte schon fast 5.000 Mark gespart – ein kleines Vermögen!

Am 4. Oktober würde sie 21 Jahre alt werden und damit volljährig. Dann konnte sie gehen, wohin sie wollte. De jure, aber de facto? Wer würde einer alleinstehenden jungen Frau eine Wohnung vermieten, in der Voreifel, Anno 1964?

Junge Frauen – und junge Männer – lebten bei ihren Eltern, bis sie heirateten. Junge Männer freiten junge Frauen, dann wurde sich verlobt, dann geheiratet, dann die eigene Wohnung bezogen, dann kamen die Kinder, es wurde gebaut, ein Auto wurde angeschafft, man fuhr in Urlaub. So war der scheinbar unabänderliche Lebenslauf junger Leute in den 1960ern.

Für Margret war dieser vorgezeichnete Weg nun nicht mehr gangbar. Sie würde im Dorf nicht länger bleiben können, und auch die kleine Kreisstadt Euskirchen war keine Option. Von einer Sekunde zur anderen hatte sich ihr ganzes Leben geändert!

Vor dem Haus gegenüber tat sich etwas. Vorsichtig lugte Margret durch die Gardinen. Die Polizei überbrachte Konrads Mutter die Hiobsbotschaft.

Margret wünschte sich weg, weit weg!

11

„Polizeiposten Flamersheim, Hauptwachtmeister Eicks."

Automatisch warf der Polizist einen Blick auf seinen Wecker. Vier Uhr dreißig!

„Herr Eicks, Heinrich Ehser hier", drang es aufgeregt aus der Hörmuschel. „Ich bin gerade mit meinem Milchwagen zur Molkerei in Kuchenheim gefahren. Von dort rufe ich jetzt auch an. Am Kuchenheimer Weg liegt ein toter Mann. Anscheinend ist er überfahren worden."

„Ich fahre raus und seh's mir an. Von Ihnen brauche ich später noch eine Zeugenaussage."

Peter Eicks verständigte die Wache in Euskirchen über den Einsatz und sprang in seine Uniform, die er abends stets so hinlegte, dass er sie im Alarmfall blitzschnell anziehen konnte.

Zuletzt stieg er in seine schwarzen Schaftstiefel, setzte sein Tschako auf und schwang sich draußen auf seinen Dienst-Motorroller. Fünf Minuten später traf er zeitgleich mit einer Funkstreife aus Euskirchen an der Unfallstelle ein.

„Das ist ja eine schöne Sauerei", empfing ihn der Kollege. Im Licht der aufkommenden Dämmerung bot sich ihnen ein grausames Bild. Mit grotesk verrenkten Gliedmaßen lag ein junger Mann in seinem Blut am Fahrbahnrand. Auch der Kopf war blutüberströmt, so dass die Gesichtszüge kaum zu erkennen waren. Der Euskirchener Kollege leuchtete mit seiner starken Handlampe auf die Leiche.

„Au, Scheiße!", entfuhr es Eicks. „Den kenne ich. Das ist Konrad Bell, ein Junge aus dem Dorf."

Die Euskirchener Kollegen begannen, den Fundort zu fotografieren und nach Spuren abzusuchen.

„Mh, keine Bremsspuren. Der muss von dem Fahrzeug in voller Fahrt erfasst worden sein. Und der Fahrer ist dann abgehauen. Dass er den Zusammenstoß nicht bemerkt hat, ist wohl ausgeschlossen", sagte der Streifenführer und hängte sich ans Funkgerät. „Ich verständige die Kripo."

Wenig später erschien Hans-Egon Bädorf auf der Szenerie. Der junge Kriminalinspektor hatte in dieser Nacht Bereitschaft und war vom Diensthabenden der Euskirchener Wache unsanft aus dem Schlaf gerissen worden. Er ließ sich von den Kollegen informieren und nahm den Unfallort und das Opfer in Augenschein. Dann verteilte er die Aufgaben.

„Sie beide", wandte er sich an die Streifenwagenbesatzung, „sichern die Unfallstelle und überwachen den Abtransport des Opfers in die Rechtsmedizin. Wir beide", richtete er sich an Peter Eicks, „überbringen den Eltern die traurige Nachricht. Sie fahren vor."

Gefolgt vom unauffällig grau lackierten VW-Käfer der Kripo, dessen auf dem Dach montierte Antenne verriet, dass es sich um einen Funkwagen handelte, brachte Peter Eicks seinen Dienstroller vor dem Fachwerkhaus in der Kleinen Höhle zum Stehen.

Es handelte sich um einen typischen kleinen rheinischen Dreiseithof mit schwarz angestrichenem Ständerbauwerk und mit Lehm verputztem Fachwerk, das weiß gekälkt war. Zum Schutz vor Feuchtigkeit lagen die Grundschwellen der Konstruktion auf einem aus Bruchsteinen gemauerten Sockel auf. Die Traufseite mit den Wohn- und Schlafräumen zeigte zur Straße hin, daneben befand sich ein großes, zweiflügeliges grünes Tor mit einer Schlupftür darin. Daran hing ein massiver schmiedeeiserner Türklopfer, den Eicks jetzt betätigte. Dabei schaute er seinen Kollegen, der mit seinem jungenhaften Äußeren eher an einen Abiturienten als an einen Kriminalbeamten erinnerte, von der Seite her an.

„Haben Sie das schon mal gemacht?"

„Ei…eigentlich nicht", stieß er unsicher hervor.

„Dann überlassen Sie mir das Reden", bot Eicks an.

Wie viele junge Menschen seiner Generation verfügte er bereits über jede Menge Lebenserfahrung. Der Krieg hatte auch hier seine Spuren hinterlassen. Er klopfte erneut heftig ans Tor, weil sich noch niemand aus dem Hausinnern gezeigt hatte. Endlich öffnete sich über ihren Köpfen ein Schlafzimmerfenster, und eine etwa 50-jährige Frau steckte ihren schwarzhaarigen Kopf hinaus. Erstaunt sah sie zu den Polizisten hinunter.

„Wat ös loss, wat maat Ühr esu fröh für ene Radau?", fragte sie in breitem Voreifeler Platt.

„Guten Morgen, Frau Bell. Würden Sie uns bitte hineinlassen."

Die Tonlage in Peter Eicks' Stimme ließ sie nichts Gutes ahnen. „Ös jet passiert?"

„Bitte, Frau Bell, lassen Sie uns drinnen sprechen", bat Eicks noch einmal und registrierte dabei, dass sich im gegenüberliegenden Haus Gardinen bewegten.

„Momang!"

Nach ihnen endlos vorkommenden Minuten wurde die Schlupftür geöffnet. Eicks stellte Gertrud Bell, die ihre untersetzte Figur in einen wattierten Morgenmantel gehüllt hatte, seinem Kripokollegen vor, und sie folgten ihr sodann in die kleine Küche. Eicks bat sie, sich zu setzen, und auch die beiden Polizisten nahmen Platz.

„Frau Bell", begann Eicks und ließ sein Gegenüber nicht aus den Augen, „ich muss Ihnen leider eine sehr traurige Mitteilung machen." Er legte eine Kunstpause ein und fuhr dann fort: „Ihr Sohn Konrad wurde Opfer eines Verkehrsunfalls, den er leider nicht überlebt hat."

Alle Farbe wich aus dem Gesicht von Gertrud Bell, und ihre Augen spiegelten ungläubiges Entsetzen wider. Stumm schaute sie von Eicks zu Bädorf, dann brach sie in hemmungsloses Schluchzen aus. Minutenlang weinte sie, von Krämpfen geschüttelt, hinter vor das Gesicht geschlagenen Händen, bis endlich Peter Eicks eine Hand zurückzog und ihr ein Taschentuch reichte. Beruhigend legte Eicks seine Hand auf ihre und wartete, bis der erste Schock abgeklungen war.

„Frau Bell, wenn Sie möchten, schicke ich Ihnen nachher Dr. Wegmann vorbei, damit er Ihnen ein Beruhigungsmittel gibt."

„Dä Dokter bruchen ich net, hollt m'r leever de Pastur", schluchzte sie.

„Gut, dann fahre ich gleich beim Pfarrer vorbei. Fühlen Sie sich in der Lage mir ein paar Fragen zu beantworten?"

Mit leerem Gesichtsausdruck musterte sie Peter Eicks.

„Bitte, es wäre wichtig."

Nach einer Weile nickte sie kaum merklich.

„Frau Bell, warum war Ihr Sohn auf der Landstraße nach Kuchenheim unterwegs?"

„Dä ös…, dä woa beim Bund on hat bes höck Meddag Urlaub, wäjen d'r Kermes. Dä wollt höck Morje dä ieschte Zoch von Kuchem noh Bonn nemme on von do wigger noh Kovelenz fahre. Do ös…, do woa hä stationiert."

„Wann hat er denn das Haus verlassen?"

„Jeiste Ovend jän sebbe Uhr. Dä wollt sich noch möt enem Minsch treffe on noch e bessje danze jon on dann…"

Wieder brach sie in Schluchzen aus.

„Könnten wir Ihren Mann auch hinzuziehen?", meldete sich Hans-Egon Bädorf zu Wort. Sofort erntete er einen vorwurfsvollen Blick von Eicks.

„Menge Mann? Dä es em Kresch jeblövve. Dä Jong woa alles, wat ich noch hatt!" stieß Gertrud Bell hervor und brach erneut in Tränen aus, während sich auf Bädorfs Gesicht Schamesröte ausbreitete. Eicks wartete, bis sie sich wieder beruhigt hatte.

„Wissen Sie, mit welchem Mädchen sich Ihr Sohn treffen wollte?", setzte er dann die Befragung fort.

„Dat hätt hä net jesaht. On ich jan och net jefroat. Dat jov mich nühs an. Dä Jong woa jo alt jenoch."

Wieder verfiel sie in Schluchzen. Peter Eicks fand, dass sie für den Moment genug wussten.

„Erst mal vielen Dank, Frau Bell. Wir kommen sicher noch einmal auf Sie zu."

Mit einem Kopfnicken bedeutete Eicks seinem Kollegen, dass es nun an der Zeit war, das Haus zu verlassen. Als sie die Straße betraten, registrierte Eicks erneut sich bewegende Gardinen im Haus gegenüber.

„Hatte ich nicht gesagt, Sie sollen das Reden mir überlassen?", erboste sich Eicks.

„Tut mir leid, das ist mir so herausgerutscht. Ich wusste ja nicht…"

„Natürlich hatten Sie keine Ahnung. Fast jede Familie hier im Dorf hat im Krieg Angehörige verloren. Gertrud Bell hat es besonders hart getroffen. Ihre beiden Brüder sind in Frankreich gefallen und ihr Mann ist aus Russland nicht mehr zurückgekehrt. Über sein Schicksal weiß man nichts. Er gilt als vermisst. Konrad war wohl das

Erzeugnis seines letzten Heimaturlaubs Ende 1943. Seither schlägt sich die Frau allein durchs Leben."

Betreten schaute Bädorf zu Boden.

„Ich möchte um 10 Uhr eine Dienstbesprechung auf der Wache in Euskirchen abhalten. Sie kommen doch?", fragte er dann zaghaft.

„Ist das ein Befehl oder eine Frage?"

„Na ja, nennen wir es eine dienstliche Aufforderung", antwortete Bädorf mit langsam zurückkehrendem Selbstbewusstsein.

12

Peter Eicks schaute auf seine Armbanduhr. Gleich sieben. Jeden Wochentag um halb acht hielt Monsignore Potthaus seine Frühmesse vor einer Gemeinde meist älterer Hausfrauen ab. Eicks bestieg seine „Bella" und fuhr das kurze Stück zur Kirchgasse. Energisch klopfte er an die Tür zur Sakristei. Verwundert öffnete der zwölfjährige Jodokus Ellebach, der heute als Messdiener eingeteilt war, die Tür einen Spalt weit.

„Morgen, Jo. Ist der Pfarrer schon da?"

Als er sah, wer da Einlass begehrte, öffnete der Junge die Tür ganz und deutete mit einer Hand ins Innere. Heinrich Potthaus war gerade damit beschäftigt, seine liturgischen Gewänder anzulegen. Er hatte die Albe, das weiße Grundgewand, übergeworfen und versuchte, sie mit dem Zingulum, einer Art Strick, zu raffen.

„Gelobt sei Jesus Christus!", grüßte er seinen Besucher. Anstelle der korrekten Antwort „In Ewigkeit, Amen!" beließ es Peter Eicks bei „Guten Morgen, Herr Potthaus."

Etwas irritiert schaute ihn der Pfarrer durch seine dicken Brillengläser an. Er war es gewohnt, dass ihn die Dorfbewohner als Stellvertreter des Herrn auf Erden ehrfürchtig mit „Monsignore" oder doch wenigstens „Herr Pastor" ansprachen. Der Vertreter der weltlichen Macht schien das nicht für nötig zu halten. Ungerührt kam Peter Eicks gleich zur Sache.

„Heute Morgen ist Konrad Bell am Kuchenheimer Weg tot aufgefunden worden. So, wie es aussieht, wurde er Opfer eines Verkehrsunfalls. Der Verursacher ist flüchtig. Ich komme gerade von seiner Mutter und habe ihr die traurige Nachricht überbracht. Sie bittet Sie um Ihren Beistand."

Heinrich Potthaus machte eine betretene Miene.

„Die Wege des Herrn sind unergründlich. Möge der Herr seiner Seele gnädig sein!" Er faltete die Hände und schaute himmelwärts.

Peter Eicks spürte, wie ihm der Kamm schwoll. Er hasste das salbadernde Gelaber, das manche katholische Geistliche an den Tag legten, besonders hasste er das frömmelnde Getue von Heinrich Potthaus. Mühsam bewahrte er die Fassung. Dabei war es nicht so, dass Eicks grundsätzlich etwas gegen Priester hatte. Im Gegenteil – einem verdankte er sogar sein Leben: Kaplan Theodor Kellermann.

Der diente seit Juli 1940 als 3. Kaplan in der Herz-Jesu-Pfarrei in Euskirchen. Für Kellermann war Nächstenliebe nicht nur ein Wort, sondern die Maxime seines Handelns. Als im Herbst 1944 der Krieg in Form von alliierten Luftangriffen nach Euskirchen kam, war er unablässig mit seinem Fahrrad unterwegs, half Bombenopfer zu bergen, zu versorgen und zu betreuen. Er ging niemals in den Luftschutzkeller, sondern beobachtete, wohin die Bomben fielen, um anschließend gezielt nach Verschütteten graben zu können.

Peter Eicks lebte damals mit seiner Mutter an der Kommerner Straße in Euskirchen. Sein Vater war im Krieg und nach der Kapitulation der 5. Panzerarmee beim Tunesienfeldzug im Mai 1943 in amerikanische

Gefangenschaft geraten. Seine Kriegsgefangenenbriefe waren zensiert und erreichten sie aus Camp Livingston mit einer Postfachadresse in New York. Er durfte seinen genauen Aufenthaltsort nicht preisgeben. Erst nach seiner Rückkehr 1948 erfuhren sie, dass er in Louisiana gewesen war und dort auf den Baumwollfeldern gearbeitet hatte. Die Amerikaner hatten ihn anständig behandelt. Für ihn war der Krieg 1943 zu Ende gewesen, nicht jedoch für seine Familie.

Am 7. Oktober 1944, Peter Eicks' zehntem Geburtstag, erfolgte ein besonders heftiger Luftangriff auf Euskirchen, der die Kommerner Straße in ein Trümmerfeld verwandelte. Ihr Haus wurde von einer Bombe getroffen und vollständig zerstört, während er mit seiner Mutter und weiteren Hausbewohnern im darunterliegenden, provisorisch zum Luftschutzraum ausgebauten Keller angsterfüllt das Ende des Angriffs abwarteten. Als er endlich vorbei war, fanden sie den Kellerausgang von Trümmern verschüttet.

Kaplan Kellermann grub sich zusammen mit anderen Helfern des Sanitätstrupps, dem er sich angeschlossen hatte, zu den Verschütteten durch, während ringsherum ein Flammenmeer tobte. Alle Insassen des Kellers wurden gerettet.

In der Stadt waren nach diesem Angriff insgesamt 59 Todesopfer zu beklagen, die Zahl der Verletzten zählte niemand. Peter Eicks wurde mit seiner Mutter nach Thüringen evakuiert und kehrte erst im September 1945 nach Euskirchen zurück.

Kaplan Kellermann hingegen blieb in der Stadt und wurde beim Bombardement am 2. Februar 1945 von einem Splitter getroffen.

Auf einem Handkarren – ein Kraftfahrzeug war nicht verfügbar – wurde er zum Notlazarett in den Erlenhof am östlichen Stadtrand von Euskirchen, der 1920 als Einrichtung der Rheinischen Provinzial-

Fürsorgeerziehungsanstalt entstanden war, gebracht und sogleich operiert. Gleich danach wurde er zur Burg Kirspenich verlegt, wohin das Marienhospital ausgelagert worden war. Dort erlag er einen Tag später, am 3. Februar 1945, seiner schweren Verwundung.

Für Eicks verkörperte Theodor Kellermann den Idealtypus des schlichten und opferbereiten Priesters, der half, wo er gebraucht wurde und ohne viel Aufhebens tat, was getan werden musste.

Wo und wie Potthaus den Krieg verlebt hatte, wusste niemand so genau. Er hatte 1953 die Pfarrstelle in Flamersheim angetreten und stammte angeblich aus Neuss. Wie er sich die Würde eines Monsignore verdient hatte, war ebenso unbekannt. Er hielt seine Schäfchen auf Distanz und umgab sich gerne mit einer gottgleichen Aura.

„Also, ich habe Ihnen die Bitte von Frau Bell vorgetragen. Darf ich davon ausgehen, dass Sie sie nach der Messe aufsuchen?", insistierte Eicks.

Potthaus nickte huldvoll.

„Auxilium nostrum sit in nomine domini."

Auch Peter Eicks war einmal Messdiener gewesen und verstand die lateinische Formel, die katholische Priester beim Eintreten in ein Haus sprachen, wenn sie einem Bewohner die Krankenkommunion brachten.

„Gut, dann helfen sie ihr meinetwegen im Namen des Herrn. Wie wir von den Spuren am Unfallort wissen, fuhr der flüchtige Unfallverursacher ein hellblaues Auto. Ist Ihnen heute am frühen Morgen, so etwa zwischen vier und fünf Uhr, zufällig etwas Ungewöhnliches aufgefallen? Haben Sie vielleicht ein solches Fahrzeug gesehen?"

Potthaus wiegte sein Haupt verneinend hin und her.

„Um diese Zeit wachte der Herr noch über meinen Schlaf."

„*Ich* habe etwas bemerkt". Schüchtern meldete sich Jodokus Ellebach zu Wort, der den Wortwechsel der beiden Erwachsenen verfolgt hatte, während er seine Ministrantenkleidung anzog. Die beiden Männer richteten ihre Blicke auf ihn.

„Was hast du gesehen?", fragte Eicks.

„Gesehen habe ich nichts…"

„Jodokus! Wenn du dich jetzt nur wichtig machen willst, dann bedenke: Eitelkeit ist eine Todsünde!", unterbrach ihn Potthaus streng. „Komme am Samstag zur Beichte und bereue!"

„Lassen Sie den Jungen bitte ausreden", wies ihn Eicks zurecht. „Also, Jo, was war los?"

„Ich bin heute Morgen kurz wach geworden, weil bei Kumps der Abschleppwagen rausgefahren ist. Mein Zimmer geht zum Marktplatz hin, und weil es in der Nacht noch so warm war, hatte ich das Fenster geöffnet. Ich habe gehört, wie die beiden Falttore aufgeschoben wurden und der Hanomag angelassen wurde."

„Um wie viel Uhr war das?"

„Das weiß ich nicht. Ich habe nicht auf meinen Wecker geschaut. Aber es wurde schon hell."

„Kannst du sagen, in welche Richtung der Abschleppwagen davonfuhr?"

„Ich glaube, er bog von der Pützgasse nach links in die Horchheimer Straße ab."

Draußen begannen jetzt die Glocken zu läuten. Offenbar zog der Küster, der im Kirchenschiff unterwegs gewesen war, um die Kerzen der Seitenaltäre anzuzünden, jetzt im Vorraum unter dem Turm der uralten Kirche, deren Gründung auf das Jahr 1058 zurückging, an den dort herabhängenden Glockenseilen, um die Schäfchen zur Messe zu rufen. Heinrich Potthaus ließ sich von Jodokus Ellebach sein Talar reichen.

„Dominus vobiscum!", wandte er sich an Peter Eicks, machte mit einer Hand in der Luft ein Kreuzzeichen und bedeutete ihm so, dass er nun gehen solle. Eicks legte seine rechte Hand ans Tschako.

"Vielen Dank, Jo. Guten Morgen, Herr Potthaus!"
Als er die Stufen zur Kirchgasse hinunterstieg, atmete er mit aufgeblasenen Backen vernehmlich aus. Dann ließ er die „Bella" an, und eine Minute später fuhr er an der Tankstelle vor.

1915 geboren, entstammte Jakob Kump einer langen Reihe von Flamersheimer Dorfschmieden und war einer der ersten gewesen, die den damals jungen Beruf des Automechanikers erlernten. Nach dem Krieg hatte er die väterliche Dorfschmiede an der Pützgasse abreißen und an ihrer Stelle eine moderne Tankstelle mit angeschlossener Werkstatt und darüber liegender Wohnung errichten lassen. Zwei rot-weiße Zapfsäulen mit dem Logo der Gasolin AG für Super und Benzin standen unter einem Pilzdach bereit, den Durst der Kraftfahrzeuge des Wirtschaftswunders zu stillen. Eine Zapfsäule für Dieselkraftstoff hätte sich hingegen nicht gelohnt.

In der Werkstatt stand ein 100-Liter-Fass mit aufgesetzter Handpumpe, mittels derer der Hanomag mit Treibstoff versorgt wurde. Die Bauern des Dorfes, die Diesel für ihre Trecker benötigten, bezogen diesen gleichfalls in 100-Liter-Gebinden über die Raiffeisenkasse direkt aus der Raffinerie in Wesseling – steuerfrei! Die Burg, die als größter Landbesitzer über die beste technische Landmaschinenausstattung verfügte, ließ sich den Treibstoff gleich per Tankwagen anliefern.

Zwei drei Meter hohe und vier Meter breite Falttore, eins zur Pützgasse, eins zum Marktplatz hin, ermöglichten es, Fahrzeuge in die Werkstatt ein- und auszufahren, ohne dass groß rangiert werden musste. Einen Teil des Marktplatzes hatte die Firma Kump in stummer Übereinkunft mit der Gemeindeverwaltung als erweiterten Betriebshof in Beschlag genommen. Normalerweise stand dort auch der Hanomag-Abschleppwagen, der während der Kirmestage allerdings in der Werkstatt untergebracht worden war.

In den 1950er Jahren hatten viele Dorfbewohner Jakob Kump für größenwahnsinnig gehalten. Aber er hatte den richtigen Riecher gehabt. Jedes Wochenende wälzte sich eine zunehmend länger werdende Schlange von Autos mit den Familien der Bonner Ministerialbürokraten in Richtung des damals äußerst beliebten Naherholungsgebiets an der Steinbachtalsperre durch die schmalen Straßen des Dorfs. Sie alle mussten dabei an Jakob Kumps Tankstelle vorbei, die alsbald zu prosperieren begann. Versagte ein Fahrzeug seinen Dienst, war Jakob Kump mit seinem Abschleppwagen – zu Beginn noch auf dem Chassis eines Vorkriegs-Opel Blitz – zur Stelle.

Die Steinbachtalsperre war so beliebt, dass die Stadtwerke Bonn eigens eine Buslinie eingerichtet hatte, die Bonn und den Speckgürtel drumherum drei Mal täglich mit der Eifel verbanden. Sie wurde jedoch nur mäßig genutzt. Wer konnte und etwas auf sich hielt, fuhr mit dem Auto. Die Flamersheimer erfuhren schon sehr früh, was das Wort „Verkehrsstau" bedeutete, erste Rufe nach einer Umgehungsstraße wurden laut. Aber bis zu deren Bau sollte noch viel Zeit vergehen.

„Morgen, Herr Eicks, so früh schon unterwegs?", begrüßte ihn der alte Kump, der servil aus seinem gläsernen Kassenhäuschen, das rechts an der Begrenzungsmauer zum Nachbargrundstück angebaut war, hervortrat.

„Wie immer?", fragte er dann und begann sogleich geschäftig das Benzin-Ölgemisch in das Schauglas der handbetriebenen Zweitaktzapfsäule zu pumpen.

„Guten Morgen, Herr Kump", grüßte Eicks zurück. „Eigentlich bin nicht zum Tanken hier – obwohl, wenn Sie schon dabei sind: drei Liter bitte."

Peter Eicks klappte die Sitzbank der „Bella" zur Seite und schraubte den Tankdeckel ab, Jakob Kump füllte die abgemessenen drei Liter Zweitaktgemisch ein. Der Tank fasste 8,5 Liter und war jetzt wieder randvoll.

„Sagen Sie mal, Herr Kump, wohin ging denn heute Nacht die Abschleppfahrt?"

„Abschleppfahrt?" Der Alte kratzte sich am Hinterkopf. „Davon weiß ich nichts."

„Ein Zeuge will gehört haben, dass Ihr Hanomag ausgerückt ist."

„Vielleicht war mein Sohn unterwegs. Ich wohne ja nicht mehr hier. Wenn ein Anruf eingeht, dann nimmt Leonard ihn entgegen. Warum fragen Sie?"

„Heute Morgen wurde Konrad Bell tot am Kuchenheimer Weg aufgefunden. Er wurde offensichtlich von einem Fahrzeug erfasst, dessen Fahrer flüchtig ist. Das muss gegen vier, viertel nach vier gewesen sein. Etwa um diese Zeit soll Ihr Abschleppwagen ausgefahren sein."

„Konrad Bell? Tot?" Jakob Kump zeigte sich ehrlich entsetzt. „Der arme Junge – und die arme Mutter! Aber wie gesagt, ich weiß nichts von einer Abschleppfahrt. Warten Sie, ich rufe meinen Sohn."

Jakob Kump verschwand in der Werkstatt und kam Augenblicke später mit seinem Sohn zurück.

„Ja, es stimmt", sagte Leonard Kump und blickte Eicks fest in die Augen, „ich bin gegen vier Uhr angerufen worden und sollte nach Stotzheim kommen. Angeblich sollte ein Fahrzeug zwischen Stotzheim und Niederkastenholz in den Graben gefahren sein."

„Wieso angeblich?", wunderte sich Eicks.

„Na ja, als ich an der angegebenen Stelle ankam, war dort nichts, kein Auto, kein Mensch, nur Straße und Dunkelheit."

„Wer hat denn angerufen?"

„Hat sich nicht mit Namen gemeldet."

„War es eine Frauen- oder eine Männerstimme?"

„Es war eine Frau."

„Haben Sie sie erkannt?"

„Nein."

„Sie sind also rausgefahren, obwohl gar kein Fahrzeug verunglückt war?"

„Das kommt ab und zu schon mal vor. Es gibt Leute, die machen sich einen Spaß daraus, mich wegen nichts nachts aus dem Bett zu schmeißen. Ich bin dann noch bis Stotzheim weitergefahren, um zu schauen, ob vielleicht jemand an der Telefonzelle am Marktplatz wartete. Aber da war niemand."

„Ihr Vater hat Ihnen sicher gerade gesagt, dass Konrad Bell heute Morgen tot aufgefunden wurde."

Peter Eicks' Blick fixierte den jungen Kump. War Leonard Kump blasser geworden? War da ein unsicheres Flackern in den Augen? Wahrscheinlich die Nachwirkungen des Hahnenballs – oder der Schock wegen der Todesnachricht! Konrad Bell und Leonard Kump waren ja fast gleichaltrig. Letzterer nickte fast unmerklich.

„An der Unfallstelle wurden hellblaue Farbreste festgestellt, die wahrscheinlich von dem unfallflüchtigen Fahrzeug herrühren. Ist Ihnen heute Nacht bei Ihrer unfreiwilligen Ausfahrt vielleicht ein blauer Pkw aufgefallen? Oder haben Sie sonst etwas Ungewöhnliches bemerkt?"

Leonard Kump schaute nach links oben und tat so, als überlege er.

„Leider nicht. Nachdem ich festgestellt hatte, dass mich jemand verarscht hat, bin ich zurückgekehrt, habe den Hanomag abgestellt und bin wieder ins Bett gegangen."

„Allein?"

„Leider ja…", grinste er anzüglich.

„Das Unfallauto muss an der Beifahrerseite vorne beschädigt worden sein. Wir haben auch Glassplitter vom Scheinwerfer an der Unfallstelle sichergestellt. Sollten Sie etwas gewahr werden, was uns in der Sache weiterhilft oder sollte sogar ein Auto mit entsprechender Beschädigung bei Ihnen zur Reparatur angemeldet werden, geben Sie mir bitte unverzüglich Bescheid."

Beide Kumps nickten zustimmend. Wenn der Polizist jetzt den blauen Hanomag sehen wollte, wären sie erledigt. Doch Peter Eicks bedankte sich und folgte Jakob Kump in das Kassenhäuschen der Tankstelle. Dort quittierte er in einer Liste den Spritempfang. Die recht übersichtliche Spritrechnung für den Polizeiposten Flamersheim wurde monatlich an die Kreispolizeibehörde in Euskirchen geschickt und von dort beglichen. Als er das kleine Kabuff verließ, hörte Eicks Leonard Kump bereits wieder in seiner Werkstatt rumoren.

13

Nachdem Peter Eicks davongefahren war, betrat Jakob Kump durch die Schlupftür die Werkstatt und schlich sich auf leisen Sohlen an seinen Sohn heran, der sich an der Frontpartie des Hanomag zu schaffen machte. Er baute sich vor ihm auf und fragte lauernd:

„So, das war also ein Wildunfall heute Nacht?"

Leonard Kump erschauderte. Er kannte seinen Vater zur Genüge. Wenn der hünenhafte Mann mit Händen, die aussahen, als könne er damit ohne Hammer schmieden, mit leiser Stimme Fragen stellte, war höchste Gefahr im Anzug.

Als er heute Morgen in die Werkstatt gekommen war, war dem Alten natürlich sofort der Schaden am Hanomag aufgefallen. Leonard hatte ihm die gleiche Geschichte über die unfreiwillige Ausfahrt aufgetischt wie vorhin Peter Eicks, allerdings in der Wildunfall-Version. Demnach war ihm bei Rückfahrt ein Reh, das in einem Rübenfeld äste, vor den Wagen gelaufen. Vor Peter Eicks hatte Leonard die Beschädigung des Hanomag wohlweislich verschwiegen, und Jakob Kump hatte intuitiv das gleiche getan. Jetzt war Zeit für die Wahrheit.

„Was war hier heute Nacht los?", bohrte Jakob Kump weiter. „Raus mit der Sprache, Bürschchen."

„I… ich hab's doch schon gesagt."

Leonard blickte seinem Vater direkt in die Augen, hielt dessen Blick aber nicht lange stand und schaute dann betreten nach unten.

„Du hast mir eine Geschichte aufgetischt, die bestenfalls die halbe Wahrheit ist. Ich will jetzt wissen, was passiert ist. Hast du etwas mit Konrad Bells Tod zu tun?", donnerte Jakob Kump.
Leonard schwieg und schaute nach rechts oben an die Decke, als ob dort die Antwort zu finden sei. In ihm arbeitete es sichtlich. Der Alte verlor seine mühsam aufrecht erhaltene Geduld und packte mit seinen Sohn beim Latz seiner Arbeitshose.

„Wenn du nicht sofort mit der Sprache rausrückst, schlage ich dich windelweich!", brüllte er. „Und dann rufe ich Eicks an, damit er dich mitnimmt. Dann kannst du dein Leben hinter Gittern verbringen!"

Jakob Kump ließ seinen Sohn los und versetzte ihm mit der flachen Hand einen Schlag ins Gesicht, der diesen an die Wand der Werkstatt beförderte.

Der Alte setzte nach. Leonard hob schützend seine Arme vor den Kopf. Sein Vater landete einen Haken auf dem Solarplexus, der Leonard zusammensinken ließ. Mit dem Rücken rutschte er an der Wand lang zu Boden. Der alte Kump packte seinen Sohn beim Schlafittchen und hob ihn scheinbar mühelos auf einen Stuhl, der in der Ecke neben der Werkbank stand. Dann verpasste er ihm rechts und links zwei leichte Ohrfeigen, die Leonard aus der Benommenheit zurückholten. Aus glasigen Augen starrte er seinen Vater an.

„Sprich!" donnerte der.

"Also, ich habe gestern Abend ein Mädchen mit nach Hause genommen", begann Leonard.

Alle Großspurigkeit war von ihm gewichen. Schweigend hörte sich der alte Kump den Bericht seines Sohnes an und starrte danach mit über dem Kopf verschränkten Händen minutenlang ins Leere. Leonard hing zusammengesunken auf seinem Stuhl. Dann fasste der Alte einen Entschluss.

"Los, mach den Hanomag fertig!", befahl er seinem Sohn. "Ich will heute Mittag keine Spur mehr von dem Unfall sehen.

14

Kurz vor zehn Uhr bog Peter Eicks auf seiner "Bella" in den Hof der Euskirchener Polizeiwache an der Alleestraße ein. Hans-Egon Bädorf erwartete ihn bereits im Besprechungsraum im Erdgeschoss des roten Backsteingebäudes.

An einer Grüntafel, die wie in einem Klassenzimmer an der Stirnwand des Raumes angebracht war, hingen die mit Magneten befestigten Schwarzweißfotos, die bei der Unfallaufnahme gemacht worden waren. Daneben hatte Hans-Egon Bädorf mit Kreide die relevanten Unfalldaten wie Name, Alter und Wohnort des Unfallopfers, Datum, Uhrzeit, Verständigung der Polizei, festgestellte Unfallspuren und bisherige Ermittlungsergebnisse vermerkt. Neben Peter Eicks waren noch der Streifenführer, der die Unfallaufnahme durchgeführt hatte, sowie die Dienststellenleiter der Polizeiwachen in Rheinbach und Mechernich anwesend.

"Guten Morgen, meine Herren", eröffnete Bädorf die Besprechung. "Sie alle sind über das Verkehrsverbrechen, dass sich heute Nacht bei Flamersheim ereignet hat, informiert. Hauptwachtmeister Eicks vom dortigen Polizeiposten hat die Meldung gegen vier Uhr dreißig telefonisch von einem Milchwagenfahrer, der die Unfallstelle passiert hatte, entgegengenommen, die Polizeiwache hier in Euskirchen verständigt und ist dann zum Ort des Geschehens gefahren. Dort traf er zeitgleich mit der Streife von Polizeiobermeister Jäntges ein."

Der Genannte nickte mit dem Kopf in die Runde.

„Herr Jäntges fertigte die Fotos vom Unfallort, die Sie hinter mir an der Tafel sehen. Das Unfallopfer, Konrad Bell, wurde in die Rechtsmedizin nach Bonn gebracht. Die Obduktion ist bereits durchgeführt worden. Das wesentliche Ergebnis wurde mir soeben telefonisch mitgeteilt. Demnach war die primäre Todesursache ein Genickbruch aufgrund des Zusammenstoßes mit einem Auto. Aber auch die multiplen anderen Frakturen sowie die inneren Verletzungen hätten zum Tod durch Verbluten geführt. Das viele Blut, das an Bells Leiche hauptsächlich im Gesichtsbereich haftete, stammte von der Gesichtsfraktur, die das Opfer beim Aufprall erlitt. Die Geschwindigkeit des Verursacherfahrzeuges schätzen die Rechtsmediziner aufgrund des Verletzungsbildes auf ca. 30 km/h, also nicht besonders schnell."

„Das unfallverursachende Fahrzeug muss vorne auf der Beifahrerseite beschädigt worden sein" ergriff Jäntges das Wort. „Wir haben vor Ort keine Brems- oder Reifenspuren gefunden, aber Bruchstücke von Scheinwerferglas und Anhaftungen von blauer Farbe an Bells Kleidung."

„Aufgrund eines Hinweises habe ich, bevor ich hierhin kam, den Tankstellen- und Werkstattbesitzer Jakob Kump aus Flamersheim befragt", warf Eicks ein. „Sein Sohn, Leonard Kump, ist um die fragliche Zeit, in der Konrad Bell überfahren wurde, mit seinem Abschleppwagen unterwegs gewesen. Er wurde gerufen, weil auf der Straße zwischen Niederkastenholz und Stotzheim angeblich ein Fahrzeug verunglückt gewesen sein soll.

Das erwies sich allerdings als nicht zutreffend. Es handelte sich wohl um einen Scherz."

„Was hat das mit diesem Fall hier zu tun?", wollte der Rheinbacher Kollege wissen.

„Nun, wahrscheinlich nichts. Es ist sicher nur ein zufälliges zeitliches Zusammentreffen der Umstände. Leonard Kump hat auf seiner unfreiwilligen Ausfahrt denn auch nichts Außergewöhnliches beobachten können. Ich habe die beiden Kumps jedenfalls aufgefordert, mich sofort zu verständigen, falls ihnen ein Fahrzeug mit einer Beschädigung, die von dem Unfall herrühren könnte, unterkommt."

„Wir fahnden nach einem hellblauen Fahrzeug. Deshalb habe ich Sie, meine Herren", wandte sich Bädorf an die Kollegen aus Rheinbach und Mechernich, „hierher gebeten. Es ist gut möglich, dass das fragliche Fahrzeug im Kreis Bonn-Land oder im Kreis Schleiden zugelassen ist. Bitte veranlassen Sie, dass in Ihrem Beritt alle Kfz-Werkstätten verständigt werden und Ihre Beamten die Halter von hellblauen Fahrzeugen überprüfen. Ich weiß, dass das viel Arbeit bedeutet. Aber die Polizeiposten vor Ort kennen ja ihre Pappenheimer. Wir haben unsere Polizeiposten bereits verständigt."

„Ich werde dann jetzt mit der Befragung der Dorfbevölkerung fortfahren. Irgendeiner hat immer etwas gesehen...", kündigte Eicks an.

„Sehr gut! Ich werde zusätzlich die Presse einschalten. Federführend für den Fall ist die Kripo hier in Euskirchen. Alle relevanten Informationen gehen an mich. Meine Herren, vielen Dank. Ich wünsche gutes Gelingen!" schloss Bädorf die Dienstbesprechung.

15

Für die Rückfahrt wählte Peter Eicks die Route über Kuchenheim. Er hatte sich eine Strategie zurechtgelegt, wie er weiter vorgehen wollte. Zuerst wollte er die Halter von blauen Pkw in seinem Bezirk aufsuchen. Das wäre schnell erledigt.

Sein Polizeiposten war neben Flamersheim noch für die Ortschaften Palmersheim, Kirchheim, Niederkastenholz, Schweinheim und Ringsheim zuständig. Von letzterem existierten allerdings nur noch die Burg und die halbverfallene Kirche. Der Ort selbst war bei der letzten großen Pestepidemie Mitte des 17. Jahrhunderts untergegangen.

Die Liste von Pkw-Haltern in seinem Sprengel war übersichtlich, die Liste derjenigen mit einem blauen Pkw noch übersichtlicher. Eicks brauchte nicht zu warten, bis die Zulassungsstelle beim Straßenverkehrsamt in Euskirchen ihm eine Liste erstellte, er wusste es auswendig: Der Verwalter des Gutshofs in Palmersheim fuhr einen blauen BMW 600, Heinrich Esser, der Fuhrunternehmer aus Flamersheim, der den Unfall gemeldet hatte, besaß einen blauen Fiat Neckar, der Versicherungsvertreter Hans Kurtenberg aus Kirchheim nannte einen flammneuen blauen Ford 12M sein Eigen, in Schweinheim hatte der dortige Lehrer der Zwergschule ein himmelblaues Goggomobil. Und dann war da noch Monsignore Heinrich Potthaus, der einen blauen VW Käfer Export fuhr.

Auch wenn Peter Eicks davon ausging, dass niemand von diesen Leuten etwas mit dem Unfall zu tun hatte, suchte er sie der Reihe nach auf und nahm die Autos in Augenschein. Der BMW des Gutsverwalters stand unbeschädigt im Hof des Gutshauses, das Goggomobil des Lehrers ebenso auf dem Schulhof in Schweinheim. Hans Kurtenberg traf er zufällig auf der Chaussee zwischen Schweinheim und Flamersheim, als der zu einem Kundenbesuch unterwegs war. Sein Ford 12M war wie aus dem Ei gepellt. Blieben noch Heinrich Ehser, zu dem Eicks später wollte, um gleichzeitig dessen Zeugenaussage aufzunehmen – und Monsignore Potthaus. Auf Eicks' Klingeln hin öffnete dessen Haushälterin, eine stämmige Matrone unbestimmbaren Alters.

„Der Herr Monsignore hält gerade Mittagsruhe und darf nicht gestört werden!", beschied sie barsch den Polizisten und schlug die ihm die Tür vor der Nase zu. Eicks läutete erneut und pochte gleichzeitig mit der Faust gegen die massive Haustür des Pfarrhauses. Der pastorale Zerberus riss die Tür auf und wollte sofort zu einer Schimpftirade ansetzen. Eicks kam ihr zuvor und donnerte: „Wenn Sie jetzt nicht sofort ihren Chef holen, dann nehme ich Sie fest und verpasse Ihnen eine Anzeige wegen der Behinderung polizeilicher Ermittlungen!" Verwundert schaute sie den baumlangen Polizisten an. So hatte noch nie jemand mit ihr gesprochen. Als Haushälterin eines Monsignore stand sie quasi unter dem Schutz des Allerhöchsten. Eicks musterte sie von oben bis unten. Bei so einem Hausdrachen war der Zölibat vielleicht doch nicht eine so schlechte Lebensform…

Vom Lärm geweckt, hatte sich Heinrich Potthaus aus seinem Lieblingssessel im Arbeitszimmer erhoben und schlurfte nun in Filzpantoffeln wenig göttlich heran. Er verstand die Welt nicht mehr.

„Ich bin ein Mann Gottes. Sie versündigen sich mit Ihrem Verdacht!", ereiferte sich der Pfarrer, als ihm Peter Eicks sein Anliegen erklärte.

„Niemand verdächtigt Sie", antwortete der Polizist kühl. „Das ist reine Routine. Ich muss das überprüfen, ohne Ansehen der Person. Seien Sie also bitte so freundlich und zeigen mir Ihr Auto."

Widerwillig öffnete Heinrich Potthaus die Doppelflügeltore seiner Garage. Der VW Käfer zeigte Eicks seine rückwärtige Ansicht.

„Könnten Sie den Wagen bitte herausfahren. Ich muss einen Blick auf die Frontpartie werfen", bat er.

„Nein, das muss ich nicht tun!" Die Empörung war dem Pfarrer ins Gesicht geschrieben. „Mein Auto ist in Ordnung, das können Sie doch von hier aus sehen!"

„Wie Sie meinen".

Obwohl es in Peter Eicks brodelte, blieb er äußerlich ruhig.

„Ich setze mich mit meiner vorgesetzten Dienststelle in Verbindung. Die wird einen Gerichtsbeschluss erwirken und dann werden wir Ihr Auto eben abschleppen und in einer Werkstatt untersuchen lassen. Guten Tag, Herr Potthaus."

Eicks wandte sich zum Gehen. In Potthaus arbeitete es.

„Warten Sie!"

Der Monsignore zog aus einer Tasche in seiner violett paspelierten und mit violetten Knöpfen besetzten Soutane den Autoschlüssel hervor und hielt ihn Peter Eicks hin.

„Würden Sie das übernehmen?", fragte er, plötzlich ganz kleinlaut. „Ich fahre nicht gerne rückwärts, wenn mir jemand dabei zusieht."

Peter Eicks war entzückt. Der Stellvertreter des Herrn auf Erden hatte menschliche Schwächen! Eicks fuhr den Wagen heraus. Der vordere rechte Kotflügel wies etliche Schrammen auf, die unfachmännisch nachlackiert worden waren. In gleicher Höhe fanden sich an der rechten Garagenwand Abschürfungen im Putz. Offenbar hatte der Monsignore nicht nur Probleme mit dem Rückwärtsfahren.

Eicks inspizierte beides eingehender als nötig und schaute dann den Pfarrer an, der verlegen an ihm vorbeiblickte. Auch Monsignore Potthaus war nur ein Mann, dem man vieles vorwerfen durfte, nur nicht, dass er ein schlechter Autofahrer war!

„In Ordnung, Herr Potthaus." Eicks konnte ein Grinsen kaum unterdrücken. „Sie können den Wagen wieder hineinfahren. Oder soll ich…?"

16

Eicks ließ seinen Motorroller an und warf einen Blick auf seine Armbanduhr. Kurz vor zwei. Der Nachtwächter der Lederfabrik hatte jetzt sicher ausgeschlafen. Zwei Minuten später fuhr die „Bella" erneut in der Kleinen Höhle vor und pochte an die Tür von Fritz Kessel.

„Mein Mann ist im Garten", unterrichtete ihn die dralle Sybille Kessel, die ihm die Tür öffnete. „Gleich hier im Bungert."

Peter Eicks legte die kurze Distanz zur Straße „Im Bungert", die nur im unteren Teil bebaut war und später in einen Feldweg überging, zu Fuß zurück. Hier lagen die Gärten der „Höhlenbewohner", wie die Anwohner der Kleinen und der Großen Höhle im Dorf genannt wurden.

Im Prinzip hatte jeder Dorfbewohner irgendwo seine Parzelle, die er zur Selbstversorgung bewirtschaftete. In Kriegszeiten und den Wirren danach, war der eigene Garten der Garant dafür gewesen, dass im Dorf niemand hungern musste.

Neuerdings jedoch wurden viele Anbauflächen zu Rasen umgewandelt. Früher selbst erzeugte Lebensmittel wurden nun gekauft. Der Garten diente nur noch der Freizeitgestaltung und wurde vielen Dörflern lästig. Der Gemeinderat erklärte immer mehr Garten- zu Bauland. Wer verkaufen konnte, tat es.

Fritz Kessel wäre das nie in den Sinn gekommen. Peter Eicks fand ihn Pfeife schmauchend auf einer Bank unter einem alten Birnbaum sitzend. Er wirkte viel älter als seine 46 Jahre. Früher musste er einmal ein stattlicher

Mann gewesen sein. Der Krieg, die Beschwernisse des Lebens und die ewigen Nachtschichten hatten seinen Körper vorzeitig gebeugt und tiefe Furchen in seinem Gesicht hinterlassen.

„Herr Kessel", begann Eicks, nachdem sie sich begrüßt hatten, „Sie haben doch heute Nacht Dienst als Nachtwächter in der Lederfabrik gehabt. Ist Ihnen etwas Ungewöhnliches aufgefallen? Ich frage das im Zusammenhang mit dem Tod von Konrad Bell. Es geht um die Zeit zwischen 3.30 Uhr und 4.30 Uhr."

Kessel zog an seiner Pfeife und schaute an dem vor ihm stehenden Polizisten vorbei ins Leere. Er stieß ein paar Rauchwölkchen aus und schien zu überlegen. „Nein, es gab nichts Ungewöhnliches. Es war eine ganz normale Schicht", antwortete er mürrisch.

„Sie sitzen doch die ganze Zeit in Ihrem Glaskasten und können den Verkehr, der aus Flamersheim in Richtung Stotzheim oder Kuchenheim fährt beziehungsweise von dort kommt, beobachten. Ist Ihnen in der fraglichen Zeit ein Fahrzeug aufgefallen?"

Wieder paffte Kessel ein paar Rauchwölkchen in die Luft, bevor er antwortete.

„Nein, ich habe nichts gesehen."

„Auch nicht den Abschleppwagen der Kumps? Leonard Kump will gegen vier Uhr nach Stotzheim gerufen worden sein."

Paff, paff, paff.

„Nein. Aber ich sitze ja nicht die ganze Zeit in meinem Glaskasten. Gegen vier Uhr habe ich meinen Rundgang begonnen, den ich jede Stunde machen muss."

„Wie lange brauchen Sie dafür?"

„Eine halbe Stunde."

„Sie waren also gegen halb fünf wieder zurück an Ihrem Platz?"

Paff, paff.

„Ja."

Eicks wusste nicht, ob der Nachtwächter tatsächlich so wortkarg war oder ob er das nur vorspiegelte. Jedenfalls strapazierte er seine Geduld. Er hatte er das unbestimmte Gefühl, dass Kessel mehr wusste, als er sagte. Eicks versuchte es mit einem Themenwechsel.

„Schönen Garten haben Sie hier", lobte er und zeigte auf die tadellos bestellten Beete.

Paff, paff, paff.

„Ist auch viel Arbeit."

„Bewältigen Sie die alleine? Ich meine, wegen Ihrer Kriegsverletzung…"

Paff, paff, paff, paff.

„Meine Frau hilft mir."

„Und Ihre Tochter?"

In Kessels Gesichtszügen meinte Eicks eine Veränderung zu registrieren. Wurden sie weicher, weniger abweisend?

„Die nicht", kam die Antwort, nachdem Kessel zuvor wieder ein paar Rauchwölkchen produziert hatte.

Peter Eicks sah ein, dass es zwecklos war. Aus Fritz Kessel würde er jetzt nicht mehr herausholen. Für den Moment wusste er, was er wissen musste. Er legte seine rechte Hand ans Tschako.

„Vielen Dank für Ihre Auskünfte, Herr Kessel."

Der Nachtwächter nickte nur. Als Peter Eicks das Gartentor hinter sich schloss, saß Fritz Kessel immer noch wie angewurzelt auf seiner Bank, paffte und starrte ins Leere.

17

Fritz Kessel war am Boden zerstört. Nie hätte er gedacht, dass ihn nach dem, was ihm im Krieg widerfahren war, noch etwas derart erschüttern könnte. Doch das, was seine Tochter ihm heute Morgen gestanden hatte, rüttelte an den Grundfesten seiner Existenz. Das Leben, wie er es kannte, war mit einem Schlag vorbei. Dass seine Frau ihn laufend betrog, wusste er schon lange. In Anbetracht seiner Impotenz hatte er dafür sogar ein gewisses Verständnis. Das Dorf mokierte sich darüber, hintenrum, versteht sich. Ihn störte das nicht, Fritz und Sybille hatten sich arrangiert. Sein ganzes Augenmerk hatte stets seiner Tochter gegolten. Sie war sein Augenstern gewesen, seine Hoffnung, sein Ein und Alles – und jetzt das!

Ein Dorf ist keine Großstadt, und man kann sich nicht verstecken. Alle wissen von allen alles, manche sogar noch mehr. Dinge, die die Polizei nie erführe, würden als Gerüchte durch das Dorf wabern. Die Gerüchte würden sich zu Wahrscheinlichkeiten verdichten, die Wahrscheinlichkeiten zu Tatsachen, die Tatsachen würden auf Täter und Opfer hinweisen. Dem Opfer würde die größtmögliche Anteilnahme gelten. Der Täter – oder die Täterin – würde nur noch Verachtung und Ausgrenzung erfahren. Die Familie würde in Sippenhaft genommen werden. Was als Trunkenheitsfahrt begann und durch eine Verkettung unglücklicher Umstände tödlich endete, würde zum Mord umgedeutet werden. Das Dorf vergaß nichts, es gab kein Entrinnen!

Friedrich Kessel, ehemaliger Gerber, Kriegsversehrter, Familienvater, angesehenes Mitglied der Dorfgemeinschaft, einer, der das Grauen überwunden hatte und sein Schicksal meisterte, war der Vater einer Mörderin!

Sorgfältig klopfte Fritz Kessel seine erkaltete Pfeife aus. Schwerfällig erhob er sich von der Gartenbank und schleppte sich mit schweren Schritten ins Gartenhaus. Aus den vier Bienenstöcken, die er hier beherbergte, drang das monotone Summen der Insekten, die unermüdlich Pollen heranschafften, die sie zu Honig fermentierten, der sie über den Winter bringen sollte. Hinter dem Häuschen scharrte eine kleine Hühnerschar auf einer mit Obstbäumen bestandenen Wiese. Zwei Gänse stolzierten zwischen den Hühnern umher. Eine würde an Sankt Martin als Braten enden, die andere zu Weihnachten. Gurren, Schnattern und Gackern drang an sein Ohr. Aber für Fritz Kessel würde es kein Sankt Martin und kein Weihnachten mehr geben.

Er öffnete den schweren Werkzeugschrank, der eigentlich eine senkrecht aufgestellte uralte Eichentruhe war und entnahm aus einer mit einem Vorhangschloss versehenen grauen Munitionskiste eine in Ölpapier eingewickelte Luger 08 – seine alte Wehrmachtspistole, die er in den Nachkriegswirren vor dem Zugriff der Amerikaner hatte verstecken können. Sorgfältig wickelte er die Waffe aus und zog das Magazin aus dem Griff heraus. Er schob eine einzige Patrone hinein, setzte das Magazin wieder ein und zog den Kniegelenkverschluss zurück. Der Federdruck beförderte die Patrone in das Patronenlager im Lauf.

Mit der Waffe in der Hand schleppte sich Fritz Kessel zur Bank unter dem Birnbaum zurück und ließ sich darauf niedersinken. Noch einmal ließ er seinen Blick schweifen. Das Letzte, was er in diesem Leben sehen wollte, war sein Garten, das Ruhe und Frieden ausstrahlende Idyll, dessen Anblick ihm immer geholfen hatte, wenn die Dämonen des Krieges ihn heimsuchten. Die alten Dämonen, sie hatten sich so bannen lassen, die neuen, die heute in seine Seele eingezogen waren, würden es nicht mehr.

Fritz Kessel war dem Tod oft begegnet. Der Tod kam als Kugel, die schnell und schmerzlos tötete. Der Tod kam als Freund, wenn diese Kugel den Feind traf. Er kam qualvoll, wenn das Leben gegen ihn ankämpfte. Der Tod kam als Erlösung, wenn die Qualen der Verwundeten übermächtig wurden. Aber immer kam er als Sieger!

Mit leerem Blick führte Fritz Kessel den Lauf der Luger zum Mund.

ZWEITES BUCH

2014

18

Freitag, 8. August

„Was ist denn das für ein Saustall?" Mit wutverzerrtem Gesicht zog Leonard Kump ein Schubfach nach dem anderen aus dem Werkzeugwagen heraus. „Nennst du das etwa Ordnung? Wie willst du so arbeiten?"

Der junge Mechaniker, dem der Wutausbruch galt, schaute betreten zu Boden. Mit einem kräftigen Tritt brachte Leonard Kump den Werkzeugwagen zum Kippen. Mit Getöse verteilte sich dessen Inhalt auf dem Werkstattboden.

„Ich komme in zehn Minuten zurück. Dann ist die Kiste mustergültig aufgeräumt!"

Mit hochrotem Kopf stand der junge Mechaniker daneben und wagte keinen Widerspruch. Die anderen Mechaniker in der großen Werkstatthalle widmeten sich geflissentlich ihren jeweiligen Tätigkeiten und waren froh, nicht Gegenstand eines der gefürchteten Wutausbrüche des alten Kump gewesen zu sein. Die kamen unvermittelt und aus nichtigem Anlass. Jeden Tag absolvierte der Alte seine Runde, und immer hatte er etwas zu beanstanden. Wie in einem alten Vulkan schien es in ihm ständig zu brodeln. Und man wusste nie, wann er das nächste Mal ausbrach.

Leonard Kump ließ noch einen kritischen Blick durch die Halle schweifen, sein Blick traf sich mit dem seines Sohnes Karl-Heinz, der von seinem Schreibtisch hinter der Theke der Reparaturannahme den Ausbruch seines Vaters verfolgt hatte. Zum Glück waren keine Kunden anwesend. Leonard Kump machte eine wegwerfende Handbewegung in seine Richtung, dann drehte er sich um und entschwand durch die Tür, die die Werkstatt mit dem Verkaufsraum der Tankstelle verband. Diese war 24 Stunden am Tag und 365 Tag im Jahr geöffnet und bot einigen Frauen aus dem Dorf auf 450-Euro-Basis eine Zuverdienstmöglichkeit.

Leonard Kump platzierte sich an einen der Stehtische im Backshop-Bereich und ließ sich von der Frau, die heute Morgen Dienst hatte und die erst seit ein paar Monaten hier arbeitete, Kaffee und Croissants servieren. Das Namensschildchen, das sie am Revers ihres Kittels trug, wies sie als Marga Morringer aus. Schwer zu sagen, wie alt sie war. Vierzig? Fünfundvierzig? Auf jeden Fall fand Kump sie attraktiv, so wie er ein Stück Wild attraktiv fand, das er gerne erlegen wollte. Er sagte höflich „bitte" und „danke", lächelte dabei sein Raubtierlächeln und entblößte zwei Reihen blendend weißer, ebenmäßiger Zähne – eine gute Arbeit des jungen Zahnarztes, der seit ein paar Jahren im Dorf praktizierte.

Leonard Kump selbst fand, er sah noch ganz passabel aus. Der volle Haarschopf war zwar einer Glatze gewichen, die von einem Resthaarkranz umsäumt wurde, aber er verfügte immer noch über sein Gardemaß von 1,90 Meter, auch wenn er jetzt ein wenig nach vorne gebeugt ging. Er war auch etwas füllig geworden, aber fett war er noch lange nicht! Na gut, er brauchte eine Brille, aber wer nicht, mit zweiundsiebzig Jahren? Die Versuche mit den Kontaktlinsen hatte er aufgegeben. Seine großen Hände waren für solch filigrane Arbeiten wie das Auflegen der kleinen Kunststoffteile auf den Augapfel nicht geschaffen. Er kleidete sich gut und teuer, konservativ zwar, aber oho! Was ihm sonst noch an Anziehungskraft mangelte, glich er mit seinem Geld aus. Die eine oder andere Bedienung des Tankstellenshops hatte schon davon profitiert.

Marga Morringer lächelte zurück. Sie zierte sich noch und stachelte damit den Jagdtrieb des alten Kump weiter an. Irgendwann würde er sie kriegen, so wie er bisher alle gekriegt hatte, die er kriegen wollte!

Er schlürfte seinen Kaffee und beobachtete das Treiben des nie abreißenden Stroms an Kunden. Zufrieden nickte er. Es war eine gute Idee gewesen, den Betrieb aus der Ortsmitte an die Umgehungsstraße zu verlegen, als noch niemand daran geglaubt hatte, dass diese jemals fertiggestellt werden würde.

Es war aber nicht nur Kaufmannsgeschick gewesen. Schon früh hatte Leonard Kump erkannt, dass er Mitglied der konservativen Mehrheitspartei im Stadtrat werden musste, damit er Zugang zu den Leuten erhielt, die in der Stadt Euskirchen, zu der die einst selbständige Gemeinde Flamersheim nach der kommunalen Neuordnung 1971 gekommen war, das Sagen hatten.

Anfang der 1980er Jahre hatte er die Bekanntschaft des Baudezernenten Peter Klefges gemacht, der zu seinem Job auf Ticket seiner Partei gekommen war. Der damals junge Familienvater hatte sich beim Bau seines Einfamilienhauses leider finanziell etwas übernommen, und Leonard Kump hatte ihm großzügig aus der Patsche geholfen. Dafür hatte Klefges ihn stets vorzeitig über die aktuellen Bauleitplanungen auf dem Laufenden gehalten. Bevor überhaupt jemand etwas ahnte, hatte Leonard Kump die benötigten Grundstücke, die damals Weideland gewesen waren, sehr preiswert an sich gebracht. Als dann der Ausbau der Umgehungsstraße begann, hatte Kump die Baugenehmigung für seinen Betrieb bereits in der Tasche gehabt. Er hatte nichts dem Zufall überlassen.

19

Der 62-jährige Jodokus Ellebach, Kriminalhauptkommissar in Altersteilzeit, setzte sich den altmodischen, weißen Halbschalenhelm mit den ledernen Ohrschützern, die unter dem Kinn zusammengeschnallt wurden, auf seinen Schädel und ließ den Motor der polizeigrünen

Zündapp „Bella" an. Zum Outfit gehörten noch eine Reithose mit Schaftstiefeln sowie eine Lederjacke mit Doppelknopfreihe. Angesichts der Augusthitze verzichtete Ellebach allerdings auf diese Accessoires und begnügte sich mit einer legeren Sommeruniformhose und einem Polizei-Kurzarm-Sommerhemd in der ausgemusterten grün-beigen Farbgebung und ohne Hoheitsabzeichen.

Die Arbeit beim K1 der Kripo in Euskirchen – Verbrechen gegen das Leben und Erforschung unnatürlicher Todesfälle – ruhte montags und freitags allein auf den Schultern seines Kollegen Lothar Schaeffer. Der junge Kriminaloberkommissar war erst kürzlich und nicht ganz freiwillig aus Köln nach Euskirchen versetzt worden und bildete zusammen mit Ellebach das ganze Ermittlungspersonal des K1. Zu ermitteln gab es im Moment nicht allzu viel, so dass Ellebach in Ruhe seinem Hobby nachgehen konnte. In drei Wochen wäre sowieso Schicht im Schacht. Dann würde er endgültig in den Ruhestand gehen.

Im ehemaligen Kuhstall des alten Bauernhofes, den er vor vielen Jahren von der Erbengemeinschaft seines Großvaters mütterlicherseits gekauft und zu einem gemütlichen Wohnhaus hatte umbauen lassen, hatte er sich ein kleines Refugium geschaffen. Hier schraubte er an alten Motorrädern herum, die er oft bei Bauern in der Scheune fand und brachte sie wieder zum Laufen. Mittlerweile verfügte er über eine kleine Sammlung von Nachkriegsmaschinen, die damals nicht unwesentlich zur Mobilität der Landbevölkerung beigetragen hatten.

Die „Bella" hatte er den Erben eines Heilpraktikers, der im Nachbardorf praktiziert hatte und bei der Bevölkerung den Spitznamen „Pissdoktor" trug, weil er alles Unheil dieser Welt im Urin seiner Patienten zu finden glaubte, für kleines Geld abgekauft. Dem Typenschild und den Fahrzeugpapieren zufolge stammte sie aus dem

Jahr 1964, das letzte, in dem die Zündapp-Werke GmbH, München, den Roller produziert hatte. Sie war etwas verwahrlost, aber ansonsten technisch in einem erstaunlich guten Zustand gewesen. Natürlich waren etliche Arbeitsstunden für die Herrichtung draufgegangen. Als persönliches Sahnehäubchen hatte Ellebach zum Schluss die Maschine in polizeigrün lackiert.

Er würde es gemütlich angehen. Mit dem rechten Fuß betätigte er die Schaltwippe, ließ den ersten Gang einrasten, und bog mit lautem Zweitakt-Geknatter von seinem Hof in Flamersheim in die Große Höhle ab. Der strahlende Sommertag lud geradezu zu einer Ausfahrt auf seinem geliebten Motorroller ein. Josi, seine gleichaltrige Frau, spielte bei dieser Sommerhitze mal wieder Tennis. Ellebach schüttelte den Kopf. Während er sich stets vor jeder sportlichen Betätigung gedrückt hatte, hatte sie sich in Form gehalten. Sie spielte nicht nur Tennis, sondern traf sich regelmäßig mit Freundinnen zum Joggen. Und im Gegensatz zu Ellebach neigte sie auch nicht zur Körperfülle.

Ihr apartes Gesicht mit den grau-grünen Augen, die neugierig-forschend blicken konnten, war umrahmt von einer Bubikopf-Frisur. Das ursprünglich helle Blond ihrer Haare war unmerklich einem graublond gewichen, was bei Menschen mit dieser Farbdisposition weitaus weniger auffiel als bei solchen, die ursprünglich zum Beispiel schwarzhaarig gewesen waren. Sie trug dezente, mattgoldene kleine Ohrstecker in Form von Tennisschlägern, die nur hervorblitzen, wenn sie den Kopf bewegte und die Haare ihre Ohrläppchen freigaben. Um die Augen und den Mund hatten sich die Lachfalten, wegen derer sich Ellebach damals, als sie als Schreibkraft im Polizeipräsidium in Bonn gearbeitet hatte, unter anderem in sie verliebt hatte, deutlich in das Gesicht eingegraben. Sie unterstrichen den freundlichen Eindruck, den Josi im Allgemeinen an den Tag legte.

Sie hatte lange versucht, ihrem Mann ihre Begeisterung für Sport nahezubringen. Hätte man Ellebach gefragt, ging sie ihm damit gewaltig auf die Nerven. Das war einer der wenigen Streitpunkte in ihrer Ehe.

Vor Jahren hatte sie im Fahrradwerk Schauff in Remagen eigens ein Rad mit der treffenden Typenbezeichnung „Sumo" für Jo angeschafft, dass es mit seiner stattlichen Statur und dem ebensolchen Gewicht aufnehmen konnte. Und obwohl sie nicht an der Ausstattung gespart hatte, wollte sich die Freude am Fahren bei Jo nicht einstellen. Lieber unternahm er eine Spritztour mit einem seiner alten Motorräder. Er hatte den Ausruf: „Polizei, keine Bewegung!" in Bezug auf sich selbst immer sehr wörtlich genommen.

Ihm war jetzt nach einer ausgiebigen Ausfahrt auf seiner „Bella". Im Dorf überholte er eine zögerliche Radfahrerin, die anscheinend nicht wusste, wo sie hinwollte. Im Kreisverkehr zwischen Flamersheim und Kirchheim nahm ihm ein Taxi die Vorfahrt. Ellebach konnte einen Zusammenstoß gerade noch vermeiden und bedachte den Fahrer mit einer nicht druckreifen Schimpfkanonade. Das Gesicht des Passagiers im Fond des Wagens hatte er nur für Sekunden sehen können, trotzdem hatte er ihn sofort erkannt: Landrat Peter Klefges! Wo der wohl hinwollte, im Taxi? Ellebach zuckte mit den Achseln. Nun ja, seine Sache!

Am Ortseingang von Kirchheim bog er nach rechts in die Straße ab, die zur Hardtburg führte. Aber nicht die mittelalterliche Burgruine, die in einer Talsenke mitten im Hardtwald lag, war sein Ziel, sondern der Hochwasserbehälter auf der Hügelkuppe davor. Von hier aus hatte man einen hervorragenden Ausblick über die Umgebung, eine Aussicht, die Ellebach so sehr liebte. Er schaltete den Motor der „Bella" ab, bockte sie auf dem Feldweg neben dem Hochwasserbehälter auf und nahm dann wieder auf der Sitzbank der Maschine Platz.

Genießerisch ließ er seinen Blick über die weite Ebene schweifen, die sich unter ihm ausdehnte. In der Ferne konnte er das Autohaus Kump ausmachen. Die Autos, die die Tankstelle anfuhren, erschienen ihm wie Bienen, die ihren Stock anfliegen, nur dass deren Fahrer keine gesammelten Pollen ablieferten, sondern Cash.

Rechts davon erhob sich die Ruine der Lederfabrik, die bis in die 1970er Jahre hinein der größte Arbeitgeber in Flamersheim gewesen war. Der damals 27-jährige Gerbermeister Christian Schaefer hatte, mit seinem jüngeren Bruder als Gesellen, 1860 in der Mönchstraße eine eigene Gerberei eröffnet. In der vorindustriellen Epoche, die den Kunststoff noch nicht kannte, war Leder das täglich und überall benötigte Material, das in schier unübersehbaren Mengen verarbeitet wurde.

Christian Schaefer erzeugte alle gängigen Ledersorten für den Bedarf der Bauern und Handwerker der ländlichen Gegend. Nach und nach verwandelte er seinen handwerklichen Betrieb in eine moderne Lederfabrik, die am Weltmarkt agierte. In den besten Zeiten bestand die Belegschaft aus knapp 200 Leuten. Als das Unternehmen im Herbst 1994 Konkurs anmelden musste, weil es der Konkurrenz aus Asien nicht mehr gewachsen war, waren es noch 35 Arbeiter gewesen. Seither rottete die Ruine vor sich hin und harrte eines Investors, der das Gelände entwickeln wollte.

Ein Mähdrescher zog seine Bahnen über ein ausgedehntes Weizenfeld und erzeugte dabei eine weithin sichtbare Staubfahne, die von dem gehäckselten Stroh herrührte, das er als Spreu über das Feld verteilte.

Plötzlich hatte Ellebach ein Bild vor Augen, wie die Gegend vor 50 Jahren ausgesehen hatte: Es gab kein Autohaus Kump, keine Tankstelle, und auch die Umgehungsstraße war noch nicht fertig ausgebaut. Stattdessen musste man am Ende der Ausbaustrecke vor einer Warnbake links abbiegen und durch Flamersheim fahren, wollte man weiter in Richtung Kirchheim und der Eifel gelangen. Die Felder waren kleinteilig gewesen und von Hecken gesäumt. Asphaltierte Feldwege hatte es ebenso wenig gegeben wie die riesigen Landmaschinen, die heute gang und gäbe waren.

Ellebach war damals ein zwölfjähriger Steppke gewesen, und er hatte es geliebt, die Gegend auf seinem Fahrrad, das er zur Erstkommunion geschenkt bekommen hatte, zu erkunden. Oft genug hatte er dafür aber keine Zeit gehabt. Schon früh musste er auf dem elterlichen Hof helfen. Die Bauern bestellten damals ihr Land weitgehend mithilfe der Familie. Ein kräftiger Bursche, wie Ellebach es in seinen jungen Jahren gewesen war, kam da gerade recht.

Die technische Ausstattung der kleinen Bauern, auch die der Ellebachs, beschränkte sich in den meisten Fällen auf einen Traktor wie den Deutz D15 mit Mähbalken, der mit seinen 14 PS auch einen Zweischarpflug oder einen Selbstbinder, den Vorläufer des Mähdreschers, ziehen konnte, der das Mähen des Getreides sowie das Bündeln und Binden der Getreidehalme zu Garben besorgte. Die gebundenen Garben legte der Mähbinder auf dem Feld ab. Die halbwüchsigen Kinder des Bauern hatten dann die Aufgabe, die Garben zu Hocken zusammenzustellen, damit diese später zur Lagerung in der Scheune abtransportiert werden konnten. Das Ausdreschen der Körner geschah in der arbeitsärmeren Zeit mit dem Dreschflegel oder später mit der Dreschmaschine, die von einem Lohnunternehmen von Hof zu Hof gebracht wurde. Von Feldarbeit konnte Ellebach ein Lied singen. Das Landleben war nur in der verklärten Vorstellung ahnungsloser Städter romantisch gewesen.

Eine Kuh macht muh, viele Kühe machen Mühe. Auch das wusste Ellebach nur zu gut. Die acht Milchkühe, die sein Vater hielt, molk seine Mutter zwei Mal täglich mit der Hand, und selbstverständlich erlernte auch Ellebach diese hohe Kunst. Als alteingesessene Familie verfügten die Ellebachs zudem über eine uralte Holzgerechtsame, die noch aus dem Mittelalter stammte, als Flamersheim der Hauptort der kleinen Herrschaft Tomberg gewesen war und deren Gültigkeit noch niemand in Zweifel gezogen hatte. Sie gestattete ihnen, für den eigenen Bedarf unentgeltlich Bau- und Brennholz aus dem Flamersheimer Wald zu entnehmen. Die Waldarbeit hatte Ellebach immer gut gefallen und noch heute holte er sich alljährlich von dort sein Brennholz, mit dem er den riesigen Kachelofen in seinem Haus befeuerte. Beim Hacken der Rundstücke zu Scheiten baute er so manchen Frust, der sich beruflich oder privat bei ihm aufgestaut hatte, ab.

Noch besser als die Waldarbeit hatte ihm immer schon der damalige Dorfpolizist gefallen. Peter Eicks residierte in einem Haus am Ringsheimer Weg. Am weiß gestrichenen Holzzaun prangte ein blaues Schild mit der weißen Aufschrift „Polizeiposten". Das Haus gehörte der Gemeinde und fungierte auch als Dienstwohnung. Es war groß genug gewesen für eine Familie, die Peter Eicks damals aber noch nicht hatte.

Wenn Eicks, gekleidet in seine grüne Uniform mit Reithosen, die in wadenhohen schwarzen Stiefeln steckten, auf seinem Dienstroller, einer polizeigrünen Zündapp „Bella 175S", durch seinen Sprengel streifte, spürte man allenthalben den Respekt, der ihm entgegenschlug.

Viel zu tun hatte er nicht. Eingeworfene Fensterscheiben, geklaute Erdbeeren oder ein Dörfler, der nach dem Kneipenbesuch mit zu viel Promille und zuwenig Beleuchtung auf dem Fahrrad unterwegs gewesen war – Peter Eicks wusste, an welche Tür er klopfen musste, um des Übeltäters Herr zu werden.

Jodokus Ellebach hatte er mal erwischt, als der als 14-jähriger mit dem Motorrad seines Vaters, einer 98er Miele mit Zweigangschaltung, die für 60 km/h Höchstgeschwindigkeit gut war, über die Feldwege peste. Die

Maschine hatte sich mit einem Nagel, den man in das Zündschloss, das oben auf der Lampe angebracht war, einsteckte, ganz einfach kurzschließen lassen.

Während sein Vater einen Acker pflügte und seine Mutter mit Gartenarbeit beschäftigt war, hatte Ellebach die Gunst der Stunde zu einer Ausfahrt genutzt. Auf dem Feldweg zwischen Flamersheim und Palmersheim war ihm dann Peter Eicks entgegengekommen. Ein Ausweichen war unmöglich gewesen, und so machte Ellebach zum ersten Mal Bekanntschaft mit der Polizei. Das Motorrad musste er an Ort und Stelle abstellen und hinter Peter Eicks auf dem Notsitz des Motorrollers Platz nehmen. Dieser brachte ihn ohne Umschweife zu seinem Vater auf das Feld, das der gerade bearbeitete.

Was in der Folge als vereinte Standpauke von Polizist und Vater über Jodokus hereinbrach, wirkte nachhaltiger als es ein Gerichtsverfahren wegen Fahrens ohne Führerschein je hätte bewirken können. Nur als sein Vater Jodokus den Allerwertesten versohlen wollte, hatte Peter Eicks mit der Ermahnung, dass er seine Maschine besser gegen unbefugte Benutzung sichern sollte, Einhalt geboten, und der alte Ellebach hatte sich dem kommentarlos gefügt. Die offensichtliche Autorität dieses Mannes, die nicht zuletzt von seiner hünenhaften Statur herrührte, hatte Jo Ellebach zutiefst beeindruckt und den Wunsch in ihm geweckt, später selbst zur Polizei zu gehen.

Ach ja, die Kindheit, bargeldarm war sie gewesen, dafür aber reich an Erlebnissen! Liebevoll tätschelte Ellebach das Blechkleid seiner „Bella". Wenn er damit fuhr, kam er sich dabei vor wie weiland der legendäre Peter Eicks.

Ende der 1960er Jahre waren überall im Land die dörflichen Polizeiposten aufgelöst worden.

Peter Eicks musste fortan in bei der Wache in der Kreisstadt Euskirchen Dienst schieben, die damals in einem roten Backsteinbau in der Alleestraße untergebracht war. Und anstatt in Reithosen, Tschako und gewichsten Schaftstiefeln den honorigen Dorfsheriff zu verkörpern, fuhr er nun, angetan mit der biederen Wachdienstuniform, im VW-Käfer auf Streife.

Ellebach hatte nach Absolvierung einer Ehrenrunde auf der Städtischen Realschule für Jungen, die heute Kaplan-Kellermann-Realschule heißt, 1970 bei der Euskirchener Polizei seine Ausbildung zum „Vollzugsbeamten im mittleren Polizeidienst" begonnen. Heute bildete die Polizei in NRW nur noch Anwärter für den gehobenen Dienst aus.

Während seiner 24-monatigen Lehrzeit war er mehrfach dienstlich mit Peter Eicks in Kontakt gekommen, und seine Bewunderung für den Mann hatte sich seit dem Zwischenfall mit dem Motorrad noch gesteigert.

Peter Eicks verkörperte für ihn den idealen Polizeibeamten: freundlich, bestimmt, unnachgiebig bei echten Verbrechern, aber mit einer elastischen Auslegung der Vorschriften, wenn es um Lappalien ging. Insgeheim eiferte der junge Ellebach seinem Vorbild nach. Als fertiger Polizeimeister wurde Ellebach dann nach Bonn versetzt, das als damalige Bundeshauptstadt nicht nur einen hohen Personalschlüssel hatte, sondern Beamten jedweder Fachrichtung auch gute Aufstiegschancen bot. Die nutzte auch Jo Ellebach.

Nachdem er nach Ende der Probezeit die in der Laufbahnverordnung vorgeschriebenen vier Jahre im mittleren Dienst absolviert hatte, wurde er zum Aufstieg in den gehobenen Dienst zugelassen. Die Ausbildung zum Kommissar fand in der 1974 neu eröffneten Polizeischule in Brühl statt, mit Praktika in verschiedenen Dienststellen.

Als 1995 die Stelle eines Sachbearbeiters bei der Euskirchener Kripo ausgeschrieben wurde, hatte sich Jo Ellebach beworben und den Posten bekommen. Seinen

Vorgänger, der in Pension ging, hatte er noch kurz kennengelernt: Peter Eicks!

Das plötzliche Vibrieren der Luft und Erbeben des Erdbodens, verbunden mit dem tiefen Brummen eines hubraumstarken Dieselmotors riss Ellebach aus seinem Tagtraum.

Ein allradgetriebener John-Deere-Mähdrescher von den Ausmaßen eines Leopard-II-Schützenpanzers bahnte sich seinen Weg und fuhr auf Ellebachs Standort zu. Auf einem Anhänger führte er das mehr als zwölf Meter breite Mähwerk der Länge nach mit. In der rundumverglasten, vollklimatisierten Kanzel thronte ein Jungbauer, den Ellebach nicht kannte, der das Ungetüm mit einer Hand dirigierte. Mit der anderen hielt er ein Smartphone, in das er permanent hineinsprach.

Beim Herannahen des Landmaschinenmonsters sprang Ellebach für seine Verhältnisse behände von seinem Ausguck und schob die „Bella" schnell zur Seite. Ob ihn der Jungbauer überhaupt wahrgenommen hatte, während er an ihm vorbeifuhr, war schwer zu sagen. Der Mähdrescher kam nach einigen hundert Metern zum Stehen. Jetzt würde der Jungbauer das Mähwerk hydraulisch ankoppeln und im Nu hätte die gefräßige Maschine das ausgedehnte Weizenfeld abgeerntet. So ging Landwirtschaft heute!

Cyrus McCormick aus Rockville, Virginia, USA, der sich 1834 seinen pferdebespannten Mähbinder hatte patentieren lassen, würde sich wundern, wenn er heute sähe, was aus seiner Erfindung geworden war.

Ellebach schüttelte den Kopf, ließ die „Bella" an und lenkte das Gefährt über Arloff in Richtung Bad Münstereifel, das er auf der Umgehungsstraße rechts liegen ließ. Er tuckerte durch Eicherscheid und Schönau. Jetzt brauchte die „Bella" die ganze Kraft ihrer 10 PS, um ihren schwergewichtigen Fahrer den Anstieg zur Wasserscheide hinaufzuschleppen.

Auf der Kuppe umrundete er den Kreisverkehr, in dessen Mitte eine Skulptur die Scheide zwischen den Flusssystemen der Ahr und der Erft symbolisierte und ließ die „Bella" ins Ahrtal hinabgleiten.

Er fühlte sich privilegiert, an einem ganz normalen Freitagmittag die Straße fast für sich allein zu haben, wohingegen an Samstagen und Sonntagen Motorradfahrer aus ganz NRW, Belgien und den Niederlanden die kurvenreiche Strecke mit ihren schweren Maschinen dominierten. Manch einer überschätzte dabei seine Fahrkünste, und der Ausflug in die Eifel endete tödlich.

In Schuld brachte Ellebach die „Bella" vor dem „Hotel zur Linde" zum Stehen. Von seiner Lage auf dem Bergsporn eines Umlaufberges bot sich von der Terrasse ein atemberaubender Ausblick. Ellebach ließ sich in einem Terrassenstuhl nieder und studierte die Speisekarte. Er entschied sich für eine fangfrische Ahr-Forelle, im Ganzen gebacken mit Blattspinat und Bratkartoffeln, und nahm dazu ein Glas trockenen Ahr-Rivaner. Man musste schon einiges dafür tun, wenn man seine Figur halten wollte!

20

Feierabend! Marga Morringer hängte ihren Arbeitskittel in ihren Spind im Aufenthaltsraum und betrat wieder den Verkaufsraum der Tankstelle. Sie winkte ihrer Kollegin zu, die sie abgelöst hatte und schwang sich draußen auf ihr Fahrrad. Vorbei an der Ruine der Lederfabrik lenkte sie ihr Gefährt in Richtung Marktplatz. In der Pützgasse wurde sie von einem dicklichen Mann, der einen altmodischen Helm trug und auf einem ebensolchen Motorroller hockte, geschnitten. Sie rief ihm etwas Unfreundliches nach, dass mit „A…" anfing, aber im Lärm des Zweitaktmotors unterging.

An diesem Wochenende war also Flamersheimer Kirmes. Aus den Erzählungen ihrer Mutter wusste sie, dass die Kirmes zu deren Jugendzeit eine ziemlich große Angelegenheit gewesen war. Marga wollte sich einen eigenen Eindruck von den Vorbereitungen verschaffen, doch sie wurde enttäuscht. Von der besonderen Stimmung, die ihre Mutter ihr beschrieben hatte, war nichts zu spüren. Ein Autokarussell war vor der Burgmauer aufgebaut, eine Frittenbude hatte sich gegenüber der katholischen Kirche postiert, davor standen ein paar Biertischgarnituren bereit – das war's! Der zentrale Marktplatz mit dem Urteilsstein an seinem nördlichen Ende lag zwischen den ihn umsäumenden Linden da wie alle Tage, das Dorf war auch wie immer. Marga zuckte die Achseln. Die Zeiten hatten sich geändert!

Sie verließ den Marktplatz über die Valdergasse und bog dann in die Sperberstraße ein. Früher hatte sie „Neuer Weg" geheißen, und an der Ecke hatte eine riesige Blutbuche gestanden. Unter ihrer Krone hatte ihre Mutter ihren Vater zum ersten Mal geküsst. Die Buche war Ende der 1970er Jahre gefällt worden, angeblich weil sie morsch gewesen war, tatsächlich hatte sie aber wohl der Straßenplanung im Wege gestanden. Das Bäumchen, das nach Protesten aus der Bevölkerung an ihrer Stelle gepflanzt worden war, war da nur ein mickriger Ersatz.

Marga passierte die Einfahrt zur Burg. Deren Ursprünge reichten bis ins 9. Jahrhundert zurück, und sie wechselte im Laufe der Jahrhunderte mehrmals ihr Aussehen und die Besitzer, bis 1861 die Fabrikantenwitwe Caroline Bemberg aus Elberfeld die Burg kaufte. Deren Sohn Julius wurde 1884 in den erblichen preußischen Adelsstand erhoben. Seither führte die Familie den Namen „von Bemberg-Flamersheim".

Der jetzige Namensträger hatte dem Zeitgeist Rechnung getragen und das ganze Areal, das früher einmal der größte Landwirtschaftsbetrieb im Ort gewesen war, zu einem Gastronomiezentrum mit zwei Lokalen und einem kleinen Hotel umgewandelt.

Die zur Burg gehörenden 600 Morgen Land waren zum Teil in Bauland umgewandelt worden, zum Teil an einen landwirtschaftlichen Großbetrieb verpachtet, der die Flächen mithilfe von Monstermaschinen im industriellen Maßstab bewirtschaftete.

Die Scheune, in der Marga nach Angabe ihrer Mutter gezeugt worden war, hatte man auch ihrer ursprünglichen Funktion beraubt. Statt gepresster Strohballen beherbergte sie jetzt allerlei Gerätschaften und das Sommermobiliar des Biergartens, der bei passendem Wetter vor dem Lokal „Eiflers Zeiten" geöffnet wurde.

An dessen Stelle hatte sich früher das Düngemittellager befunden, und der Biergarten war der Betriebshof des landwirtschaftlichen Gutes gewesen. Das Wohnhaus des Verwalters war nun ein Gourmettempel: „Bembergs Häuschen". Wenn Margas Mutter ihr von „Bembergs Häuschen" erzählt hatte, hatte sie etwas ganz anderes gemeint: Ein Jagdhaus, das tief im Flamersheimer Wald lag. Marga nahm sich wieder einmal vor, es aufzusuchen.

Sie ließ die Burg links liegen und überquerte den Flämmerbach. Gleich darauf bog sie in die Kleine Höhle ein. Auch das Sträßchen präsentierte sich ihr ganz anders, als ihre Mutter es beschrieben hatte – kein Wunder: Seit sie im Oktober 1964, kurz nach ihrem 21. Geburtstag Flamersheim verlassen hatte, hatte Margret Kessel keinen Fuß mehr in das Dorf gesetzt. Das alte Fachwerkhaus, in dem Margas Vater – Konrad Bell – mit seiner Mutter gewohnt hatte, existierte nicht mehr. An seiner Stelle erhob sich ein modernes Zweifamilienhaus.

Das Elternhaus ihrer Mutter stand noch, allem Anschein nach äußerlich unverändert. Wer jetzt darin wohnte, wusste Marga nicht.

Nachdem ihr Großvater sich am Kirmesdienstag 1964 umgebracht hatte, war ihre Großmutter bald zu ihrem langjährigen Geliebten nach Odendorf gezogen, das Häuschen in der Kleinen Höhle war alsbald verkauft worden.

Von dem Geld hatte Margas Mutter keine müde Mark gesehen. Margas Großmutter hatte es mit ihrem Tuppes durchgebracht. Marga selbst kannte ihre Großmutter nur vom Hörensagen.

Nach den Beerdigungen von Konrad Bell und Fritz Kessel, hatte Margas Mutter von Jakob Kump, dem Vater von Leonard, zehntausend Mark erhalten. Sie musste sich dafür verpflichten, das Dorf zu verlassen und über den Unfallhergang in der Nacht nach dem Hahnenball Stillschweigen zu bewahren. Schriftlich!

Margret Kessel hatte bei Nacht und Nebel ihre Sachen gepackt und war nach Köln gezogen. Der alte Kump kannte dort einen Kriegskameraden, der ihr eine kleine Wohnung am Baudriplatz in Nippes besorgte. Schnell hatte sie einen Job als Verkäuferin in einer Stoffhandlung an der Neusser Straße gefunden. Alle Zeichen standen auf Neuanfang, dann stellte sie fest, dass sie schwanger war.

Marga konnte sich kaum vorstellen, wie ihre ledige Mutter – ein „gefallenes Mädchen", wie diese Frauen damals genannt wurden – ausgegrenzt und verachtet worden war. Uneheliche Mutterschaft war bis weit in die 1970er Jahre hinein eine Schande gewesen. Viele Mütter wurden unter Druck gesetzt, ihr Kind zur Adoption freizugeben. Margret Kessel hatte sich stets vehement dagegen gewehrt, dennoch war es ein existentielles Problem gewesen. Abtreibung war ohnehin nie eine Option gewesen. Sie war verboten, und wenn sie durchgeführt wurde, dann illegal bei sogenannten „Engelmachern" in dubiosen Hinterhofzimmern.

Margrets Chefin hatte ihr gekündigt, sobald die Schwangerschaft nicht mehr zu übersehen gewesen war.

Das lebensfrohe katholische Köln zeigte sein wahres Gesicht. Niemand hatte Erbarmen mit einer ledigen Mutter. Hätte Margret nicht das Geld von Kump und ihre eigenen Ersparnisse im Rücken gehabt, sie wäre auf der Straße gelandet.

Nachdem sie Marga im Nippeser St. Vinzenz-Hospital, das damals von Schwestern vom Orden der Vinzentinerinnen geleitet wurde, zur Welt gebracht hatte, war sie fortwährend bedrängt worden, das kleine Mädchen zur Adoption freizugeben. Als ob sie eine ansteckende Krankheit gehabt hätte, wurde sie von den verheirateten Müttern getrennt gehalten. Anderswo war es vorgekommen, dass unehelich geborene Kinder ohne Zustimmung der Mutter zur Adoption freigegeben worden waren. Die Ordensschwestern im St. Vinzenz-Hospital waren nicht soweit gegangen.

„Wie wollen Sie als ledige Mutter denn für das Kind sorgen?", hatte es immer wieder geheißen. Margret hatte sich nicht erweichen lassen. Doch auch ihr war klar gewesen, dass sie die kleine Marga unter den herrschenden Umständen nicht hatte bei sich behalten können.

Das Ersparte würde nicht ewig reichen. Schließlich stimmte sie zu, dass der Säugling zur Pflege in das Städtische Kinderheim in Sülz gegeben wurde. Die „Schwestern vom armen Kinde Jesus" führten dort ein strenges Regiment. Wenigstens durfte Margret ihre Tochter regelmäßig besuchen.

Als ledige Frau ohne Kind kam Margret schließlich bei der Post unter, die damals händeringend Arbeitskräfte suchte. Im Bahnpostamt Köln 12 am Gladbacher Wall arbeitete sie zunächst als Putzfrau im Übernachtungsheim für Bahnpostfahrer, später in der Reinigungskolonne, die die Bahnpostwagen zu säubern hatte. Hier lernte sie Winand Morringer kennen, einen Bahnpostbeamten im mittleren Dienst, der im Nachtdienst die Strecke Köln-Freiburg befuhr.

Sie heirateten im April 1969 und nahmen Marga zu sich. Margret Kessel wurde Hausfrau. Die kleine Familie bekam eine Postwohnung in der neugebauten „Feimarkensiedlung" in der Heinrich-von-Stephan-Straße in Köln-Bilderstöckchen. Margas Mutter hatte ihr die Geschichte wieder und wieder erzählt, und Marga kannte die Details, als hätte sie sie selbst erlebt.

Winand war ein guter und fürsorglicher Mann gewesen, der leider zuviel trank, aber nie ausfällig oder gar gewalttätig wurde. Als sich herausstellte, dass er keine Kinder zeugen konnte, adoptierte er Marga und gab ihr seinen Nachnamen. Bei der Postreform nach der Wende wurde der Postverkehr Anfang der 1990er Jahre von der Bahn auf Lkw umgestellt, Bahnpostfahrer waren überflüssig, und die Post schickte Winand Morringer mit Mitte fünfzig in den Ruhestand. Er beackerte jetzt seinen Schrebergarten in der Anlage am Blücherpark – und trank noch mehr. 1999 raffte ihn eine alkoholische Leberzirrhose dahin.

Margas Mutter bezog eine auskömmliche Hinterbliebenenpension. Ein Jahr darauf wurde bei ihr Brustkrebs festgestellt – viel zu spät, denn er hatte bereits Metastasen gebildet, die die Lymphknoten, die Beckenknochen und das Gehirn befallen hatten. An einem schönen Frühsommertag im Juni 2001 endete Margrets Leben im Beisein ihrer Tochter auf der onkologischen Station im St. Vinzenz-Hospital. Marga ließ sie auf dem Nordfriedhof neben ihrem Winand beisetzen.

Und obwohl Margrets Leben nach ihrem erzwungenen Weggang aus Flamersheim letztlich noch eine gute Wendung genommen hatte, war sie zeitlebens von Heimwehattacken geplagt gewesen. Natürlich hätte sie, spätestens seit sie mit Winand verheiratet gewesen war, ihr Heimatdorf besuchen können. Aber die Angst davor, was sie dort erwarten könnte, hatte die Sehnsucht stets überwogen. Nicht nur in diesem Punkt war sie eine zerrissene Seele gewesen.

Zehntausend Mark – das war damals viel Geld gewesen, genug, um irgendwo anders neu anzufangen, aber auch genug für ein verpfuschtes Leben?

Und sie selbst, Marga? Nach dem Realschulabschluss an der Edith-Stein-Realschule in Nippes war sie 1983 als Beamtenanwärterin im mittleren Dienst zur Stadt Köln gegangen und hatte eine klassische Verwaltungsausbildung durchlaufen. Nach Tätigkeiten bei verschiedenen städtischen Ämtern hatte sie die letzten zehn Jahre in der Meldehalle des Bezirksrathauses in Lindenthal zugebracht.

Die Ironie des Schicksals wollte es, dass auch sie, genau wie ihre Mutter, an Brustkrebs erkrankte und zwar beidseitig. Allerdings wurden die Tumoren so rechtzeitig erkannt, dass sie noch nicht gestreut hatten. Eine Brust war allerdings nicht mehr zu retten gewesen und musste amputiert werden. Mit dem Implantat kam Marga mehr schlecht als recht klar.

Überhaupt nicht klar mit der Gesamtsituation kam ihr damaliger Lebensabschnittsgefährte. Der hatte immer gesteigerten Wert auf Äußerlichkeiten gelegt und sich noch während Margas Krankenhausaufenthalt neu orientiert, wie er es nannte. Scheißtuppes!

Marga stürzte in tiefe Depression, die Therapien und Klinikaufenthalte, die deswegen nötig wurden, mehrten sich. Zuletzt fand sie in einer Fachklinik in Ahrweiler Hilfe, aber kein Arzt wollte eine gesicherte Prognose abgeben und sie als geheilt bezeichnen. Die Stadt Köln stellte ihr daraufhin wegen dauerhafter Dienstunfähigkeit den Stuhl vor die Tür. Wenigstens war der mit einer Pension gepolstert. Das war jetzt ein halbes Jahr her.

Eine Freundin hatte ihr vorgeschlagen, Köln eine zeitlang den Rücken zu kehren und ihr angeboten, dass sie ihren Wohnwagen, der auf einem nichtöffentlichen Dauercampingplatz in Schweinheim stand, nutzen könnte. Hier in der Voreifel würde sie zur Ruhe kommen.

Marga musste erst einmal bei Google Maps nachschauen, wo Schweinheim überhaupt lag. Sie stellte fest, dass es ein Nachbardorf von Flamersheim war, dem Dorf, aus dem ihre Mutter stammte. Vielleicht würde es ihr helfen, wenn sie dem Vorleben ihrer Mutter nachspürte?

Im Mai hatte sie ihr Bündel gepackt und sich in dem Wohnwagen häuslich niedergelassen. Der Campingplatzbetreiber stellte keine neugierigen Fragen. Ihm genügte die Fürsprache von Margas Freundin, die sie am Tag ihres Einzugs begleitet hatte.

Der Wohnwagen aus den 1980er Jahren erwies sich als überaus komfortabel. Auf 15 Quadratmetern war alles untergebracht, was man brauchte, einschließlich eines eigenen Wasseranschlusses sowie Dusche und Toilette. Die Wände des geräumigen Vorzeltes ließen sich wie Vorhänge beiseite schieben. Der Ausblick, der sich Marga von dort bot, reichte leider nur bis zu den benachbarten Wohnwagen. Viele Camper hatten sich ihr Domizil mit Vorgärtchen, die zum Teil von Gartenzwergen und kitschigen Bambifiguren bevölkert wurden, verschönert. Akkurat bepflanzte Blumenrabatte und ebensolche gemähten Rasenflächen zeugten vom Ordnungssinn der Bewohner. Spießerhausen lag auf einem Campingplatz!

In der zweiten Woche, in der sie dort wohnte, fiel ihr im „Euskirchener Wochenspiegel" eine Anzeige auf. Die Firma Leonard Kump & Söhne suchte für ihre Tankstelle in Flamersheim eine Verkaufskraft auf 450-Euro-Basis. Noch am gleichen Tag nahm sie allen Mut zusammen und stellte sich bei Manfred Kump, dem kaufmännischen Leiter, vor. Die zierliche Brunette und der untersetzte Mann mit den Geheimratsecken und den Lachfältchen um die Augen waren sich auf Anhieb sympathisch, ja, ihr schien, dass sie sich schon immer gekannt hatten.

Marga bekam den Job. Auf das Geld war sie nicht angewiesen, aber es kam ihr auch nicht ungelegen.

Schneller als sie sich hatte träumen lassen, war sie dem Mann ganz nahe, der für das Unglück ihrer Mutter verantwortlich war: Leonard Kump.

21

Endlich Wochenende! Und ein Wochenende ganz nach seinem Geschmack! Keine repräsentativen Verpflichtungen, kein Partei-blabla, keine Familie. Seine Frau und seine halbwüchsige Tochter – eine Nachzüglerin, seine beiden anderen Kinder waren erwachsen und aus dem Haus – verbrachten die letzten Ferientage an der Nordsee. Wahrscheinlich saßen sie jetzt gerade auf einem umgebauten Kutter und fuhren hinaus zu den Seehundbänken vor Büsum. Oder sie wanderten im Watt. Vielleicht fuhren sie auch mit dem Rad zwischen Deich und Meer oder beobachteten im „Wöhrdener Loch" Vögel.

Landrat Peter Klefges war's einerlei. Er hatte für solche Aktivitäten nichts übrig. Er entspannte sich auf andere Art und Weise.

Der Landrat hatte sich mit der Bemerkung, er werde über das Wochenende verreisen, von seinem Fahrer am Euskirchener Bahnhof absetzen lassen und ihm dann freigegeben. Mit einem kleinen Trolleykoffer im Schlepptau durchquerte er zügig die Gleisunterführung und enterte auf der Rückseite ein bereitstehendes Taxi.

Der Fahrer nickte wissend, als Klefges ihm die Adresse nannte, zu der er gebracht werden wollte. Während der Chauffeur seinen Wagen in den einsetzenden Wochenendverkehr einfädelte, vollzog sich im Fond eine Metamorphose. Jackett, Krawatte und weißes Hemd verschwanden in dem Handgepäckkoffer, den sein Fahrgast mitführte und aus dem er jetzt ein Hawaiihemd hervorholte und überzog.

Der stockkonservative Landrat, den manche für überaus bieder hielten, war für seine Begriffe jetzt leger gekleidet. Der Taxifahrer tat so, als konzentriere er sich ganz auf den Verkehr und habe nichts bemerkt. Diskretion war eine der Grundlagen seines Geschäfts.

Er vermied die Ortsdurchfahrten durch Flamersheim und Schweinheim und nahm stattdessen die Route über die Umgehungsstraße. So ganz schien er aber doch nicht bei der Sache gewesen zu sein. Im Kreisverkehr an der Kreuzung mit der Kreisstraße zwischen Flamersheim und Kirchheim nahm er einem dicklichen Rollerfahrer auf einem altertümlichen Gefährt die Vorfahrt, was dieser mit erhobener Faust und deftigen Ausrufen quittierte.

Vor Loch bog das Taxi in die alte Kreisstraße nach Schweinheim ab. Die Taxe kam schließlich vor dem „Club Aphrodies" zum Stehen, der von hohen Bäumen umsäumt am Ortsrand lag. Der Name war eine Wortschöpfung aus dem Namen der griechischen Liebesgöttin Aphrodite und dem Wort Paradies. Wer immer ihn sich hatte einfallen lassen, er hatte den Nagel auf den Kopf getroffen. Das prächtige Gebäude war ursprünglich ein Forsthaus gewesen.

Von der Straße aus war es nicht ohne weiteres zu sehen, man musste schon wissen, dass es dort war. Nach der Neuordnung der Forstbezirke in NRW hatte es einige Jahre leergestanden.

Leonard Kump hatte es schließlich gekauft und zu einem veritablen Landpuff umbauen lassen, der sich in den einschlägigen Kreisen großer Beliebtheit erfreute. Im digitalen Zeitalter war ein Hinweisschild unnötig. Die Freier fanden ihren Weg über den „Dein Weg zu uns"-Button auf der Homepage, den Rest erledigte das Navigationsgerät in ihren Fahrzeugen. Oder sie kamen mit dem Taxi. Jeder Euskirchener oder Rheinbacher Taxifahrer kannte die Adresse.

Peter Klefges zahlte auf den Cent genau passend und ließ sich eine Quittung über die Fahrtkosten ausstellen. Dann stieg er aus und betätigte den Klingelknopf am Tor der Grundstücksumfriedung. Wenige Augenblicke später summte der Türöffner. Das Köfferchen hinter sich herziehend, betrat der Endfünfziger, dem man an seinem teigigen Gesicht und der etwas schwabbeligen Figur ansah, dass er seine Tage hinter dem Schreibtisch verbrachte, das Reich der Verheißung tabuloser Sexspiele. Erwartungsvoll stieg er die drei Stufen zum Haus empor. Die Hausdame, die sich Marilyn nannte, empfing ihn. Sie nahm ihm sein Gepäck ab und geleitete ihn in einen großzügigen, fensterlosen Raum.

Eine mehrfach geschwungene, mit schwarzem Kunstleder bezogene Sitzlandschaft erstreckte sich entlang zweier Wände und endete an einer kreisrunden Liegefläche von zwei Meter Durchmesser. Die Wände waren rot gestrichen, an der weißen Decke drehte eine Diskokugel ihre Runden und reflektierte das im Takt der aufputschenden Diskomusik pulsierende Licht. In der Mitte des Raumes tanzte eine junge Blondine im aufsteigenden Bühnennebel an einer Stange und simulierte die Kopulation mit einem imaginären Partner. Auf der Eckbank bemühten sich Damen allein oder zu zweit um die bereits anwesenden Herren, von denen einige nur noch ihren Slip und ein weißes, um den Hals gelegtes Handtuch trugen.

Peter Klefges ließ seine Blicke über die Szenerie schweifen. Ihm gefiel, was er sah. Barbusig und nur mit einem Tanga von der Größe einer Augenklappe bekleidet, räkelte sich Shakira, angeblich 23 Jahre alt, lange schwarze Haare, angeblich Oberweite 80B, auf der runden Liegefläche. Wie alle anderen Damen auch, trug sie neben der minimalen Bekleidung einen Künstlernamen. Echte Namen, auch die der Freier, taten nichts zur Sache.

Als „Pierre" hatte Klefges sie über die Homepage des „Club Aphrodies" gebucht. Wer nicht im Netz war, war nicht in der Welt! Laut Beschreibung auf der „Girlslist" – wenn schon Englisch, dann falsch – des Etablissements bot sie einen umfassenden Service. Und vor allem: sie war keine Frau! „Pierre" spürte, wie sich die Erregung in seinen Lenden ausbreitete, und ihm wurde heiß.

22

Ängstlich hatte der junge Mechaniker verfolgt, wie der alte Kump erneut die Werkstatthalle betrat. Aber der schien kein Interesse mehr an ihm und den Vorfall von vorhin mit dem umgetretenen Werkzeugwagen vergessen zu haben. Schnurstracks eilte Leonard Kump ins Werkstattbüro.

„Gib mir tausend Euro", forderte er und grinste bösartig. „Ich brauche etwas Kirmesgeld!"

Schweigend schob ihm sein Sohn Karl-Heinz einen Auszahlungsbeleg über den Tresen des Werkstattbüros. Kump unterschrieb, nahm das Geld und stapfte kopfschüttelnd hinaus.

So eine Pfeife! Keinen Mumm in den Knochen, kein Durchsetzungsvermögen! Wenn er nicht sein Sohn wäre, er wäre niemals in die Position als Werkstattleiter gelangt. Seine Schwiegertochter? Eine Trinkerin! Aber ein guter Fick!

Und Manfred, der andere? Ja, der ließ sich nichts gefallen und wusste, wo es langging. In gewisser Weise war er ihm ähnlich, dabei hatte er noch nicht mal seine Gene! Und dessen Frau? Da ließ man besser auch die

Finger von. Und seine eigene? Sah ja noch verdammt gut aus, ließ ihn aber seit Jahren nicht mehr an sich ran.

Schöne Mischpoke!

Scheißegal – er holte sich das, was er brauchte, anderswo. Es war Kirmes im Dorf! Aber damit hatte er nichts mehr zu tun.

Das war ja nicht mehr wie früher. Heutzutage standen ein armseliges Autokarussell für die Brut der übersättigten Wohlstandgesellschaft und eine Frittenbude vor der Kirche, und das war's. Kein Tamtam, kein Herausholen der Kirmes, keine Umzüge, keine Bälle, kein Hahneköppen, einfach nichts! Aber er würde sich zu amüsieren wissen.

Auf Knopfdruck schwenkte das Garagentor nach oben und der Porsche blinkte einladend auf. Kump stieg ein, ließ den Motor aufheulen, lenkte den Wagen aus der Einfahrt und jagte davon.

23

Aufrecht wie ein Soldat saß Marilyn hinter dem Schreibtisch in ihrem Büro, von dem aus sie die Geschäfte des „Club Aphrodies" leitete. Im Aschenbecher verglühte eine schlanke Frauenzigarette.

„So, tausend Euro hat er bei sich?", sprach sie mit ihrem osteuropäischen Akzent in den Telefonhörer. „Dann kann ich mir denken, wo er ist. Aber mit Sicherheit wird er morgen bei mir auftauchen."

„Du gibst ihm nur die K.-o.-Tropfen, den Rest erledigen wir, damit das klar ist", quäkte es aus der Hörmuschel.

Marilyn zuckte mit den Schultern. „Hauptsache, er kriegt, was er verdient."

„Was machen wir mit dem Porsche?", wollte der Anrufer dann wissen.

„Ich habe meinen Kontakt in Tschechien aktiviert, und der hat mir einen polnischen Spezialisten vermittelt. Das Auto soll am Sonntag in Görlitz übergeben werden. Das liegt direkt an der Grenze, Kontrollen gibt es nicht. Im Handumdrehen ist der Wagen in Polen verschwunden. Zwanzigtausend habe ich vereinbart – das Geld kriege ich."

„Wer fährt?", wollte der Anrufer wissen.

„Ich habe da jemanden an der Hand", antwortete Marilyn.

„Ist der auch zuverlässig?"

„Dafür lege ich meine Hand ins Feuer!"

„Na gut, du rufst mich auf dem Handy an, wenn es soweit ist."

Ohne ein weiteres Wort legte Marilyn auf. Madlena Jeremenkova, wie sie mit bürgerlichem Namen hieß, hatte Leonard Kump kennengelernt, als dieser 1991 zur Kur in Karlsbad weilte. Die war zwar ärztlich verordnet worden, wurde aber von keiner Krankenkasse bezahlt.

Madlena arbeitete damals als Hostess bei einem Begleitservice für gut betuchte Herren. Sie war ein junges Ding von 22 Jahren mit einem verheißungsvollen Körper gewesen. Schon damals hatte sie sich Marilyn genannt, wegen ihrer Ähnlichkeit mit der amerikanischen Schauspielerin Marilyn Monroe.

Eigentlich hatte sie an der altehrwürdigen Karls-Universität in Prag Germanistik studieren wollen. In den ersten Semesterferien hatte sie sich auf eine Anzeige hin um den interessant klingenden Job als Hostess beworben, auch weil sie dachte, sie würde im Umgang mit deutschen Männern ihre Sprachkenntnisse vertiefen können. Schnell hatte sie gemerkt, dass Dialoge nicht im Vordergrund ihrer Tätigkeit standen – und es hatte ihr nichts ausgemacht.

Die Herren hatten sich stets generös gezeigt, wenn ihre Dienstleistung über das vorgesehene Angebot hinausgegangen war. So viel Geld hatte sie noch nie auf einmal gesehen! Leonard Kump hatte ihr Service offenbar so gut gefallen, dass er sie für die ganzen vierzehn Tage seines Aufenthaltes dazu gebucht hatte, ihm abends andere Anwendungen zuteilwerden zu lassen als die medizinischen Fachkräfte tagsüber.

In den nachfolgenden Jahren war Leonard Kump noch drei Mal zur Kur nach Karlsbad gekommen und jedes Mal im mondänen Hotel Imperial abgestiegen. Und jedes Mal hatte er sich der Dienste von Madlena Jeremenkova versichert. Doch dann blieben nicht nur die Kuraufenthalte von Leonard Kump aus, auch andere Gutbetuchte hatten offenbar lohnendere Ziele gefunden.

Kurz vor ihrem dreißigsten Geburtstag hatte Madlena feststellen müssen, dass sie auf dem Holzweg gewesen war. Das Studium hatte sie längst geschmissen. Sie hatte einen tschechischen Geschäftsmann geheiratet, der ihr Erspartes in dubiosen Immobilienfonds versenkt hatte. Dann hatte er sich von ihr scheiden lassen.

Mehrmals war Madlena danach an die falschen Kerle geraten. Alkohol, Drogen, Schulden, Prostitution – sie hatte alle Niederungen einer menschlichen Existenz durchmessen. Auf dem Straßenstrich von Teplice war ihre Endstation gewesen. Die tschechische Stadt an der ehemaligen E55 war in den 1990er und den Nullerjahren des neuen Jahrtausends Teil des längsten Straßenstrichs Europas gewesen.

Damit sie den Sex mit den Freiern, die über die Grenze von Sachsen aus herüberkamen, aushalten konnte, hatte sie sich angewöhnt, ihren Körper quasi zu entpersonalisieren. Ihr Geist war dann aus ihr herausgeschlüpft, während der Freier mit ihrem Körper Sex gehabt hatte. Das hatte ganz gut funktioniert, solange der Freier sie nicht anfassen, oder noch schlimmer, hatten küssen wollen. Im Nachhinein erfasste sie noch der Ekel bei diesem Gedanken. Letzten Endes war sie selbst für den billigen Sex zu alt gewesen, sie hatte mit den jungen Frauen im Gewerbe einfach nicht mehr mithalten können. Die Freier, und damit das Geld, kamen nur noch spärlich.

An einem schönen warmen Frühlingsabend im Jahr 2010 hatte Madlena mal wieder an ihrem Stammplatz an der ONO-Tankstelle im trostlosen Industriegebiet von Teplice gestanden, als ein schwarzer Porsche neben ihr anhielt. Das Fenster auf der Beifahrerseite wurde heruntergefahren. Hoffnungsvoll hatte sich Madlena hinuntergebeugt – und in das Gesicht von Leonard Kump geblickt!

Nach einer beidseitigen Schrecksekunde, hatte er sie aufgefordert, einzusteigen. Statt im Grand Hotel hatte er mit ihr in der Pension Dexter, einer beliebten Absteige von Straßenstrichern eingecheckt, statt eines schönen Abendessens in gepflegter Umgebung ließ er sich etwas vom Pizza-Service bringen, aber sie hatten eine wilde Nacht miteinander verbracht. Es war fast wie früher gewesen, auch wenn Kump viel weniger bezahlt hatte.

Er hatte sich auf einer Einkaufstour befunden. Die Ware, die er erwerben wollte, waren junge Frauen aus Tschechien, die für ihn in seinem neueröffneten Club anschaffen sollten. Er hatte Madlena angeboten, sich dort als eine Art Managerin zu betätigen.

Dankbar hatte sie das Angebot angenommen, gleichzeitig war sie sich gedemütigt und erniedrigt vorgekommen. Aber seinen Stolz konnte man in diesem Job ohnehin nicht behalten!

Seither hatte Kump sie wie sein Eigentum behandelt, mit dem er verfahren konnte, wie es ihm beliebte. Eigentlich war er nichts anderes als ihr Zuhälter! Er wollte Geld sehen, sein Investment sollte sich schnellstmöglich amortisieren.

Und wehe, wenn er nicht zufrieden war! Dann setzte es Schläge für Madlena. Ein paar Mal schon hatte er sie fast krankenhausreif geprügelt. Ein mit Kump befreundeter Arzt hatte sie jedes Mal wieder zusammengeflickt. Für sein Stillschweigen durfte er nach Belieben über die Mädchen verfügen, auf Kosten des Hauses! Genau wie der feiste Landrat, der sich jetzt mit Shakira vergnügte. Er hatte dafür gesorgt, dass Kump die erforderlichen Genehmigungen für den „Club Aphrodies" schnell und geräuschlos erhielt. Außerdem hielt er ihm das Gesundheitsamt und die Polizei vom Hals. Dafür hatte er freies Ficken. Gab es überhaupt Männer, die nicht mit dem Schwanz dachten?

Madlena ging noch einmal die Buchführung der vergangenen Woche durch. Die Zahlen konnten sich sehen lassen.

24

Samstag, 9. August

Es war später Vormittag, als der Porsche vor der Einfahrt zum „Club Aphrodies" zum Stehen kam. Leonard Kump betätigte eine Fernbedienung, und das Tor schwang auf. Mit einem letzten Aufheulen des Motors stellte er den Sportwagen in der Garage, deren Tor sich gleichzeitig geöffnet hatte, ab. Kump stieg aus, betätigte die erneut die Fernbedienung und Einfahrts- und Garagentor schlossen sich. Mit dem Schlüssel öffnete er die Eingangstür zum Saunaclub. Offensichtlich war er bester Laune.

„Madlena, wo bist du?", rief er in das Haus. „Ich bin daha!"

Aus ihrem Büro hinter der Bar betrachtete ihn Madlena Jeremenkova durch einen venezianischen Spiegel, der die gesamte Breite der Theke einnahm und ihr jederzeit den Überblick über den Kontaktraum erlaubte. Sie öffnete die Zwischentür, nahm eine Flasche Schampus aus der

Kühlung der Bar und stellte zwei Gläser auf den Tresen. Ungeschminkt steckte sie leicht übernächtigt in einem beigefarbenen Hausanzug.

Sie bewohnte eine kleine Einliegerwohnung über dem Club, für die sie an Kump eine fürstliche Miete zu zahlen hatte. Ihr Einkommen speiste sich ausschließlich aus der Umsatzprovision, die Kump ihr vertraglich zugesichert hatte. Was das anging, konnte sie sich eigentlich nicht beklagen, der Löwenanteil ging allerdings an ihn.

Montag und Dienstag waren Ruhetage, ansonsten war sie immer im Dienst. Der Club öffnete erst um 15 Uhr, bis dahin war sie Madlena, mit dem Recht auf Schlabberklamotten, und nicht Marilyn. Sie ließ den Korken ploppen und füllte die Gläser.

Kump lächelte sein Raubtierlächeln.

„Ah, Schampus – dann war's eine gute Woche?"

„Wie man's nimmt…", lächelte Madlena vieldeutig und prostete ihm zu. Kump leerte sein Glas in einem Zug.

Heute war Zahltag!

25

„Ihr könnt kommen".

Kurz und bündig hatte Madlena in den Telefonhörer gesprochen und dann aufgelegt. Zehn Minuten später fuhr ein Mercedes Vito mit der Aufschrift einer Autovermietungskette vor dem „Club Aphrodies" vor. Madlena alias Marilyn ließ das Tor aufschwenken und schaute zu, wie der Fahrer mit nagelndem Dieselmotor den Wagen rückwärts vor die Eingangstreppe rangierte. Dann stiegen beide Insassen aus, und der Beifahrer öffnete die Doppelflügeltür am Heck.

„Da drin", deutete Madlena hinter sich.

Leonard Kump lag entspannt auf einem Dreiersofa und rührte sich nicht.

"Macht schnell, ich weiß nicht, wie lange die Wirkung noch anhält."

Die beiden Männer hoben Kump an und legten ihn auf den Fußboden, drehten seine Arme auf den Rücken und fesselten ihn mit Kabelbindern. Auch die Beine fixierten sie oberhalb der Knöchel. Dann legten sie ihn auf eine Decke und schleppten ihn hinaus zum Wagen. Dort banden sie ihn an den Ringen fest, die am Boden des Laderaums angebracht waren und normalerweise dazu dienten, die Ladung mittels Zurrgurten zu sichern. Der Beifahrer schlug die Türen zu.

Der Fahrer steuerte den Wagen nach links auf die alte Kreisstraße in Richtung Loch und bog an der Einmündung in die Umgehungsstraße nach rechts ab. Bei der nächsten Gelegenheit wandte sich nach links zum Waldrand. Nach ein paar hundert Metern hatte der uralte Wald mit seinem hohen Buchenbestand den Transporter verschluckt. Seit Wochen hatte es nicht mehr ausgiebig geregnet, und der Waldweg war fest und gut befahrbar. Nach knapp drei Kilometern hatte der Fahrer sein Ziel erreicht – Bembergs Häuschen, das abgelegene Jagdhaus, von dessen Existenz nur wenige wussten.

Das eigentliche Jagdhaus war aus Fachwerk errichtet worden. Die Gefache waren mit Ziegelsteinen ausgemauert, die seit einigen Jahren mit Fassadenfarbe in einem Terrakottaton angestrichen waren. Über den beiden nebeneinanderliegenden Eingängen an der westlichen Giebelseite prangte der Kopf eines Achtenders. Von der angebauten hölzernen Veranda fiel der Blick auf eine nach Norden hin abfallende, ausgedehnte Lichtung.

Früher hatte man bei guter Sicht von hier aus in der Ferne die Spitzen des Kölner Doms sehen können. Mittlerweile verstellten die die Lichtung umsäumenden Fichten die Aussicht. Auf der Rückseite des Jagdhauses stand auf der anderen Seite des Fahrweges, der hier endete, ein schmuckloser, niedriger Zweckbau aus Ziegelsteinen, der zur Hälfte der Aufbewahrung von allerlei Gerätschaften diente. Die andere Hälfte nahm ein massiver, mehrfach unterteilter Hundezwinger ein, in den die Jagdhunde nach getaner Arbeit eingesperrt wurden. Wirklich genutzt wurden die Gebäude nur im Herbst während der alljährlichen Treibjagd.

Der größere der beiden Männer schloss die Tür zum Nebengebäude auf. Sie schleppten den immer noch Bewusstlosen ins Innere und legten ihn auf einem Feldbett im Hundezwinger ab. Sie befreiten ihn von der Fesselung, warfen die massive Gittertür ins Schloss, drehten den Schlüssel herum und zogen ihn ab. Sorgfältig verschlossen sie auch die Eingangstür. Gleich darauf entfernte sich der Lieferwagen. Leonard Kump saß hinter Schloss und Riegel.

26

Seit gut drei Monaten logierte Marga nun im Wohnwagen, und das ruhige Landleben begann, ihr auf den Keks zu gehen. Als Stadtmensch war sie es gewohnt, dass um sie herum immer irgendetwas los war, und hier: nichts! Es war eine gute Idee gewesen, den Job in der Tankstelle anzunehmen, so kam sie wenigstens stundenweise unter Leute.

Unter der Woche war der Campingplatz ziemlich entvölkert, an den Wochenenden reisten dann die Erholungssuchenden aus dem Köln-Bonner Speckgürtel an. Aber diese Leute waren für Marga auch keine Quelle der Geselligkeit. Zu Beginn war sie von dem einen oder anderen auf ein Bier eingeladen worden. Viele Ehefrauen betrachteten eine alleinstehende Frau als Konkurrenz, und so fiel auch bald diese Abwechslung aus. Wenn Marga ein ganzes Wochenende lang frei hatte, so wie jetzt, kam es immer häufiger vor, dass sie von Euskirchen aus den Zug nach Köln nahm, um sich in ihrer quirligen Großstadt vom ereignislosen Landleben zu erholen.

Auf den Spuren ihrer Mutter zu wandeln, füllte sie irgendwie nicht mehr aus. An diesem Wochenende wollte sie jedoch noch einmal ihr Projekt angehen und sich auf die Suche nach Bembergs Häuschen machen. Schon zweimal hatte sie den Versuch unternommen, war aber jedes Mal gescheitert. Sie musste sich eingestehen, dass sie nicht gerade ein As darin war, Wanderkarten zu lesen. Doch wozu gab's Satelliten?

In einem Euskirchener Outdoor-Fachgeschäft hatte sie ein Navigationsgerät für Wanderer und Radfahrer käuflich erworben und sich im Gebrauch unterweisen lassen. Mit dem Tagesrucksack auf dem Rücken und dem vollgummierten Peilgerät in der Hand, das mit seiner Stummelantenne an frühe Handygeräte erinnerte, machte sie sich jetzt auf den Weg.

Auf dem Reiterhof, der alten Schweinheimer Mühle, herrschte schon reges Treiben. Samstagmorgen war der Tag der jungen Mädchen, die auf dem Rücken der Pferde in der Freianlage ihre Runden drehten. Immer wieder drangen die Kommandos der Reitlehrerin an Margas Ohren. Mädchen und Pferde – das war ein ganz besondere Beziehung, die Marga allerdings nicht nachvollziehen konnte.

Ihr waren die Huftiere einfach zu groß, und sie konnte nicht verstehen, wieso tausend Kilogramm Muskeln und Sehnen sich von kleinen Mädchen beherrschen ließen.

Marga wandte sich nach rechts in die Schweizer Straße. Bei der kommunalen Neuordnung Anfang der 1970er Jahre hatte das Nest Schweinheim Ländernamen als Straßenbezeichnungen abbekommen, um die vielen „Hauptstraßen", „Schulstraßen" und „Kirchgassen" der in die Stadt Euskirchen eingemeindeten Dörfer eindeutig zu bezeichnen.

Das Navi leitete sie gleich wieder nach links zu einem „Point of Interest", der Schweinheimer Burg. Die Wasserburg, deren Entstehung auf das 14. Jahrhundert zurückging, war als solche nicht mehr zu erkennen. Bis auf ein paar Mauerreste waren die historischen Gebäude im 19. Jahrhundert geschleift und die Wassergräben zugeschüttet worden. Heute präsentierte sich hier nur noch ein landwirtschaftliches Gehöft aus uniformen Backsteinbauten. Marga schüttelte den Kopf. Wer wollte so etwas wissen?

Sie marschierte aus dem Dorf hinaus in die freie Feldflur. Von den kleinteiligen, mit Hecken umsäumten Feldern, von der ihre Mutter ihr erzählt hatte, war nichts mehr zu sehen. Um sie herum breitete sich eine baum- und strauchlose Agrarsteppe aus, ganz darauf abgestimmt, mit riesigen Maschinen effizient bearbeitet werden zu können. Auch die Feldwege waren längst keine Feldwege mehr, sondern asphaltierte Traktor-Rennbahnen. Nur dort, wo der Steinbach in seinem Bett murmelte, konnte sie in der Ferne eine Baumreihe ausmachen, die seinen Lauf markierte.

Sie überquerte die Umgehungsstraße geradeaus und erreichte den Waldrand, an dem sie einen halben Kilometer entlangging. Dann piepste das Navi und wies ihr den Weg nach rechts unter das geschlossene Blätterdach der hohen Buchen. Der anfangs noch breite Waldweg wurde bald zum Saumpfad, der an einem Siefen, einem engen, schluchtenartigen Waldtal, auf dessen Grund ein kleines Rinnsal floss, entlangführte. So weit war sie vorher noch nie gekommen, und Marga kam sich vor wie in einer Wildnis.

Außer dem Murmeln des Rinnsals und dem Rauschen des Windes in den Baumkronen war kein Geräusch zu hören. Ab und an vernahm sie ein Knacken im Unterholz, das sie jedes Mal zusammenzucken ließ. Wahrscheinlich nur ein Tier! Rechts von ihr sah sie eine Suhle, die Wildschweinen zur Körperpflege diente. Die Wühlspuren kamen ihr ziemlich frisch vor.

Bei einem feucht-fröhlichen Abend hatte ihr ein Campingnachbar erzählt, dass ihm ein Dorfbewohner erzählt habe, dass im Flamersheimer Wald ein gewaltiger Keiler sein Unwesen treibe und es auf einsame Wanderer abgesehen habe.

Knack! Sie fühlte, wie Angst in ihr hochkroch. Nachts auf den Straßen von Köln fühlte sie sich sicherer als tagsüber hier im Flamersheimer Wald. Sie warf einen Blick auf das Display des Navis, das sie als Verbindungsglied zur Zivilisation fest umklammert hielt. Noch immer eineinhalb Kilometer bis zum Ziel! Ihr war nach Umkehren zumute, aber sie gab sich einen Ruck und stapfte tapfer weiter. Das hier war nicht der Regenwald am Amazonas und die Mär vom wilden Keiler wahrscheinlich nur Jägerlatein!

Nach einiger Zeit blieb sie stehen und lauschte. Das Geräusch, das an ihr Ohr drang, kam ihr bekannt vor. Irgendwo vor ihr fuhr ein Fahrzeug mit einem Dieselmotor durch den Wald. Vielleicht der Förster auf Patrouille? Oder ein Holztransporter? Egal – es waren auf jeden Fall noch andere Menschen hier anwesend.

Erfreut und beruhigt schritt Marga weiter aus. Das Motorgeräusch schien sich genau dorthin zu bewegen, wohin sie auch wollte. Unvermittelt verbreitete sich der Saumpfad wieder zu einem Waldweg und nach knapp hundert Metern mündete dieser in einen Querweg.

Marga schaute auf ihr Navi. Hier musste sie nach links. Der Weg überquerte auf einer Bohlenbrücke den Siefen. Linker Hand öffnete sich eine von Tannen umstandene Lichtung – und vor ihr lag Bembergs Häuschen!

Sie war noch etwa dreißig Meter entfernt. Auf dem Fahrweg, der zwischen dem eigentlichen Jagdhaus und dem flachen Nebengebäude endete, stand ein Mercedes Vito des großen Autoverleihers, dessen Fahrzeuge sie auch an der Tankstelle in Flamersheim vermieteten. Erst gestern Morgen hatte sie ein solches Fahrzeug an einen jungen Mann ausgegeben, der das Wochenende zum Umzug nutzen wollte. Er war beruflich von Köln nach Euskirchen versetzt worden.

Die beiden Insassen waren jetzt ausgestiegen und öffneten soeben die Laderaumtüren. Dann verschwanden sie im Inneren des Fahrzeugs und zogen dann auf einer Decke einen leblosen Körper heraus, den sie in das Nebengebäude schleppten.

Instinktiv hatte Marga unter den hohen Tannen Deckung gesucht. Aus ihrem Versteck heraus beobachtete sie, wie die beiden Männer kurz darauf alleine aus dem Nebengebäude herauskam, dessen Tür sorgfältig verschlossen und anschließend die Laderaumtüren zuwarfen. Geübt wendete der Fahrer das Fahrzeug und passierte Margas Versteck. Im Vorbeifahren erkannte sie die beiden Insassen.

27

Nur mühsam kam Leonard Kump zu sich. Benommen richtete er sich auf. Er stützte beide Hände neben sich auf und ertastete die grobe Struktur der Feldbettbespannung. Wo war er? Wieso saß er auf einem Feldbett? Seine Augen versuchten das Halbdunkel des Raumes zu durchdringen. Draußen musste es noch hell sein. Durch ein paar Ritzen in den geschlossenen Fensterläden fanden einzelne Lichtstrahlen den Weg ins Innere und beleuchteten dämmrig die Szenerie.

Ein Feldbett, eine Chemietoilette, eine Rolle Klopapier, ein Hocker, zwei massive Ziegelsteinwände, nackter Betonfußboden und ansonsten nur Gitterstäbe. Er war im Gefängnis! Gefängnis? Nein, das konnte nicht sein, so sahen heutzutage die Gefängnisse nicht mehr aus. Und wieso sollte er im Kittchen sein? Er hatte doch nichts getan! Leonard Kump stützte seine Arme auf die Knie und stierte zu Boden. Erste bruchstückhafte Erinnerungen stiegen in ihm hoch.

Am Freitag..., gestern? War gestern Freitag? Dann wäre heute Samstag! Er warf einen Blick auf seinen sündhaft teuren Chronometer der Marke „Glashütte Senator Navigator". Doch an der Stelle, wo er die Uhr immer trug, zeichnete sich nur ihr Umriss als helle Hautstelle ab. Sie hatten sie ihm abgenommen! Er klopfte seine Hosentaschen ab. Handy, Portemonnaie, Papiere, alles weg! Wie lange war er schon hier? Er zwang sich zum Nachdenken.

Also, am Freitag hatte er sich von Karl-Heinz tausend Euro geben lassen und war nach Köln gefahren. Er hatte im Pascha-Hotel eingecheckt und sich im Club in der 11. Etage mit tabulosen jungen Frauen vergnügt, die ihn wie einen alten Bekannten begrüßt hatten. Alkohol war in Strömen geflossen. Irgendwann war er in sein Zimmer gegangen. Allein? – Ja, allein! Beim Hausservice hatte er morgens ein Frühstück bestellt und sich aufs Zimmer bringen lassen. Danach hatte er sich frisch gemacht und war zu Madlena gefahren. Das war am Samstagvormittag gewesen. Sie hatte ihn mit Schampus empfangen, so wie er es mochte. Sie hatten angestoßen, und dann... war es dunkel geworden. Er strengte seinen Kopf an. Nichts! Keine Erinnerung! Blackout!

Und jetzt? Welcher Tag war heute? Noch Samstag, schon Sonntag? Wie lange war er weg gewesen? Und wo war er hier? Er lauschte. Von draußen war nichts zu hören, außer dem Rauschen von Blättern im Wind und Vogelgezwitscher. Mit regelmäßigem Tacktacktack bearbeitete in der Nähe ein Specht einen hohlen Baum.

Keine Verkehrsgeräusche, kein Rasenmäher, keine menschlichen Stimmen – das übliche Grundrauschen der

Zivilisation war verstummt. Sein Gefängnis musste irgendwo tief im Wald liegen.

Wie ein Blitz durchzuckte ihn plötzlich die Erkenntnis: Er war im Nebengebäude von Bembergs Häuschen! Seinem eigenen Jagdhaus!

Schon vor Jahren hatte Leonard Kump als Krönung seines Prestiges die Jagd im Flamersheimer Wald gepachtet. Und das Jagdhaus gehörte zur Pacht dazu. Hege und Pflege des Wildes überließ er lieber einem angestellten Revierjäger.

Eckhard Kotscherga war ein sehr fähiger Mann, der die vielfältigen Aufgaben immer zur vollsten Zufriedenheit seines Jagdherrn erfüllte, insbesondere die Organisation und Durchführung der Jagden. Kump selbst fand nur Gefallen am Schießen, Töten und den allabendlichen Gelagen während der Jagdsaison. Kontaktpflege mit Gleichgesinnten nannte man das.

Gefangen im eigenen Haus! Er stand auf und rüttelte an den Gitterstäben. Zwecklos! Er selber hatte die Zwinger modernisieren lassen. Sie waren ausbruchsicher. Er war versucht, um Hilfe zu schreien. Aber auch das wäre zwecklos. Niemand würde ihn hören. Das Jagdhaus lag weit abseits aller Wanderrouten.

Auf dem Hocker standen eine kleine Flasche Wasser und eine Packung Kräcker. Außerhalb seiner Reichweite lag auf einem Holztisch die handliche schwarze Kunststofftasche, deren Inhalt er zum Überleben brauchte. Seine Entführer würden bald wiederkommen! Entführung – ja, das war's! Es ging um Geld, Lösegeld! Er atmete tief durch. Seine Familie würde zahlen!

28

Nachdem der Lieferwagen aus ihrem Sichtfeld verschwunden und das Motorgeräusch nicht mehr zu hören war, traute sich Marga aus ihrem Versteck. Sich ängstlich umsehend, näherte sie sich vorsichtig den beiden Gebäuden.

Bembergs Häuschen sah genau so aus wie ihre Mutter es ihr beschrieben hatte. Diese war oft mit ihrem Vater – Margas Großvater – hier gewesen. Fritz Kessels großes Vergnügen war es gewesen, sonntags mit seiner Tochter einen Ausflug hierhin zu unternehmen – zu Fuß! Auf der großen Lichtung hatten sie gepicknickt und waren herumgetollt. Es war eine der schönsten Kindheitserinnerungen von Margas Mutter gewesen.

Der Kies, mit dem die Fahrstraße zwischen den beiden Gebäuden befestigt war, knirschte unter Margas Füßen.

Sie untersuchte die Tür zum Nebengebäude. Massive Schlösser und eiserne Riegel, die beiden Fenster waren mit hölzernen Läden ebenso gesichert. Da war kein Hineinschauen, vom Hineinkommen ganz zu schweigen. Sie pochte gegen die Tür.

„Hallo, ist da jemand?" Marga lauschte und legte ein Ohr an die Tür.

„Ja, hallo, ich bin hier drin!", kam es schwach aus dem Inneren zurück, und Marga meinte, die Stimme zu kennen.

„Wer sind Sie?"

„Ich bin Leonard Kump aus Flamersheim. Ich glaube, ich bin entführt worden! Und wer sind Sie?"

Leonard Kump! Was hatte das zu bedeuten?

„Ich bin zufällig hier vorbeigekommen", log Marga. Niemand kam hier nur zufällig vorbei.

„Welcher Tag ist heute?", fragte Kump.

Marga fand die Frage seltsam. Wurde der Alte dement?

„Heute ist Samstag!"

„Bin ich in Bembergs Häuschen?"
War das ein Quiz?
„Ja!"
„Können Sie mich hier rauslassen?"
„Ich fürchte, das geht nicht. Die Tür und die Fenster sind massiv gesichert. Die kann ich nicht öffnen."
„Haben Sie ein Handy?"
„Ja…"
„Dann rufen sie doch meine Familie an, die kann mich hier rausholen. Ich sage Ihnen die Nummer: 0225531…"
„Ich habe kein Netz!", unterbrach ihn Marga.
„Dann gehen Sie Hilfe holen, holen Sie die Polizei!"
„Das kann aber dauern!"
„Egal, Hauptsache, jemand holt mich hier raus!"
„Ich beeile mich!"
Sie musste herausfinden, was hier los war.

29

Nachdem er seinen Bruder an der Einfahrt zur Villa hatte aussteigen lassen, steuerte Karl-Heinz Kump den Mercedes Vito auf den Stellplatz für Vermietfahrzeuge. Manfred hatte diesen Geschäftszweig erst kürzlich eröffnet, und seither arbeiteten sie als Franchisenehmer mit einer großen Autoverleihkette zusammen. Karl-Heinz winkte der Frau, die heute Nachmittag Dienst hinter der Verkaufstheke hatte, im Vorbeigehen zu und betrat durch die Zwischentür die Werkstatthalle.

An acht der zwölf Montageplätze werkelten die Mechaniker der Spätschicht an Kundenautos. Das Konzept des Werkstattbetriebes hatten Kump & Söhne sich bei den Großen der Branche abgeguckt. Insgesamt beschäftigten die Kumps siebenundzwanzig Automechatroniker, wie der Beruf heute hieß, die sich in wechselnder Mannschaftsstärke montags bis samstags in Früh- und Spätschichten der Wehwehchen der Kundenautos annahmen.

Abgetrennt von den Montageplätzen befand sich linker Hand die Karosseriewerkstatt zur Instandsetzung von Unfallautos. Hier gingen zwei Karosserieschlosser ihrem Handwerk nach. Eine hochmoderne Lackieranlage rundete das Angebot ab. Die ursprünglichen Bedenken der Bank bei der Kreditvergabe hatten sich längst zerstreut. Hier auf dem Land waren die Leute auf ihre Autos angewiesen. Sobald die Kinder erwachsen wurden, erwarben sie den Führerschein – und das zugehörige Auto. In manchen Haushalten standen drei oder vier Wagen vor der Tür. Manfreds Geschäftsplan war gut und schlüssig gewesen, und der Erfolg gab ihm recht: Der Laden brummte.

Karl-Heinz begrüßte kurz seine Mitarbeiterin Anita Wollersheim, die für die Disposition und die Abrechnung zuständig war und machte sich dann auf den Heimweg. Er hatte es nicht weit. Abgeschirmt von einem zwei Meter hohen Gabionenzaun – in Drahtkörben aufgeschichteten Steinen – erstreckte sich zum Dorf hin das Anwesen der Kumps. Durch eine Schlupftür im Zaun gelangte Karl-Heinz auf das Grundstück mit der protzigen Villa, die Leonard Kump als sichtbares Zeichen seines Erfolges direkt neben sein Autohaus hatte bauen lassen.

Die beiden Flügel des zweistöckigen Gebäudes mit heller Sandsteinverblendung, das an die Bauart des Schlosses in Versailles angelehnt war, wurden durch das romanische Portal mit bronzeummanteltem Glas, das die gesamte Höhe des Hauses einnahm, gegliedert. Das Flachdach war eine einzige riesige Terrasse, umlaufend eingefasst von einer Balustrade aus romanischen Säulen.

Die Halle betrat man durch nahtlose doppelte Türen, die beim Herantreten wie von Geisterhand aufschwangen. Den vorderen Bereich nahm eine Sessel- und Sofalandschaft aus braunem Büffelleder im englischen Chesterfieldstil ein, im hinteren Bereich führten zwei geschwungene Treppen aus weißem Marmor und Handläufen aus Mahagoni in das obere Stockwerk der beiden Flügel, von denen keiner weniger als 200 Quadratmeter Wohnfläche aufwies. Leonard Kump hatte mit seiner Frau den rechten Flügel bewohnt.

Seit Langem waren sie getrennt von Tisch und Bett. Jetzt bewohnte Leonard Kump das Erdgeschoss und Cilli die obere Etage. Den linken Flügel teilten sich seine Söhne Manfred (Erdgeschoss) und Karl-Heinz (1. Etage) mit ihren jeweiligen Frauen. Auf der Rückseite des Hauses erstreckte sich bis zur Umgehungsstraße ein angelegter Landschaftsgarten, der die Illusion eines englischen Schlossparks erzeugen sollte. Das ganze Ensemble passte zur Umgebung wie die Faust aufs Auge.

Die Familienmitglieder hatten sich im Foyer versammelt und blickten Karl-Heinz erwartungsvoll entgegen.

„Wie ist es gelaufen?", fragte Gabriele, Karl-Heinz' Frau.

„Es ging einfacher als gedacht. Das Ein- und Ausladen war etwas mühsam, aber jetzt sitzt der Alte hinter Schloss und Riegel."

„Dann lasst uns überlegen, wie wir jetzt weiter vorgehen", meldete sich Veronika, Manfreds Frau, zu Wort.

„Ich denke, das ist klar?", meinte Manfred.

„Also, ich weiß nicht", zweifelte Cilli. „Ihm einen Schrecken einjagen: ja, ihn in Bembergs Häuschen schmoren lassen: ja, ihm eine ordentliche Abreibung verpassen: das auch, aber ihn umbringen?"

„Hast du vergessen, was er dir über all die Jahre angetan hat?", rief Karl-Heinz mit ungewohnt scharfer Stimme. „Hast du die Prügel vergessen, die er die verpasst hat? Hast du die Erniedrigungen vergessen, wenn er sich mit anderen Frauen abgegeben hat? Hast du vergessen, was er Gabriele angetan hat? Er hat sein Leben verwirkt!"

Gabriele Kump saß mit versteinertem Gesicht in einem ausladenden Sessel. Ihre Gesichtszüge waren von jahrelangem Alkoholmissbrauch gezeichnet, ihre einst wohlproportionierte Figur war stark abgemagert. Sie war seit vierundzwanzig Jahren mit Karl-Heinz verheiratet, und sie waren kinderlos geblieben. Schon vom Anbeginn ihrer Ehe hatte ihr Schwiegervater sie bedrängt. Zwei Mal hatte er sie zum Beischlaf genötigt, während Karl-Heinz Lehrgänge der Meisterschule im Kfz-Handwerk besucht hatte. Lange Zeit hatte sie sich geschämt und niemandem etwas davon erzählt, aber die Veränderung ihrer Persönlichkeit brachte schließlich Cilli auf die richtige Spur. Sie hatte es ihrem Sohn gesagt, und der hatte seinen Vater zur Rede gestellt, aber Leonard Kump hatte nur gelacht.

„Wenn du nicht in der Lage bist, einen Nachkommen zu zeugen, dann muss ich das eben selber machen!", hatte er gehöhnt. „Und nebenbei gesagt: Deine Frau ist nicht das Gelbe vom Ei. Da hatte ich schon bessere!"

In seiner Wut hatte Karl-Heinz nach seinem Vater geschlagen, aber der hatte ihm kurzerhand ein paar Haken verpasst, dass ihm Hören und Sehen verging. Karl-Heinz hatte nicht die Kraft gehabt, seinem Vater, dem Betrieb und der Familie den Rücken zu kehren und anderswo neu anzufangen. Gabriele hatte Trost im Alkohol gesucht. Gerade hatte sie erst wieder eine Entgiftung im Marienhospital in Euskirchen durchgeführt und wartete nun auf einen Therapieplatz in einer Entzugsklinik.

„Wir wollen auch nicht vergessen, dass er meinen Vater umgebracht hat", gab Manfred zu bedenken.

„Sicher, das ist jetzt fünfzig Jahre her, und juristisch ist das längst verjährt. Wir müssen der Gerechtigkeit selber auf die Sprünge helfen. Nur einen Schrecken einjagen, wie du vorschlägst, Mutter, und ihn dann wieder freilassen, das geht nicht. Er wäre wie ein angeschossener Keiler, gefährlich und unberechenbar. Noch gefährlicher und unberechenbarer als er sowieso schon ist. Nein, wir ziehen das so durch, wie wir es besprochen hatten."

„Genau!", rief Karl-Heinz. „Der Terror muss endlich ein Ende haben!"

30

Eiligen Schrittes machte sich Marga auf den Rückweg. Er kam ihr wesentlich kürzer vor als der Hinweg, ein Phänomen, das viele Reisende kennen. Der sogenannte „Rückreise-Effekt" tritt umso intensiver auf, wenn Menschen den Hinweg als besonders lang und lästig empfinden. Sie erwarten das gleiche vom Rückweg. Treten dann aber wider Erwarten keine Komplikationen auf, fühlt sich der Rückweg viel kürzer an.

Als Marga den Waldrand erreichte, holte sie ihr Handy hervor. Hier hatte sie wieder ein Netz. Sollte sie jetzt die Polizei anrufen? Die würde kommen, Kump befreien und sie als Zeugin vernehmen. Sie müsste berichten, was sie beobachtet hatte, und das würde die Brüder Kump in große Schwierigkeiten bringen. Es musste einen Grund geben, warum sie ihren Vater in Bembergs Häuschen eingesperrt hatte.

Während ihrer Tätigkeit in der Tankstelle hatte sie mitbekommen, wie Leonard Kump praktisch jeden in seiner Umgebung tyrannisierte. Unter der Belegschaft regierte die Angst. Kolleginnen hatten ihr hinter vorgehaltener Hand berichtet, dass sie von Kump sexuell angemacht worden seien. Einige hatten seinem Drängen nachgegeben und waren danach wie eine heiße Kartoffel fallengelassen worden.

Marga hatte sich bis jetzt immer noch seiner Avancen erwehren können. Sie hatte von einer Kollegin gehört, die Kump nach ihrem sexuellen Abenteuer so lange kujoniert hatte, bis sie entnervt ihren Job kündigte. Als ihr Mann von den Hintergründen erfuhr, besänftigte Leonard Kump ihn mit ein paar hundert Euro – „Bockgeld", wie er das abfällig nannte. Daraufhin hatte sich die Frau von ihrem Mann getrennt und war weggezogen. Leonard Kump schien all das nicht zu kümmern, er machte ungerührt weiter. Seine Gier nach Sex wurde nur von der nach Profit übertroffen.

Vielleicht hatten die Kumps jetzt genug von Leonards Eskapaden. Und Marga hatte ja auch noch ein Hühnchen mit ihm zu rupfen! Die Polizei konnte warten – und Leonard Kump auch! Marga beschleunigte noch einmal ihre Schritte, und bald hatte sie den Campingplatz erreicht. Sie schwang sich auf ihr Rad und läutete wenig später an der Kump'schen Villa. Die Tür zum Foyer schwang lautlos auf, die versammelten Familienmitglieder schauten erwartungsvoll, wer sie da besuchte. Marga machte ein paar entschlossene Schritte auf die Versammlung zu. Sie schaute in die Runde, musterte jeden Einzelnen und sagte dann:

„Ich bin die Tochter von Margret Kessel."

31

„Alles klar?", fragte Marilyn.

„Alles klar!", bestätigte der Mann und stieg in den schwarzen Porsche Cayman ein, der in der Garage des „Club Aphrodies" untergestellt war. Der Motor heulte kurz auf, dann setzte der Porsche rückwärts aus der Einfahrt des Saunaclubs, der Fahrer legte den ersten Gang ein und lenkte den Sportwagen nach links auf die alte Kreisstraße in Richtung Loch. Dort bog er vor dem Ortseingang nach Rheinbach ab. An der Autobahnauffahrt in Peppenhoven steuerte er auf die Autobahn in Richtung Köln und gab dem Porsche die Sporen.

Er schmiegte sich in den Sportsitz aus schwarzem Leder, aus dem Burmester High-End Suround Sound-System erschallte sanfte Musik, die aus dem Sechsfach-CD-Player eingespielt wurde. Leonard Kump hatte es bei der Ausstattung an nichts fehlen lassen. Vor dem Fahrer lag eine lange Nachtfahrt in den östlichsten Zipfel der Republik. Das Navi sagte ihm eine Fahrtdauer von knapp sechs Stunden voraus. Der Fahrer grinste in sich hinein. Diese Zeit würde er mühelos unterbieten. Es war Samstagnacht, und die LKW hatten Fahrverbot. Bisher hatte alles wie am Schnürchen geklappt, der Rest war ein Kinderspiel. Je weiter er nach Osten kam, desto leerer wurde die Autobahn.

Er blieb permanent auf der linken Fahrspur, die Tachonadel hing konstant bei 200 km/h, der automatisch bei 120 km/h ausgefahrene Heckspoiler sorgte dafür, dass der Porsche nicht abhob. Der vor der Hinterachse sitzende Mittelmotor schnurrte wie eine Katze. Das war das Tempo, bei dem der Porsche sich wohlfühlte – und der Fahrer auch. Das Wohlgefühl endete jäh bei der Einfahrt in den Jagdbergtunnel bei Jena. Ein rotes Blitzlicht zuckte auf.

„Scheiße!", schimpfte der Fahrer. „So eine Scheiße!" Gleichzeitig bremste der den Porsche auf die zulässigen 80 km/h herunter. Bevor ihm das gelang, passierte er den zweiten Starenkasten im Tunnel. Wieder blitzte es rot. Jetzt nur keine Panik, beruhigte er sich selbst. Dem Halter würde ein Knöllchen zugeschickt werden, aber der würde den Namen des Fahrers mit Sicherheit nicht den Behörden verraten. Nicht verraten können! Ende der Geschichte! Trotzdem war ihm der Schreck in die Glieder gefahren.

Bei der Raststätte Teufelstal/Nord fuhr er ab und fand einen Parkplatz direkt vor dem Eingang. Er stieg aus und marschierte schnurstracks zur Toilette. Solcherlei Aufregung schlug ihm immer ins Gedärm. Erleichtert zog er sich kurz darauf einen Kaffee am Automaten. Er warf einen Blick auf die Uhr. Er hatte noch massig Zeit. Selbst wenn er sich ab jetzt an die Geschwindigkeitsbegrenzungen halten würde, käme er auf keinen Fall zu spät zu seiner Verabredung. Noch 260 Kilometer – ein Klacks!

Knapp zwei Stunden später nahm er die Ausfahrt Görlitz, das Navi wies ihm den Weg zum Parkhaus am Bahnhof. Es war kurz vor sieben, und bis zu seiner Verabredung blieben ihm noch zwei Stunden. Von einer Passantin ließ er sich den Fußweg in die Stadt erklären, und zehn Minuten später saß er in der Berliner Straße im Café Central vor einem ausgiebigen Frühstück.

Nachdem er in aller Ruhe die Mahlzeit zu sich genommen hatte, musste er immer noch eine gute Stunde totschlagen, die er zum Herumstromern durch das beschauliche Städtchen nutzte, das sich in den warmen Sommermorgen hineindöste.

Am Postplatz legte er auf einer Bank mit Blick auf die von den Einheimischen „Muschel-Minna" genannte Brunnenfigur eine Pause ein, bevor er schließlich mit einer der altertümlichen Straßenbahnen, die auf Schmalspurschienen durch die Fußgängerzone zuckelten, zum Bahnhof zurückkehrte.

In der imposanten Vorhalle des Jugendstil-Empfangsgebäudes ließ er sich wiederum auf einer Bank nieder und begann, in der neuesten Ausgabe von „Auto, Motor, Sport" zu lesen – das Erkennungszeichen. Nach einer kurzen Weile trat ein gepflegter junger Mann, der einen kunstledernen Aktenkoffer bei sich trug, an ihn heran.

„Entschuldigen Sie, ist hier noch frei?", fragte er mit polnischem Akzent und deutete mit der Hand auf den Platz neben dem Fahrer.

„Ja, bitte."

Der junge Mann nahm Platz.

„Das ist aber eine interessante Zeitschrift, die Sie da lesen."

„Finden Sie?"

„Ja, steht da vielleicht auch etwas über den neuen Porsche Cayman drin?"

„Ich glaube ja, Moment, hier auf Seite 35", sagte der Fahrer und blätterte durch das Heft. Der junge Mann beugte sich leicht in Richtung des Fahrers und lugte auf die Wagenpapiere, die dieser in der Zeitschrift versteckt hatte.

„Wo bekommt man denn so einen schönen Aktenkoffer?", wollte der Fahrer wissen.

„Möchten Sie mal sehen?"

„Ja, gerne."

„Halten Sie mal eben meine Zeitung."

Der junge Mann nahm die Autozeitschrift und reichte den Koffer hinüber. Der Fahrer öffnete den Deckel und warf einen Blick hinein. Vier Bündel zu je 5000 Euro in 100-Euro-Scheinen waren fein säuberlich darin aufgeschichtet.

„Das ist aber eine sehr praktische Einteilung."

Der Fahrer klappte den Deckel zu. Mit einer knappen Bewegung wechselten Parkschein und Autoschlüssel den Besitzer. Ohne Hast ging der junge Mann in Richtung Ausgang davon, der Fahrer zum Fahrkartenschalter.

„Ich möchte nach Köln."

„Ibber Dräsdn oder ibber Leipsch?", fragte die freundliche Beamtin hinter dem Tresen.

„Das ist mir gleich, was am schnellsten geht."

„Nu, do nähmse dän Trilex bis Dräsdn Neustadt, do hamse denne Anschluss an dän ICE nach Köln. Zahlnse bar oder mit Karte?"

„Bar."

Im Parkhaus stieg derweil der junge Mann in den Porsche und steuerte ihn dann am Stadtpark über die Neißebrücke hinüber nach Zgorzelec, der polnischen Schwesterstadt von Görlitz auf der rechten Neißeseite. Sein Ziel war ein einsam gelegenes Bauerngehöft an der Sulikowskastraße.

Dort würde der Porsche über Nacht eine neue Identität bekommen.

32

Sonntag, 10. August

Wenn er richtig mitgezählt hatte, war Leonard Kump seit zwei Tagen in Gefangenschaft, allein in der Mitte von Nirgendwo. Hoffnung war hier und da aufgekeimt, wenn Zweige knackten und er meinte, Schritte zu hören. Aber es waren nur Wildschweine gewesen, die grunzend durch das Unterholz zogen. Die Frau, die die Polizei holen wollte, hatte auch nichts mehr von sich hören lassen. Scheißweiber, es war einfach kein Verlass auf sie!

Leonard Kump hatte sich den Kopf zermartert, wer hinter seiner Entführung stecken konnte. Die Liste seiner Gegner war lang, diejenige seiner Freunde umso kürzer – ach was, sie war leer! Viele Leute hätten ihm liebend gerne eine Abreibung verpasst. Aber Entführung? Ihm fiel nichts dazu ein. Seit er eingesperrt worden war, hatte sich niemand mehr blicken lassen. Wahrscheinlich verhandelten seine Entführer jetzt mit der Familie. Aber was gab es da groß zu verhandeln? Die Familie musste einfach nur das Lösegeld zahlen! Dann würden sie kommen, ihn hier rauszuholen. Oder würden sie nicht zahlen und ihn hier verrotten lassen? Wieso kam denn keiner? Schlimmer als der Hunger quälte ihn mittlerweile der Durst. Die Kräcker hatte er längst aufgegessen, die Wasserflasche ausgetrunken. Und obwohl er nur das Wasser aus der kleinen Flasche getrunken hatte, musste er andauernd pinkeln.

Leonard Kump war klar, was das bedeutete. Seit Jahren war er Diabetiker, und wahrscheinlich war sein Blutzuckerspiegel jetzt exorbitant hoch. Das Täschchen mit dem rettenden Insulin lag in Sichtweite vor ihm, aber er konnte es nicht erreichen. Seine Entführer waren Sadisten! Ihm war übel und er döste auf seinem Feldbett vor sich hin, fühlte sich schlapp und verbraucht. Jetzt nur nicht einschlafen!

Wie durch einen Nebel meinte er ein Motorengeräusch wahrzunehmen. Oder delirierte er bereits? Er lauschte angestrengt. Nein – da näherte sich ein Fahrzeug! Ganz eindeutig! Das Motorgeräusch wurde lauter und lauter und erstarb schließlich direkt vor seinem Gefängnis. Sie waren da! Hoffnungsvoll richtete er sich auf und blinzelte in das einfallende Tageslicht, das durch die sich öffnende Tür in den Raum fiel.

Vertraute Stimmen erreichten seine Ohren. Die Familie hatte gezahlt und befreite ihn jetzt aus seiner Gefangenschaft! Endlich! Ungläubig starrte er auf das, was sich nun vor seinen Augen abspielte.

Sie schleppten eine Bierzeltgarnitur, die eigentlich nur bei den Gelagen nach der Treibjagd zum Einsatz kam, aus dem hinteren Bereich des Schuppens heran und bauten sie vor seiner Zelle auf!

„Was macht Ihr da? Los, sofort die Tür auf!", forderte er.

„Maul halten!", fuhr ihn Manfred an. „Hinsetzen, Du hast hier nichts zu melden!"

„Du kleine Ratte, was fällt dir ein?", tobte Leonard Kump, zu neuem Leben erwacht und rüttelte an den Gitterstäben. „Warte, wenn ich hier raus bin, mach' ich dich platt."

„Du machst keinen mehr platt!"

Schneidend und eiskalt drang die Frauenstimme an sein Ohr.

„Sie? Was haben Sie damit zu tun?"

„Das wirst du noch gewahr werden", antwortete Marga Morringer und ließ sich auf der Sitzbank nieder, flankiert von Karl-Heinz und Manfred Kump.

Was sollte das? Wieso ließen sie ihn nicht raus? Saßen sie zu Gericht? Über ihn?

„Erinnerst du dich noch an Kirmesmontag vor fünfzig Jahren?", eröffnete Marga die Verhandlung. Leonard Kump schaute sie verständnislos an.

„Nein? An die Fahrt mit dem Hanomag? An Konrad Bell? An Margret Kessel? Ich bin ihre Tochter!"

Leonard Kumps Gesicht verriet ungläubiges Erstaunen.

„Margret Kessel? Die hatte keine Tochter!"

„Woher willst du das wissen? Du hast sie doch zusammen mit deinem Vater aus dem Dorf vertrieben, mit zehntausend Mark Schweigegeld. Das war sie schon mit mir schwanger."

„Und, was willst du? Nachträglich Alimente?"

„Bestimmt nicht! Du bist Gott sei dank nicht mein Vater! Den hast du ermordet!"

„Ich habe niemanden ermordet!"

„Oh doch, meine Mutter hat mir alles erzählt, bevor sie starb."

„Margret ist tot?"

„Ja, und du hast ihr Leben ruiniert. Ihr wart nach dem Hahnenball ziemlich betrunken, sie noch viel mehr als du. Ihr seid in deinem Bett gelandet. Danach hast du sie mit eurem Abschleppwagen fahren lassen, besoffen wie sie war. Du hast neben ihr gesessen. An der Landstraße nach Kuchenheim stand mein Vater und hielt den Daumen hoch. Meine Mutter wollte ihn mitnehmen und hat den Wagen abgebremst. Als ihr kurz vor ihm wart, hast du ihr auf den Gasfuß getreten und in das Steuerrad gegriffen. Ihr habt meinen Vater angefahren und ihn durch die Luft geschleudert. Er war sofort tot. Du hast ihn liegenlassen wie ein überfahrenes Stück Wild und meine Mutter gezwungen, weiterzufahren."

Leonard Kump stierte sie an, sagte aber nichts. Wollte sie jetzt die fünfzig Jahre alte Geschichte aufwärmen? Die war doch längst verjährt!

„Wer soll denn dein Vater gewesen sein? Etwa Konrad Bell?"

„Genau!"

„Woher willst du das wissen? Vielleicht hat deine Mutter ja noch mit anderen Männern gefickt!"

Das hatte gesessen! Obwohl ihm immer noch speiübel war, grinste Kump Marga mit seinem Raubtiergrinsen an. Sie gewann schnell wieder die Fassung.

„Ich arbeite nun seit drei Monaten bei euch an der Tankstelle" sagte sie kühl. „Ich hatte die Gerüchte gehört, dass Manfred nicht dein leiblicher Sohn ist, sondern dass Konrad Bell sein Vater sei. Da habe ich von seiner Kaffeetasse in der Teeküche einen Abstrich genommen und an ein Labor geschickt. Das Ergebnis ist eindeutig: Manfred und ich haben denselben Vater. Meine Mutter hat nicht *herumgefickt* – das ist ja wohl mehr *deine* Spezialität!"

„Sie hat recht", ergriff Manfred Kump das Wort, „Konrad Bell war mein Vater. Ich meine, mein richtiger Vater, mein Erzeuger. Mutter hat mir alles erzählt. Du hast ihn umgebracht, und ich hatte nie die Chance, ihn kennenzulernen. Und du hast all die Jahre so getan, als sei nichts gewesen."

„Ich habe Durst!", sagte Leonard Kump mit einer dünnen Stimme, die sie so nicht von ihm kannten.

„Bitte, gebt mir etwas zu trinken. Und ich brauche mein Insulin."

„Du bittest? Das ist ja ganz was Neues!", schaltete sich Karl-Heinz mit hasserfüllter Stimme ein. „Bis jetzt hast du immer nur befohlen, gefordert und genommen, was du haben wolltest – einschließlich meiner Frau! Und nicht nur einmal! Mutter hat es gleich gewusst – und geschwiegen! Aus Angst vor dir und deinen Prügeln! Und dass Gabriele beinahe im Suff untergegangen wäre, das verdanken wir auch dir! Du bist ein solches Dreckschwein!"

„Aber ich…"

„Was aber? Willst du das etwa leugnen?"

Betreten und trotzig zugleich schaute Leonard Kump zu Boden. Sie hielten ihm seine Taten vor. Sie wollten mit ihm abrechnen. Sie demütigten ihn. Sollten sie doch! Wenn er hier raus wäre, würde er ihnen schon zeigen, wo der der Hammer hing! Aber zuerst musste er trinken! Zwei Tage in diesem Schuppen, bei dieser Sommerhitze und nur mit einem Liter Wasser – die Folgen des Insulinmangels und der Dehydratation machten sich bemerkbar. Wie durch Watte drang Manfreds Stimme zu ihm durch.

„Du hast Mutter nie geliebt, sie war für dich einfach nur ein Gegenstand, den man besitzt. Du hast sie geheiratet, weil ich unterwegs war und dein Ruf als Geschäftsmann auf dem Spiel stand. Du hast sie ihr Leben lang benutzt, wie du alle Menschen benutzt. Ich werde nie vergessen, dass du mich wegen jeder Kleinigkeit verprügelt hast, bis ich mich endlich wehren konnte, als ich Kampfsport trainiert habe."

„Danach hast du alles an mir ausgelassen – bis heute!"

Das war wieder Karl-Heinz! In Leonard Kopf wummerte und dröhnte es.

„Wasser!", flüsterte er mehr als er sprach.

„Wasser? Ja, du wirst trinken, das garantiere ich dir! Aber wir sind noch nicht fertig! Jahrelang hast du mich als Fußabtreter für deine Launen benutzt, ob vor den Mechanikern in der Werkstatt oder vor Kunden, das war dir scheißegal! Wenn du aufgetaucht bist, sind alle um dich herumgeschlichen und haben sich klein gemacht, damit du sie bloß nicht zum Ziel deiner Ausfälle nimmst. Und nie hat dir einer zu widersprechen gewagt, alle hatten immer nur Schiss vor dir."

Zusammengesunken saß Leonard Kump auf dem Feldbett.

„Bitte, ich mache alles wieder…"

„Gut? Wolltest du sagen, du machst alles wieder gut?", schrillte Margas Stimme.

„Willst du das mit Geld regeln, wie du immer alles mit Geld geregelt hast?"

„Was…was habt ihr mit mir vor?", fragte Leonard Kump zaghaft.

Manfred hatte inzwischen eine Flasche mit Diabetiker-Limonade geöffnet und hielt sie Leonard an den Mund.

„Da, trink!", forderte er ihn auf.

Er nahm einen Schluck und versuchte dann seinen Kopf wegzudrehen, weil er merkte, dass der quietschsüßen Flüssigkeit Alkohol beigemengt worden war. Doch gegen seine beiden Söhne hatte er keine Chance. Sie hielten seinen Kopf hoch, und Leonard war gezwungen zu schlucken, zu schlucken und zu schlucken – bis die Flasche leer war.

Auf seinen nüchternen Magen setzte die Wirkung des Alkohols unmittelbar ein. Leonard Kump war fast sofort sturzbetrunken, aber bei Bewusstsein. Seine Söhne griffen ihm unter die Achseln und rissen ihn auf die Füße. Sie führten ihn hinaus auf den Platz zwischen dem Schuppen und dem Jagdhaus und setzten ihn mit dem Rücken zur Wand des Schuppens auf den Boden. Mit glasigen Augen verfolgte er, wie Manfred einen Holzklotz herbeischaffte und Karl-Heinz ein lebendes Huhn aus einem Käfig im Auto herausholte. Das Federvieh gackerte aufgeregt. Margret trat hinzu. Sie hielt ein Beil in der Hand.

„Du warst doch immer ein Freund des Hahneköppens", sagte sie mit sarkastischem Unterton und schaute auf Loenard Kump hinab.

„Du sollst es noch einmal erleben! Aber ich werde nicht deine Hahnenkönigin sein!"

Karl-Heinz fixierte das Huhn auf dem Hauklotz und mit einem gezielten Beilhieb trennte Margret den Kopf des armen Vogels von seinem Körper. Mit dem herausströmenden Blut tränkten sie Leonards Hemdbrust. Er spürte, wie der körperwarme Lebenssaft an ihm herab lief. Er wollte sich aufrichten, schaffte es aber nicht und sank wieder in seine vorherige Position zurück. Manfred sprühte ihm hellblaue Farbe auf die Hose.

„Das ist für Konrad!" Margrets Aufschrei gellte in Leonards Ohren. „Morgen wird jeder wissen, was du getan hast!"

Manfred reichte ihr das schwarze Diabetiker-Etui. Diesem entnahm sie einen grünen Insulinpen. Sie drehte das Einstellrädchen auf die maximale Dosis von 60 internationalen Einheiten. Die beiden Brüder hatten Leonard Kump gepackt und hielten ihn mit eisernem Griff auf die Seite gedreht. Margret stach die Nadel des Pens in den Gluteus maximus und injizierte das Insulin. Dann reichte sie den Pen an Manfred weiter, der die Prozedur wiederholte, wie auch nach ihm Karl-Heinz.

„Meinst du, dass das reicht?", fragte er Margret. Sie war seit vielen Jahren selbst Diabetikerin und im Umgang mit Pen und Insulin geübt. Normalerweise verabreichte sie sich die notwendige Dosis Normalinsulin subkutan in das Bauchfettgewebe. Die Wirkung setzte nach 15 bis 30 Minuten ein und baute den Zucker ab, der mit einer erwarteten Mahlzeit zugeführt würde. Mit der Injektion in Kumps Gesäßmuskel wirkte das Insulin viel schneller und stärker. Erschwerend kam hinzu, dass Leonard Kump praktisch nüchtern war und der verabreichte Alkohol zusätzlich wie ein Katalysator wirkte.

„Ich gebe ihm sicherheitshalber noch eine Ladung", antwortete sie. Weitere 60 Insulineinheiten fanden ihren Weg in Leonard Kumps Körper, dann brachten sie ihn zurück in die Zelle und legten ihn auf das Feldbett. Er wirkte apathisch und wehrte sich nicht mehr.

Draußen wurde es langsam dunkel. Sie entzündeten eine Petroleumlampe, in deren Schein sie Kump beobachteten. Um Mund und Nase war er blass geworden. Nach einiger Zeit begann er zu schwitzen und zu zittern, sein Herz jagte. Seine Pupillen weiteten sich, dann wurde sein Körper von Krämpfen geschüttelt, schließlich verlor er das Bewusstsein.

Ungerührt piekte Margret mit einer Lanzette in die Fingerkuppe von Kumps Ringfinger und fing den Blutstropfen mit einem Messstreifen auf, der in einem Blutzuckermessgerät steckte – nur noch 25 Milligramm Zucker pro Deziliter Blut!

Bösen Männern gebührte ein böses Ende!

33

Montag, 11. August

Das Blaulicht flackerte und warf gespenstische Schatten an die Wand, der heulende Sirenenton ging durch Mark und Bein. Wie von der Tarantel gestochen fuhr Jodokus Ellebach aus dem Schlaf hoch und angelte nach seinem Handy, das auf dem Nachttisch lag und sich als Streifenwagen aufführte. Seine Tochter hatte ihm die App eingerichtet, und nach anfänglichem Fremdeln, hatte Ellebach sich nicht nur daran gewöhnt, sondern auch seinen Spaß damit.

„Ja?", brummte er schlaftrunken in das Gerät.

„Morgen Chef, Schaeffer hier", meldete sich eine unerhört frisch klingende Stimme. Ellebach schaute auf seine Armbanduhr. Vier Uhr dreißig – halb fünf!

„Schaeffer, ich hoffe für dich, es gibt einen guten Grund, warum du mich so früh an meinem freien Tag anrufst."

„Natürlich nicht, Chef, ich wollte nur mal Ihre liebreizende Stimme hören", konterte Kriminaloberkommissar Lothar Schaeffer. Er war vor kurzem in Ellebachs Dienststelle versetzt worden und nannte diesen ebenso beharrlich „Chef" wie Ellebach ihn duzte.

„Wir haben eine Leiche", fuhr Schaeffer fort.

„Na und? Die läuft doch nicht weg!"

„Sie sollten sich das ansehen, Chef. Ist ganz in Ihrer Nähe, an der Landstraße zwischen Flamersheim und Kuchenheim."

Schwerfällig schälte sich Ellebach aus den Laken und schlüpfte in einen grasgrünen Polizeitrainingsanzug, der neben dem Bett über einem Stuhl hing. Jegliche Art von Sport war Ellebach höchst zuwider, aber als bequemes Freizeitkleidungsstück wusste der Kriminalhauptkommissar das Teil durchaus zu schätzen. Seine Frau Josi neckte ihn immer, er sehe darin aus wie ein zu groß geratener Laubfrosch. Sie war ebenfalls wach geworden.

„Ellebach, was ist los?", wollte sie wissen. „Gehst du joggen?"

„Quatsch, wir haben eine Leiche. Ich bring' auf dem Rückweg Brötchen mit."

„Du denkst immer nur an das eine", murmelte sie, drehte sich auf die Seite – und war sofort wieder eingeschlafen. Sie waren seit dreißig Jahren verheiratet, und sie war es gewohnt, dass ihr Mann zu unchristlichen Zeiten zu einem Tatort gerufen wurde.

Ellebach komplettierte sein Outfit mit grünen Laufschuhen und dem weißen Halbschalenhelm. Dann holte er seine geliebte Zündapp „Bella" aus der Scheune, schob sie auf die Straße und startete den Zweitaktmotor. Fünf Minuten später kam er knatternd vor einem Aufgebot an Streifen- Rettungs- und Notarztwagen zum Stehen. Er bockte seine „Bella" auf dem neben der Landstraße verlaufenden Radweg auf.

Bei seinem Anblick stieß ein uniformierter Polizist seine junge Kollegin feixend in die Seite. Ellebach beachtete sie nicht. Er ging schnurstracks auf Schaeffer zu, der neben einer blutüberströmten Person kniete, die auf dem Grünstreifen zwischen Fahrbahn und Radweg lag.

„Was haben wir?"

„Eine männliche Leiche, etwa 70 Jahre alt. Ein Zeitungsfahrer hat sie vor eine halben Stunde gefunden. Sieht auf den ersten Blick nach einem Verkehrsunfall mit Fahrerflucht aus. Ist aber keiner."

Ellebach hatte sich neben Schaeffer auf ein Knie gestützt hingehockt und betrachtete den Toten. Schaeffer leuchtet ihn mit einer starken Handlampe an.

„Den kenn' ich, das ist Leonard Kump aus Flamersheim!", rief Ellebach aus. „Da vorne, die Tankstelle und das Autohaus, die gehören ihm. Wie kommst du darauf, dass es kein Unfall war?"

Schaeffer tastete mit einer behandschuhten Hand den Brustkorb der Leiche ab.

„Hier, Chef, sein Hemdlatz ist voller Blut, aber er hat keine Rippenbrüche, keine Gesichtsverletzungen, nichts. Der hier ist noch am Stück. Es gibt auch keine Bremsspuren und keine Glassplitter. Wenn er von einem Auto erfasst worden wäre, müsste das aber so sein. Und er sieht aus wie hindrapiert."

„Gut, Schaeffer. Was sagt der Doc?"

Schaeffer winkte die Notärztin heran, Ellebach stemmte sich schwerfällig wieder hoch.

„Also, nach dem was ich feststellen konnte, ist er wahrscheinlich einem Herzinfarkt erlegen", gab die resolute Medizinerin bekannt.

Sie fing Ellebachs ungläubigen Blick auf.

„Ja, auch wenn Ihnen das nach der Auffindesituation unwahrscheinlich vorkommt. Alle Symptome weisen eindeutig in diese Richtung. Die Leiche weist auch keine offensichtlichen äußeren Verletzungen auf."

„Woher stammt dann Ihrer Meinung nach das ganze Blut?"

„Keine Ahnung, jedenfalls nicht von ihm."

„Wie lange ist er tot?"

„Die Totenstarre an den Augenlidern und der Kaumuskulatur ist voll ausgeprägt, an den oberen Extremitäten setzt sie gerade ein. Unter Berücksichtigung der Temperatur schätze ich, dass der Tod vor etwa vier bis fünf Stunden eingetreten ist. Genaueres erzählt ihnen dann der Kollege von der Rechtsmedizin. Für uns ist der Einsatz hier beendet."

Ein paar Augenblicke später fuhr sie, gefolgt vom Rettungswagen, in ihrem Einsatzwagen davon. Ellebach wandte sich an Schaeffer.

„Wieso bist du eigentlich schon hier?"

„Ich hatte Bereitschaft, und Eule hat mich angerufen."

„Eule" war der Funkrufname der Kreispolizeibehörde Euskirchen, die jeweiligen Einheiten waren ihrem Einsatzzweck entsprechend durchnummeriert. „Eule" unnummeriert stand für die Funkzentrale in der Euskirchener Polizeiwache.

„Habt ihr schon alles dokumentiert? Fotografiert, Skizzen angefertigt, Spuren gesichert…"

„Nein, die Spurensicherung ist unterwegs. Sobald es gleich ganz hell ist, suchen wir die Umgebung um den Fundort noch nach Spuren ab."

„Gut, das kannst du den Streifenhörnchen überlassen. Wir überbringen jetzt seiner Familie die traurige Botschaft."

Schaeffer musterte seinen Vorgesetzten von oben bis unten.

„Wollen Sie so zu den Leuten gehen?"

„Was heißt das: Wollen Sie so zu den Leuten gehen?", äffte Ellebach ihn nach.

„Na ja, ich meine vielleicht wollen Sie sich ja vorher etwas anderes anziehen?"

„Schaeffer, du redest schon wie meine Frau. Immerhin trage ich Dienstkleidung."

„Mag sein, aber aus der Zeit, in der unsere Uniformen noch grün waren. Die sind doch längst ausgemustert. Vielleicht haben Sie ja einen neueren Jogginganzug im Schrank hängen? Einen, der Sie besser kleidet?"

Ellebach entging nicht der ironische Unterton. Die beiden sich noch vor Ort befindlichen Streifenwagenbesatzungen hatten das Wortgefecht belustigt verfolgt. Ellebach wandte ihnen jetzt seinen massigen Schädel zu.

„Haben Sie nichts zu tun?", knurrte er. „Los, los, Umgebung absuchen! Wenn ich nachher ins Büro komme, will ich einen einwandfreien, sachlich-kompetenten und vor allem vollständigen Bericht auf meinem Schreibtisch vorfinden. Schaeffer, du fährt mit mir."

„Sie glauben doch nicht, dass ich mich auf diese Höllenmaschine setze? Ich folge ihnen mit dem Auto!"

34

Mit Schaeffer im Schlepptau knatterte Ellebach in Richtung Flamersheim. Einer plötzlichen Eingebung folgend, bremste er vor der Tankstelle so stark ab, dass Schaeffer beinahe aufgefahren wäre. Ellebach bog ab und kam vor dem Shop zum Stehen. Schaeffer folgte ihm im Auto auf dem Fuße.

„Wohnen hier die Kumps?", fragte Schaeffer sarkastisch, als er aus dem Wagen stieg.

„Quatsch mit Soße!", brummte Ellebach und verschwand im Inneren.

Die zierliche Kassiererin musterte das seltsame Paar. Sie hatte während ihrer Nachtdienste schon viele merkwürdige Gestalten an der Tankstelle erlebt, aber der dickliche Mann im grasgrünen Jogginganzug und der Drahtige in Jeans und Poloshirt wirkten wie eine nachkolorierte Version von Laurel und Hardy auf sie. Hardy walzte jetzt auf sie zu.

„Guten Morgen, Kriminalhauptkommissar Ellebach", stellte der sich vor. „Das ist mein Kollege Schaeffer, wir haben ein paar Fragen an Sie."

Die Kassiererin schaute sich vorsichtig um. War das hier „versteckte Kamera"? Der Jüngere hielt ihr seinen Dienstausweis unter die Nase. Tatsächlich: Laurel und Hardy waren die Polizei!

„Wie heißen Sie?", fragte Ellebach.

„Marga Morringer."

„Gut, Frau Morringer. Wir haben eine traurige Mitteilung. Ihr Chef, Leonard Kump, wurde heute Morgen gegen vier Uhr dreißig von einem Zeitungsfahrer an der Landstraße nach Kuchenheim tot aufgefunden."

„Tot? Herr Kump ist tot?" Sie schien Ellebach ehrlich entsetzt. „Wie ist das denn passiert?"

„Dazu können wir im Moment noch nicht viel sagen", schaltete sich Schaeffer ein. „Aber es könnte sein, dass es sich nicht um einen natürlichen Todesfall handelt."

„Nicht natürlich? Was heißt das?"

„Haben Sie in der fraglichen Zeit oder überhaupt während der Nacht etwas Ungewöhnliches beobachtet? War etwas anders als sonst, Leute, die Ihnen merkwürdig vorkamen?", wollte Ellebach wissen, ohne auf ihre Frage einzugehen.

Marga Morringer überlegte kurz. Das Merkwürdigste, was ihr heute untergekommen war, waren die beiden Polizisten, die vor ihr standen.

„Nein", antwortete sie. „Es war ein ganz normaler Nachtdienst ohne besondere Vorkommnisse."

„Wie lange arbeiten Sie schon hier?"

„Etwa drei Monate."

„Kannten Sie Leonard Kump?"

„Natürlich, so wie man seinen Seniorchef eben kennt."

„Und den Rest der Familie?", hakte Ellebach nach.

„Ich kenne Manfred Kump, der mich eingestellt hat und Karl-Heinz Kump, der die Werkstatt leitet. Ansonsten weiter niemanden."

„Wann haben Sie Leonard Kump zuletzt gesehen?"

Marga Morringer überlegte einen Moment lang.

„Das war…, das war am vergangenen Freitag, da hatte ich Frühdienst. Er kam so gegen elf Uhr hier in den Shop und hat einen Kaffee getrunken."

„Gut, Frau Morringer", sagte Ellebach, „das wär's fürs Erste. Geben Sie bitte Herrn Schaeffer noch ihre Personalien."

Während Schaeffer die Angabe in sein Smartphone tippte, schritt Ellebach zielstrebig auf die Kühltheke mit den belegten Sandwiches zu. Eigentlich hatte er für die eingeschweißten dreieckigen „Pappmachéschnitten" nichts übrig. Aber sein Magen knurrte, und hungrig war schlecht zu Ermitteln. In der Not frisst der Teufel Fliegen! Er wählte eine Packung mit Schinken und Ei.

„Schaeffer, du musst das mal für mich auslegen. Ich habe kein Geld dabei."

Mit resigniertem Gesichtsausdruck zahlte Schaeffer bei Marga Morringer, und ehe er sich's versehen hatte, hatte Ellebach die beiden Sandwiches verschlungen, oder besser gesagt: eingeatmet. Dann ließ er sich auf die „Bella" plumpsen, warf den Motor an und bedeutete Schaeffer ihm zu folgen. Die Tour ging nur über wenige Meter, dann standen sie vor dem doppelflügeligen schmiedeisernen Eingangstor zur Villa Kump. Dahinter führte eine mit weißem Kies bestreute und durch eine drei Meter hohe Fontäne geteilte Einfahrt zu dem palastartigen Anwesen.

Ellebach drückte von seinem Sitz herab auf den Klingelknopf in der Mauersäule. Nach einer Weile kündete das Aufleuchten der LED-Lampen der über dem Klingelknopf eingelassenen Videokamera davon, dass drinnen jemand nachschaute, wer da so früh Einlass begehrte. Ellebach winkte in die Kamera, kurz darauf schwang ein Torflügel mit leisem Surren auf, und die beiden Polizisten rollten mit ihrem jeweiligen Fahrzeug vor der Eingangstür aus. Manfred Kump stand in einem kurzen Sommerpyjama in der geöffneten Tür und erwartete sie. Er sah aus wie jemand, den man unversehens aus dem Tiefschlaf gerissen hatte.

„Jo, was soll das? Wieso wirfst du mich so früh aus dem Bett?", maulte er.

„Morgen, Manfred. Ist deine Mutter da?"

„Meine Mutter? Ja, aber was willst du von ihr?"

„Können wir vielleicht ins Haus gehen?"

Am Tonfall erkannte Manfred, dass etwas Ernstes vorgefallen sein musste.

„Kommt rein, ich hole sie."

„Und am besten auch gleich deinen Bruder. Was ich Euch mitzuteilen habe, geht alle an."

Manfred bot den beiden Polizisten Sitzplätze in der Chesterfield-Landschaft im Foyer an, Ellebach ließ sich in einen breiten Sessel plumpsen, Schaeffer nahm auf einem Zweiersofa Platz. „Chef, wieso sind Sie mit Manfred Kump per du?", fragte Schaeffer.

Ellebach sah ihn an, als verstehe er die Frage nicht.

„Schaeffer, die Kumps sind Eingeborene, genau wie ich. Leonard Kump hatte früher seinen Betrieb am Marktplatz. Dort hatten meine Eltern ihren Bauernhof, bevor mein Bruder damit an den Dorfrand ausgesiedelt ist. Wir kennen uns hier alle, ich habe die beiden Kump-Söhne aufwachsen sehen."

„Aber können Sie dann noch neutral ermitteln?"

„Was soll das denn heißen? Ich habe gesagt, wir kennen uns, aber wir sind weder miteinander verwandt noch verschwägert", empörte sich Ellebach.

Die Familienmitglieder trudelten nach und nach ein und nahmen ebenfalls in der Sofalandschaft Platz. Karl-Heinz war offensichtlich auch unsanft geweckt worden und wirkte verschlafen. Er trug einen Pyjama und darüber einen Hausmantel. Auf dem Rücken war das Logo der Firma Kump aufgedruckt. Vielleicht ein Neujahrsgeschenk für Kunden, das übriggeblieben war.

Gabriele, seine Frau, trug ebenfalls Pyjama und Hausmantel, ohne Aufdruck und hatte ihre Augen hinter einer getönten Brille versteckt. Sie sah übernächtigt aus, was Ellebach sofort auf ihr bekanntes Alkoholproblem zurückführte. Manfreds Frau Veronika hatte eilig eines von Manfred Hemden über ihr Spaghettiträgernachthemd gezogen.

Als letzte gesellte sich Cilli Kump hinzu. Sie trug einen eleganten Pyjama aus rotem Satin und sah aus wie aus dem Ei gepellt. Ihre blonden Haare waren einwandfrei frisiert und ihr Permanent Make-up unterstrich den Eindruck, als habe sie hellwach geschlafen – wenn es so etwas gab. Schaeffer fand, dass sie für ihr Alter noch verdammt attraktiv aussah, und dass Ellebach in seinem grasgrünen, schlecht sitzenden Jogginganzug mit dem Hoheitsabzeichen des Landes Nordrhein-Westfalen auf dem linken Arm hier reichlich deplatziert wirkte. Aber den schien es nicht zu stören. Wahrscheinlich hatte er an der Stelle, wo andere Leute Peinlichkeit empfinden konnten, eine dicke Hornhaut. Auch die Kumps schienen keinen Anstoß daran zu nehmen. Vielleicht tickten Dorfbewohner doch anders als die Leute in der Stadt.

„Guten Morgen, zusammen", wandte sich Ellebach an die versammelte Familie. „Es tut mir leid, dass ich Euch so früh aufsuchen muss. Ich habe Euch leider eine traurige Mitteilung zu machen. Leonard wurde heute Morgen gegen vier Uhr dreißig von einem Zeitungsfahrer tot an der Landstraße nach Kuchenheim aufgefunden. Mein herzliches Beileid!"

Alle Kumps machten betroffene Mienen, sagten aber nichts. Cilli schniefte leise in ein weißes Spitzentaschentuch.

„Auch von mir herzliches Beileid", meldete sich Schaeffer zu Wort.

„Wie ist er denn gestorben?", wollte Cilli schließlich zwischen zwei Schniefern wissen.

„Die Umstände seines Todes sind noch völlig unklar, und wir können auch ein Verbrechen nicht ausschließen", antwortete Ellebach. „Anscheinend war Leonard zu Fuß auf der Straße unterwegs. Nach der ersten Diagnose der Notärztin hat er dann einen Herzinfarkt erlitten. So weit, so gut. Was uns zu denken gibt, ist, dass seine Kleidung vorne blutverschmiert war und sich auf der Hose blaue Farbreste fanden. Das deutet auf einen Autounfall hin, aber körperlich war Leonard unversehrt und es gab am Auffindeort auch keine Unfallspuren."

„Weiß jemand von Ihnen, warum Herr Kump zu Fuß auf der Landstraße unterwegs war oder woher er kam beziehungsweise wohin er wollte? Oder woher das Blut oder die Farbreste an seiner Kleidung stammen könnten?", fragte Schaeffer.

Die Kumps schüttelten kollektiv die Köpfe.

„Wann habt Ihr Leonard denn zuletzt gesehen?", wollte Ellebach wissen.

„Also, am Freitagnachmittag war er gegen halb zwölf bei mir im Werkstattbüro und hat sich aus der Kasse tausend Euro als Privatentnahme geben lassen", gab Karl-Heinz an.

„Tausend Euro? Wofür?"

„Das hat er mir nicht gesagt, und ich habe auch nicht gefragt. Die Antwort hätte nämlich gelautet: Das geht dich nichts an!"

„Ich saß gerade auf der Dachterrasse, als ich meinen Schwiegervater mit seinem Auto die Einfahrt hinausfahren sah, das muss am Freitag so gegen zwölf Uhr gewesen sein", warf Gabriele Kump ein. „Seither habe ich ihn nicht mehr gesehen."

„Welches Auto fuhr denn Ihr Schwiegervater?", fragte Schaeffer.

„Seinen Porsche Cayman Black Edition."

„Das ist aber nicht die Marke, die Sie hier im Autohaus verkaufen?"

„Sicher nicht", bestätigte Manfred Kump. „Wir verkaufen hier Alltagsfahrzeuge für die ländliche Bevölkerung. Da ist nichts dabei, was den hohen Ansprüchen meines Vaters genügen würde."

Schaeffer und Ellebach entging der ironische Unterton nicht, und sie warfen sich einen Blick zu.

„Wo ist sein Auto denn jetzt?"

„Keine Ahnung, in der Garage jedenfalls nicht. Ist mir aber auch egal. Ich weiß ohnehin nicht, wann ich meinen Vater zuletzt gesehen habe. Ist sicher schon eine ganze Weile her. In mein Büro kommt er nie, und hier im Haus gehen, äh, gingen wir uns aus dem Weg", schloss Manfred Kump.

„Sie verstanden sich also nicht mit Ihrem Vater?", bohrte Schaeffer weiter.

„So kann man das sagen."

„Verraten Sie mir den Grund?"

„Ich habe als Jugendlicher erfahren, dass er nicht mein leiblicher Vater ist, was aber offiziell nirgendwo dokumentiert wurde. Er hat meine Mutter damals auf Druck seiner Eltern geheiratet, weil sie mit mir schwanger war. Er dachte, von ihm, aber dem war nicht so. Es gab noch jemanden."

„Wen?", wollte Schaefer wissen.

„Der ist schon lange tot."

Cilli Kump nickte und legte ein paar Schniefer zu.

„War das ein Mann hier aus dem Dorf?", wandte Schaeffer sich an sie.

„Was hat das mit Ihren Ermittlungen zu tun?"

Der scharfe Ton der Frage, die von Veronika Kump kam, überraschte Schaeffer.

„Ich versuche nur, mir ein Bild von den Lebensumständen Ihres Schwiegervaters zu machen."

„Mein Schwiegervater war ein Familientyrann und Egoist. Ich weine ihm keine Träne nach, aber ich sehe nicht, was das Herumstochern in längst vergangenen Zeiten bringen soll, außer, meine Schwiegermutter unnötig aufzuregen. Außerdem gehört das hier zur Dorf-Folklore. Jo, du kennst die Geschichte doch bestimmt auch."

Ellebach nickte. Schaeffer warf ihr einen langen Blick zu, den sie, ohne mit der Wimper zu zucken, erwiderte.

„Na gut", lenkte er ein, „konzentrieren wir uns auf die Gegenwart. Frau Kump", wandte er sich an Cilli Kump, „wann haben Sie Ihren Mann denn zuletzt gesehen?"

„Gesehen? Weiß ich nicht mehr genau, aber gehört habe ich ihn. Das muss am Freitagmittag gewesen sein, da rumorte er in seinem Badezimmer. Wir haben ja hier im Haus getrennte Wohnungen. Ich war nachmittags bei meinem Friseur. Als ich nach Hause kam, war mein Mann schon weg und ich habe ihn während der ganzen Kirmestage nicht mehr gesehen. Ich weiß nicht, wo er war – wahrscheinlich wieder bei einer seiner Nutten", stieß sie hervor.

Karl-Heinz Kump legte beschwichtigend eine Hand auf ihren Arm, aber sie schüttelte ihn ab.

„Wie soll ich das verstehen?"

„Nun ja, jeder hier im Dorf weiß, dass wir schon seit Jahren getrennte Wege gehen. Wie meine Schwiegertochter schon sagte, gehört das hier im Dorf zur Folklore, nicht wahr, Jo?"

„Ja", bestätigte Ellebach, „aber mit den Klatsch- und Tratschgeschichten bin ich nicht so vertraut. Fassen wir also zusammen: Leonard ist am Freitagmittag mit tausend Euro in der Tasche mit unbekanntem Ziel davongefahren und niemand von Euch hat ihn seither gesehen, und niemand von Euch weiß, wo er war, richtig?"

Die Kumps nickten kollektiv.

„Gut, seine Leiche wird obduziert werden, und vielleicht gewinnen wir dann nähere Erkenntnisse. Wir lassen Euch jetzt allein, aber wir werden Euch sicher noch einmal befragen müssen. Komm, Schaeffer."

Schaeffer schaute in die Runde.

„Und ich wünsche Ihnen allen viel Kraft bei der Trauer um Ihren großen Verlust."

„Ach was, Verlust", schniefte Cilli Kump. „Ich wollte, ich wäre diese Sommergrippe endlich los…"

35

Marga Morringer war um sechs Uhr von der Kollegin der Frühschicht abgelöst worden. Sie schob ihr Fahrrad über den Betriebshof, der um diese Zeit noch menschenleer war, und postierte sich an der Grenzmauer zur Villa. Dort wartete sie, bis die beiden Polizisten weggefahren waren. Sie hatte ihnen vorhin eine glaubwürdige Show geliefert, aber in ihrem Inneren war sie völlig aufgewühlt.

Behände huschte sie jetzt durch das Schlupftor in der Mauer, stellte ihr Rad ab und klingelte an der Tür zur Villa. Gleich darauf öffnete Manfred und ließ sie ein. Die Familie war noch komplett im Foyer versammelt.

„Möchtest du einen Kaffee?", fragte Veronika.

„Kaffee? Ja, gerne."

Veronika reichte ihr eine Tasse, und Marga ließ sich neben ihr auf dem Sofa nieder. Ihre Schwägerin! Marga war hergekommen, um sich von ihrer Krankheit zu erholen und auf den Spuren ihrer Mutter zu wandeln. Jetzt hatte sie plötzlich eine Familie – und war in einen Mord verstrickt.

„Wie geht's dir?", fragte sie ihr Halbbruder, der ihr gegenübersaß.

„Ich weiß nicht, eigentlich ganz gut. Meint Ihr, dass die Polizei herausfindet, was passiert ist?"

„Die geht von einem Herzinfarkt aus. Haben sie jedenfalls vorhin gesagt. Was ihnen noch zu schaffen macht, ist das viele Blut und die Auffindesituation. Aber ich glaube nicht, dass man uns etwas nachweisen kann", gab sich Manfred überzeugt.

„Hätten wir den Alten nicht einfach im Wald vergraben können? Da hätte ihn doch nie jemand gefunden."

„Da irrst du dich", meldete sich Karl-Heinz zu Wort. „Wildschweine sind Allesfresser, und die nehmen auch gerne mal ein Stück Aas."

Er machte eine Kunstpause und ließ das letzte Wort durch den Raum wabern.

„Die hätten ihn mit Sicherheit wieder ausgegraben, denn bei der Bodenbeschaffenheit dort, hätten wir ohne Bagger kein ausreichend tiefes Grab schaufeln können."

„Außerdem wäre an Bembergs Häuschen nach ihm gesucht worden. Leichenspürhunde hätten das Grab auch gefunden. Aber gesetzt den Fall, man hätte es nicht entdeckt, hätte er auf Jahre hinaus als vermisst gegolten. Das wäre für die Firma rechtlich ein unerträglicher Zustand gewesen", gab Manfred zu bedenken und fügte hinzu: „Nein, es ist besser so!"

„Leonard hat bekommen, was er verdient hat", sagte Cilli mit fester Stimme. „Und ich wollte, dass er an der Straße nach Kuchenheim so hingelegt wird wie seinerzeit Konrad. Alle sollen sehen, dass das Unrecht von damals gerächt wurde. Die Polizei wird das nie herausfinden. Aber die alten Flamersheimer, die werden Bescheid wissen!"

„Jo Ellebach ist auch ein alter Flamersheimer…", warf Veronika ein.

36

Auf dem Rückweg von den Kumps hatte Ellebach im Dorf in der Bäckerei seines Vertrauens Brötchen eingekauft. Da er bei seiner unfreiwillig frühen Ausfahrt weder Papiere noch Geld mitgenommen hatte, würde Josi später die Rechnung begleichen müssen. Zu Hause fischte er die Tageszeitung aus dem dafür vorgesehenen Rohr und stellte dann die „Bella" im Hof seines alten Bauernhauses ab.

Wo früher einmal der Misthaufen die Mitte des Innenhofes gewesen war, hatten die Ellebachs eine Grünfläche anlegen lassen, an deren rechtem Rand zur nachbarlichen Grenzmauer hin eine originalgetreue Nachbildung des alten Urteilssteines auf dem Flamersheimer Marktplatz als Springbrunnen fungierte. Eine Umwälzpumpe im Inneren ließ das Wasser über eine Bohrung in der Spitze des Steins über denselben plätschern, die steinerne Einfassung diente dabei als Brunnenbecken. Davor stand um einen Tisch herum eine Sitzgruppe aus dunkelgrauem Kunststoffgeflecht, überdacht von einem riesigen, schwenkbaren Sonnenschirm. Ergänzt wurde das Ensemble von einem alten Liegestuhl mit einer Bespannung in Leinenoptik und integrierter Fußbank – Ellebachs bevorzugtem Platz, wenn er nachdenken wollte.

Josi hatte den Tisch schon gedeckt und kam mit einem Tablett aus der Küche, auf dem alles aufgestapelt war, was Ellebach zum leckeren Überleben brauchte: Butter, Käse Wurst, Marmelade, weich gekochte Eier. Mit einer großen Geste schüttete er die Brötchen aus der Tüte in das Körbchen, das Josi dafür hingestellt hatte. Dann ließ er sich in einem Sessel nieder und schlug die

„Voreifel-Post", die alle nur „et Blättche" nannten, auf. Josi setzte sich ihm gegenüber. Sie brannte vor Neugier.

„Wo musstest du denn schon so früh hin?"

„Leichenfund.", gab sich Ellebach wortkarg und ließ Josi zappeln. Das gehörte zu ihrem Ritual. Sie stellte neugierige Fragen, er tat so, als ließe er sich die Würmer aus der Nase ziehen.

„Wen habt ihr denn gefunden?"

Ellebach blättere geflissentlich in der Zeitung. Auf Seite 5 inserierte das Autohaus Kump und warb mit „null Prozent Zinsen".

„Hier", deutete Ellebach auf das Inserat und hielt es Josi hin.

„Ist an der Tankstelle jemand umgekommen?"

„Fast richtig – jemand von der Tankstelle ist umgekommen."

„Wer denn, och Ellebach, nun sag' schon!"

Andere Paare mochten sich Kosenamen geben. Josi nannte ihren Mann liebevoll beim Nachnamen.

Ellebach faltete die Zeitung zusammen und hielt seiner Frau die ausgetrunkene Kaffeetasse entgegen. Schnell goss sie ihm nach.

„Los, nun sag schon!", quengelte sie dann wieder.

„Wir haben Leonard Kump gefunden, an der Landstraße nach Kuchenheim, etwa einen Kilometer von der Tankstelle entfernt."

„Leonard Kump?"

„Ja, er war anscheinend zu Fuß unterwegs."

„Leonard Kump, zu Fuß? Im Leben nicht!"

„Die Notärztin hat gesagt, dass er einen Herzinfarkt hatte."

„Herzinfarkt? Leonard Kump? Der war doch fit wie ein Schischuh!"

„Genaues wissen wir noch nicht. Das Obduktionsergebnis steht noch aus. Schaeffer und ich waren schon bei der Familie und haben ihr die traurige Mitteilung überbracht. So wie es aussieht, weint ihm von denen keiner eine Träne nach."

„Der Leonard soll ja auch ein richtiger Tyrann gewesen sein", sprudelte es aus Josi heraus. „Seine Frau und er gehen schon seit Jahren getrennte Wege, jeder kocht da wohl sein eigenes Süppchen. Und dann erst die Villa. Viel protziger kann man seinen Neureichtum nicht ausstellen."

Josi warf ihrem Mann einen Blick zu, aber der schwieg und wartete auf weitere Ausführungen, die dann auch prompt kamen.

„Bei uns im Tennisclub nennen wir die nur Familie Dallas", fuhr Josi fort. „Weil das so ähnlich ist wie in der Fernsehserie. Leonard Kump ist, äh…, war Jock Ewing, Cilli ist Miss Ellie, Karl-Heinz ist Tscheiahr, Gabriele ist Sue Ellen, einschließlich Alkoholproblem, Manfred ist Bobby, seine Frau Veronika ist Pamela. Und die Villa ist die South Fork Ranch. Leonard Kump soll ja hinter Gabriele hergewesen sein. Karl-Heinz nahm er nicht für voll. Weil die Ehe kinderlos geblieben ist, soll Leonard immer mal wieder versucht haben, sich an sie ranzumachen und selbst für Nachwuchs zu sorgen. Und der Manfred, der ist ja auch nicht sein richtiger Sohn. Das sieht man aber auch. Cilli soll ja damals von einem anderen schwanger gewesen sein, während sie mit Leonard Kump zusammen war. Der andere ist wohl mittlerweile tot, der hieß, der hieß …, ach, ich komm' im Moment nicht drauf. Da muss ich noch mal Wilma und Henny fragen."

Josi Ellebach und ihre Freundinnen waren ein unerschöpflicher Quell, wenn es um Klatsch- und Tratschgeschichten ging. Ihnen blieb so gut wie nichts verborgen, was im Dorf so vor sich ging.

Josi war noch nicht fertig.

„Als der Leonard jedenfalls viele Jahre später dahintergekommen ist, hat er die Cilli nicht mehr angerührt.

Aber da war Karl-Heinz schon geboren. Wie es heißt, soll Leonard dann in Schweinheim den Saunaclub eingerichtet haben. Da soll eine alte Freundin von ihm das Regende führen. Die nennt sich Marilyn. Saunaclub, wenn ich das schon höre! Man weiß doch, was da los ist! Verhältnisse sind das, wie bei Sodann und Gumulka."

Ellebach rollte mit den Augen. Ständig warf Josi Sprichwörter und Redensarten durcheinander.

„Die Veronika", setzte sie nach, „also die Frau von Manfred, das ist eine Kratzbürste. Die lässt sich nichts gefallen, dabei war die früher nur Sekretärin. Jetzt macht sie einen auf Geschäftsfrau, weil sie denkt, dass Manfred eines Tages die Firma übernehmen wird, nur weil er der kaufmännische Leiter ist. Aber zwischen ihm und ihr soll's auch nicht mehr so gut laufen. Die Kinder sind ja schon erwachsen und aus dem Haus. Die wollen mit dem ganzen Brassel nichts zu tun haben."

„Weißt du, wo die Kinder wohnen?", fragte Ellebach.

„Die Tochter arbeitet bei der EU in Brüssel und wohnt auch dort, der Sohn ist IT-Techniker und arbeitet bei Siemens – in Los Angeles! Viel weiter weg von der Familie ging's wohl nicht."

„Du hast nicht zufällig irgendwo einen schwarzen Porsche herumstehen sehen? Leonard Kump soll damit am Freitag weggefahren sein."

„Sag' ich doch, der ging nicht zu Fuß! Schwarzer Porsche? Nö, hab' ich nicht gesehen."

„Also, das mit dem Herzinfarkt ist bestenfalls die halbe Wahrheit", überlegte Ellebach. „Seine Kleidung war vorne reichlich blutverschmiert und auf der Hose waren blaue Farbanhaftungen. Er sah aus wie nach dem Zusammenstoß mit einem Auto, aber er war körperlich unverletzt, und Unfallspuren haben wir keine gefunden. Mir kam es so vor, als sei er an der Fundstelle drapiert worden."

„Vielleicht wollte da jemand ein Fatal setzen", meinte Josi.

„Du meinst sicher Fanal, Liebes, ein Fanal setzen." Ellebach rollte erneut mit den Augen, nahm einen Schluck aus der Kaffeetasse und fügte dann hinzu:

„Ich mach' mich jetzt mal schrittfrisch und fahre dann ins Büro. Mal sehen, was Schaeffer inzwischen herausgefunden hat."

Josi warf im einen tadelnden Blick zu.

„Aha, die Katze lässt das mausern nicht!"

Kopfschüttelnd machte sie sich daran, den Frühstückstisch abzuräumen.

37

Erster Kriminalhauptkommissar Karl Zymler hatte sich von einer Streifenwagenbesatzung in der Tiefgarage des „Affenfelsens", dem in den 1970er Jahren am Stadtrand von Euskirchen hingeklotzten monumentalen Kreishaus absetzen lassen. Der Aufzug beförderte ihn direkt in die Chefetage des sich nach oben terrassenartig verjüngenden Gebäudes, wo Landrat Peter Klefges in seinem ausladenden Büro mit Blick auf die Agrarsteppe der Euskirchener Börde, deren höchste Erhebungen die Zuckerrübenmieten im Herbst darstellten, residierte.

Seit ein paar Jahren drehten sich in der großen Ebene zwischen Eifel und Ville auch die Flügel etlicher Windräder zur Stromerzeugung. Klefges hatte sich vehement für ihre Errichtung eingesetzt, nicht weil ihm die ökologische Stromerzeugung besonders am Herzen gelegen hätte, vielmehr gehörte der Familie seiner Frau ein Großteil der Ackerflächen, auf denen die Windräder standen. Die Pacht und die Beteilungen am Erlös des Stromverkaufs spülten einen ordentlichen Batzen Geld in die Kassen seiner Schwiegerfamilie, und indirekt profitierte auch er davon. Wäre da nicht die aufgeschüttete Fahrbahntrasse der A1 in die Eifel gewesen, Klefges hätte von der Terrasse vor seinem Büro direkt zu seinem Wohnhaus am Ortsrand von Oberwichterich blicken können und schauen, was seine Frau während seiner Abwesenheit so trieb.

Ach ja, seine Frau! Sie war am Sonntagabend mit ihrer Tochter aus dem Urlaub an der Nordsee zurückgekehrt. Obwohl ihm noch das erlebnisreiche Wochenende in den Knochen steckte, hatte Peter Klefges den braven Familienvater gemimt und die beiden am Euskirchener Bahnhof abgeholt. Die Wiedersehensfreude hatte sich allseits in Grenzen gehalten. Nach 36 Jahren Ehe, die Klefges hauptsächlich seiner Karriere gewidmet hatte, waren die Gefühle der Eheleute füreinander erkaltet. Seine jüngste Tochter, eine Nachzüglerin und mittlerweile 15 Jahre alt, war ihm auf merkwürdige Art und Weise immer fremd geblieben. Nicht auszudenken, wenn sie erführe, was ihr Vater in seiner Freizeit so trieb...

Sein gefühlsarmes Privatleben peppte Klefges gelegentlich mit einem Besuch im „Club Aphrodies" auf, wohl wissend, dass die Gefühle, die ihm dort entgegengebracht wurden, nur vorgespielt waren. Besser als das, was seine Frau ihm noch entgegenbrachte! Und das Beste war, dass ihm die amourösen Dienstleistungen des Clubs kostenlos zur Verfügung standen, dank seines alten Kumpels Leonard Kump.

Umso entsetzter war Klefges, als ihm heute Morgen in seiner Eigenschaft als Leiter der Kreispolizeibehörde die „Meldung über ein wichtiges Ereignis", kurz: WE-Meldung, der Polizeiwache Euskirchen zur Kenntnis gebracht wurde. Dort war vom Verdacht auf ein vorsätzliches Tötungsdelikt zum Nachteil von Leonard Kump die Rede. Das würde Ermittlungen nach sich ziehen, in die er, Klefges, nur allzu leicht geraten konnte, wenn seine langjährige Verbindung zu Kump offenbar würde. Dem musste vorgebeugt werden!

Er hatte Karl Zymler einbestellt, der jetzt aus dem Aufzug stieg. Alle Besucher des Landrats mussten durch das Vorzimmer. Hier wachte Ingeborg Krusche darüber, wer wann Zugang zu ihrem Chef erhielt.

Die altersmäßig schwer einzuschätzende Sekretärin attraktiv zu nennen, wäre die Übertreibung des Jahres gewesen.

Modisch war sie in den 1980ern hängen geblieben und trug anscheinend ihre Sachen aus dieser Zeit auf. Ihre Brille war eines jener Modelle aus dieser Zeit, die das halbe Gesicht einnahmen. Ihre Augen versteckte sie hinter getönten, phototropen Gläsern. Unter der Minipli-Frisur trug sie stets eine ernste Miene zur Schau und lächelte nie, vor allem deswegen nicht, weil sie schlechte Zähne hatte. Das sie es mit diesen Voraussetzungen in das Vorzimmer des Landrates geschafft hatte, verdankte sie anderen Eigenschaften: Sie war Klefges geradezu hündisch loyal ergeben – und ungeheuer tüchtig.

„Guten Morgen, Frau Krusche", grüßte Zymler, „der Chef erwartet mich."

Sie beendete, ohne aufzusehen, den Text, den sie gerade in die Tastatur ihres PCs hämmerte. Dann richtete sie ihren Blick auf Zymler, wie um sich zu vergewissern, wer da vor dem Tresen stand, der ihr Büro wie eine Demarkationslinie teilte. Jeden Besucher beschlich hier das Gefühl, er stehe vor den Schranken einer höheren Instanz, die ihn auf Herz und Nieren prüfte, ob er würdig wäre, ins Allerheiligste vorgelassen zu werden.

„Moment, ich frage nach." Ohne Zymlers Gruß zu erwidern, steckte sie kurz ihren Kopf in die Tür zu Klefges' Büro und beschied ihn dann: „Nehmen Sie bitte noch Platz, der Herr Landrat empfängt sie gleich."

Wie ein Schuljunge ließ sich der Leiter des Kommissariats K1 auf einem der Stühle, die an der Wand aufgereiht standen, nieder, während sich Ingeborg Krusche sofort wieder den Vorgängen auf ihrem Schreibtisch widmete. In der eisigen Atmosphäre des Vorzimmers dehnten sich für Zymler die Minuten ins Endlose. Schließlich summte es auf Ingeborg Krusches Schreibtisch.

„Sie können jetzt hineingehen", sagte sie in unwirschem Ton zu Zymler. Der erhob sich und watschelte in das Büro des Landrats, nicht ohne vorher artig an dessen Tür geklopft zu haben.

Nachdem der langjährige Leiter des Kommissariates K1, Hans-Egon Bädorf, ein Kriminalist alter Schule, in den Ruhestand gegangen war, hatte sich Landrat Peter Klefges persönlich für Karl Zymler eingesetzt, der sich damals als Mitarbeiter im Leitungsstab der Kreispolizeibehörde als überaus servil gegenüber seinem Dienstherrn erwiesen hatte.

Dank Klefges' geschickter Interventionen war er schließlich an wesentlich kompetenteren Bewerbern vorbei auf den Posten des Leiters des K1 gehievt worden, wo er nach der allfälligen Beförderung jetzt die höchste Stufe seiner Inkompetenz erreicht hatte. Mit seiner rundlichen Figur, zu der der spitze Kopf nicht so recht passen wollte, hatte Zymler in der Behörde bald den Spitznamen „Die Stimme Seines Herrn" weg, weil er stets wortgetreu das wiedergab, was Klefges ihm vorgekaut hatte.

„Nehmen Sie Platz", bedeutete ihm der Landrat, nachdem sie ihre Begrüßungsformalitäten ausgetauscht hatten, und Zymler ließ sich auf dem Besucherstuhl vor Klefges' Schreibtisch nieder. Klefges zog ein Papier aus einer gelben Mappe, die vor ihm auf der Schreibunterlage lag.

„Ich muss mit Ihnen über diese WE-Meldung sprechen", sagte er mit Blick auf das Blatt Papier. „Es geht darin um das Auffinden der Leiche des Leonard Kump an der Landstraße zwischen Flamersheim und Kuchenheim, heute in den frühen Morgenstunden."

„Ja?"

„Also hier steht, dass es sich möglicherweise um ein vorsätzliches Tötungsdelikt handeln könnte, das, als Verkehrsunfall getarnt, vertuscht werden sollte. Was soll der Unsinn? Sie wissen so gut wie ich, wie auf unseren Straßen gerast wird. Wir haben hier ein weiteres Opfer dieses Geschwindigkeitswahns zu beklagen."

„Aber der Tote wies doch keine äußeren Verletzungen auf, die auf ein Unfallgeschehen hingewiesen hätten. Und sein ganzer Oberkörper war blutverschmiert."

„Da sehen Sie's! Blutverschmierter Oberkörper, Fundort direkt neben der Fahrbahn! Keine äußeren Verletzungen? Wahrscheinlich ist er nach dem Zusammenstoß mit dem Fahrzeug von innen her verblutet, und das Blut ist durch eine geplatzte Ader nach außen gelangt."

„Die Notärztin vermutet einen Herzinfarkt."

„Na also, ein Herzinfarkt ist doch kein Verbrechen!"

„Die Obduktion muss das natürlich noch bestätigen oder dementieren."

„Obduktion? Es gibt keine Obduktion! Das war ein Raserunfall!"

„Aber es gab vor Ort doch keine Unfallspuren!"

„Das bestätigt ja das, was ich eingangs sagte, diese Raser auf den Straßen! Mörderisch! Die fahren einfach weiter, ohne zu bremsen. Ich werde das zum Anlass nehmen, eine Blitzerkampagne in Gang zu setzen. So etwas darf sich nicht wiederholen!"

„Aber meine Leute ermitteln bereits in der Sache."

„Da gibt es für Ihre Leute nichts zu ermitteln. Das Opfer hat einen Spaziergang gemacht, dabei einen Herzanfall erlitten, sich an die Brust gegriffen, ist dann vom Weg abgekommen und von einem Raser erfasst worden." Klefges fixierte Zymler mit seinem Blick.

„So war das!", setzte er dann bestimmt hinzu.

„Das könnte so gewesen sein, aber…"

„Also, ein astreiner Verkehrsunfall mit Fahrerflucht. Ein vorsätzliches Tötungsdelikt liegt hier nicht vor! Haben Sie verstanden?"

In Zymlers Gesicht arbeitete es. Er war von Klefges schon einiges gewohnt, aber dieses offensichtliche Zurechtbiegen der Faktenlage ging selbst ihm gegen den Strich. Doch was konnte er tun? Offenen Widerspruch wagen? Sich hinterrücks an die vorgesetzte Dienststelle wenden? Im Geiste zählte er die Anzahl der Dienstjahre, die er noch vor sich hatte. Es waren zu viele, um sie in irgendeiner unbedeutenden Funktion irgendwo in den Weiten der Polizeiverwaltung des Landes NRW zuzubringen.

„KHK Ellebach wird das aber nicht so einfach akzeptieren", startete er einen lahmen Versuch, das Unausweichliche noch abzuwenden.

„Ellebach? Ellebach? Wer leitet denn das K1, Sie oder Ellebach?", brauste Klefges auf. „Außerdem geht der doch in drei Wochen den Ruhestand. Ich habe mir von Frau Krusche schon mal seinen Resturlaubsanspruch und sein Überstundenkonto zusammenstellen lassen. Er ist ab sofort vom Dienst befreit."

„Aber…"

„Nichts aber! Lassen Sie sich seinen Dienstausweis und die Dienstwaffe aushändigen, sobald Sie zurück in Ihrer Dienststelle sind. Natürlich habe ich auch schon für adäquaten Ersatz gesorgt. Die Kollegin wird sich heute Mittag bei Ihnen vorstellen."

38

Josi Ellebach schaute von ihrer Küchenarbeit auf und warf einen Blick auf die Uhr. Noch nicht mal zehn! Und draußen auf dem Hof stellte Jo seinen Motorroller ab.

Hatte er etwas vergessen? An der Art, wie er jetzt wie ein wütender Stier auf das Haus zustapfte, erkannte sie aber gleich, dass etwas nicht stimmte.

„Dä krummen Hungk!", hörte sie ihn schimpfen, als er den Hausflur betrat. „Dä dreckelije Aaschkrampe, däm drähen ich de Hals eröm!"

Ellebach fluchte – auf Platt! Irgendetwas musste ihn furchtbar aufregen.

„Was ist passiert?", fragte Josi besorgt, als Ellebach in die Küche trampelte.

„Sie haben mich rausgeschmissen!"

„Wie rausgeschmissen? Du bist doch Beamter!"

„Zymler hat mich im Auftrag Seines Herrn ab sofort in Urlaub geschickt. Ich ginge ja in drei Wochen sowieso in den Ruhestand und hätte noch ein paar Tage Urlaub zu kriegen und dann die ganzen Überstunden, bla, bla bla!", stieß er aufgebracht hervor.

In Josi keimte Hoffnung auf, dass sie jetzt endlich mehr Zeit für sich haben würden.

„Heißt das, du musst nicht mehr arbeiten gehen?"

„Das heißt vor allen Dingen, dass sie mich kalt abserviert haben. Nach 44 Dienstjahren! Und sie haben auch schon einen Ersatz! Eine junge Kollegin soll heute Mittag anfangen. Dat stengk zom Himmel!"

Josi umarmte ihn und streichelte ihm tröstend über den Kopf.

„Komm, ist doch egal. Denk' nicht mehr dran. Es gibt ein Leben nach der Arbeit! Setz' dich hin, ich mach' dir was zu essen."Ellebach ließ sich auf die Eckbank sinken. Seine Josi! Sie wusste, wie sie ihn handhaben musste. Er sah ihr zu, wie sie sich am Herd zu schaffen machte und bald erfüllte der Duft nach Bratkartoffeln mit Speck den Raum. Josi stellte ihm eine Portion hin, die ausgereicht hätte, eine dreiköpfige Familie satt zu machen. Mit leerem Blick mampfte Ellebach das Essen in sich hinein.

„Da steckt was anderes dahinter!", rief er plötzlich aus, schob den Teller weg, sprang auf und griff zum Telefon.

39

„Kriminalpolizei Euskirchen, Schaeffer", klang die jugendliche Stimme aus der Hörmuschel.
„Ellebach hier, Schaeffer, wir müssen uns treffen."
„Aber Sie sind doch ab sofort im Ruhestand."
„Papperlapapp, heute Mittag im Ruhr-Park!"
„Wo ist das denn?"
„Find's raus, du bist die Polizei!"
Ellebach legte den Hörer auf und ging zu Josi zurück.
„Ich muss noch mal weg", verkündete er.
Josi Ellebach hob ihre Augenbrauen.
„So? Wohin denn?"
„Nach Euskirchen."
„So, so, nach Euskirchen. Das hat nicht zufällig etwas mit deinem Telefonat mit Schaeffer zu tun?"
„Nur bedingt…"
„Jodokus Ellebach, Lügen haben kurze Hosen! Du kriminalisierst doch schon wieder!"
Ellebach zuckte nur mit den Schultern und walzte in die Scheune. Kurz darauf knatterte der Roller über den Hof und auf die Straße hinaus.
Über die Geierstraße – den alten Kuchenheimer Weg – verließ Ellebach Flamersheim und passierte linker Hand das Betriebsgelände des Autohauses Kump. Dort schien alles seinen gewohnten Gang zu gehen. Hinter den offenstehenden Rolltoren erkannte man Autos auf Hebebühnen, an denen sich Mechaniker zu schaffen machten, an den Zapfsäulen der zugehörigen Tankstelle hingen Autos am Benzinschlauch wie Junkies an der Nadel. Im Schauraum funkelte der Lack der Neuwagen im Licht der gleißenden LED-Scheinwerfer.

Ellebach bog auf die Umgehungsstraße in Richtung Kuchenheim ab. Nach etwa einem Kilometer kam er zu der Stelle, an der Leonard Kump gefunden worden war. Deutlich waren die frisch aufgesprühten Farbmarkierungen der Unfallaufnahme durch die Polizei auf dem Asphalt zu erkennen.

Im Kreisverkehr bog er in Richtung Euskirchen ab. An der Einmündung zu einem Wirtschaftsweg stand ein auffällig unauffälliger blauer Opel-Kombi, Kabel führten von dort über den Radweg zum Fahrbahnrand, wo sich ein tarnfarbenes Radargerät ins Straßenbegleitgrün duckte.

„Sieh' an", raunte sich Ellebach zu. „Klefges zieht schon seine Show ab. Es würde mich nicht wundern, wenn morgen im Blättchen ein ausufernder Bericht über die erfolgreiche Jagd auf Raser im Kreisgebiet stünde."

Er steuerte über die Roitzheimer Straße nach Euskirchen hinein, umrundete nacheinander die Kreisverkehre an der Alleestraße sowie an der Gerberstraße und bog dann nach links in den Tuchmacherweg ab. Auf dem Parkplatz der ehemaligen Tuchfabrik Ruhr-Lückerath, deren alte Gebäude zu Büro- und Gewerbeflächen umgewandelt worden waren, bockte er die „Bella" auf. Zielstrebig suchte er eine von halbkreisförmig angepflanzten Büschen umgebene Bank in der Nähe der Brücke über den Mitbach auf, der die kleine Parkanlage durchfloss.

Es dauerte nicht lange, bis ein etwa vierzigjähriger, sportlicher Mann auf einem schicken Elektrofahrrad eine Runde durch den Park drehte und dann bei Ellebach abstieg.

„Hallo, Chef!", begrüßte er ihn.

„Hallo, Schaeffer, pünktlich wie die Maurer!"

Im Dienst kleidete sich Schaeffer stets in Tuchhose mit scharfer Bügelfalte und weißem Hemd mit Krawatte. Letztere hatte er jetzt jedoch abgelegt und den oberen Kragenknopf geöffnet, außerdem war das Hemd kurzärmelig, seine schwarzen „Budapester" Schuhe hatte er gegen geflochtene ausgetauscht – Zugeständnisse an die brütende Hochsommerhitze. Seine Dienstwaffe trug er in einem Schulterholster, das er diskret unter einem Jackett versteckte, ohne das er nie die Dienststelle verließ. Der blonde Haarschopf über dem glattrasierten Gesicht war akkurat gescheitelt und wurde regelmäßig von der Schere seines Friseurs in Fasson gehalten. Wenn man die Verkörperung des korrekten Verwaltungsbeamten suchte, in Lothar Schaeffer hätte man sie gefunden.

Er stammte aus Köln und war nicht ganz freiwillig in Euskirchen. Vor zwei Jahren hatte ein neuer Polizeipräsident das Präsidium in Köln-Kalk übernommen und sofort damit begonnen, die Behörde umzustrukturieren, was nichts anderes bedeutete, als Personal einzusparen. Schaeffers Dienstposten in der Kriminalinspektion 5 – Zentrale Anzeigenbearbeitung – war dem Rotstift zum Opfer gefallen. Zeitgleich ging auch Schaeffers langjährige Beziehung zum Leiter der Dienststelle, von der nur wenige etwas wussten, in die Brüche.

Schwule Polizeibeamte waren im Präsidium immer noch nicht gerne gesehen. Offiziell galt Schaeffer als Junggeselle und war als solcher einfacher zu versetzen als ein Kollege mit Familie. So fand er sich Anfang des Jahres unversehens bei der Kriminalinspektion in Euskirchen wieder, wo beim K1 seit langem ein Dienstposten vakant gewesen war. Offenbar wollte niemand gerne mit dem alten Brummbär Ellebach zusammenarbeiten. Dass sein Ex bei der Versetzung auch seine Finger im Spiel gehabt hatte, stand für Schaeffer fest. Jeden Tag von Köln in die Voreifel zu pendeln, wurde Schaeffer bald lästig.

Ellebach hatte ihm angeboten, unter der Woche im Zimmer seiner Tochter zu logieren, bis er in Euskirchen eine Wohnung gefunden hätte. Seine Tochter Anna wohnte schon seit einigen Jahren in der großen Stadt am

Rhein und schlug sich als Schauspielerin in verschiedenen kleinen Theatern durch. Eine brotlose Kunst, wie Ellebach meinte. Ihr ehemaliges Zimmer harrte seither seiner Herrichtung als Gästezimmer. Geschickt hatte Ellebach es verstanden, die Arbeiten immer wieder aufzuschieben, zuletzt mit dem Hinweis: „Das mach' ich, wenn ich im Ruhestand bin."

Schaeffer hatte sein Angebot angenommen. Die Ellebachs – und vor allem Josi – hatten sich als rührende Herbergseltern erwiesen. Anders als er es von Köln gewohnt war, hatte Schaeffer bald in einem Wohnblock an der Carmanstraße in Euskirchen eine Wohnung gefunden und nach drei Wochen sein Gastspiel bei den Ellebachs beendet – sehr zu Josis Bedauern.

In Köln hatte er nie ein privates Auto besessen und sich mithilfe der KVB oder deren Leihrädern fortbewegt. In Euskirchen war der Fahrplan des öffentlichen Personennahverkehrs, nun ja, übersichtlich. Besonders am Wochenende fuhren die Buslinien des SVE sehr ausgedünnt. Trotzdem hatte Schaeffer keinen Bedarf gesehen, sich jetzt einen Pkw anzuschaffen und sich stattdessen das Elektrorad zugelegt. Seine freien Samstagabende verbrachte er ohnehin in Köln. Meistens kehrte er erst im Laufe des Sonntags zurück. Euskirchen hatte für seine Bedürfnisse nichts zu bieten, einschlägige Schwulenbars gab es hier einfach nicht.

„Halb so groß wie Melaten, aber doppelt so tot", hatte Schaeffer das Nachtleben des Kreisstädtchens kommentiert.

Er ließ sich neben Ellebach auf der Bank nieder. Der kam ohne Umschweife zur Sache.

„Schaeffer, wie steht der Fall Kump?"

„Na ja, Zymler hat verlautbart, dass Klefges den Fall als Verkehrsunfall behandeln will. Aber es gibt da ja jede Menge Ungereimtheiten, wie Sie wissen. Zum Beispiel gibt es keine Bremsspuren, aber auch keine Glassplitter oder sonst irgendetwas, das auf eine Kollision mit einem Auto an dieser Stelle hindeutet. Auch Lackspuren gibt es nicht, mit Ausnahme der hellblauen Anhaftungen an den Klamotten von Kump. So, wie der Tote zugerichtet war, hätte es vor Ort auch Blutspuren geben müssen. Aber auch hier: nix davon!"

„Was sagt die Rechtsmedizin? Und die Kriminaltechnik?"

„Keine Ahnung, ich soll die Ermittlungen an die Kollegen vom Verkehrskommissariat abgeben."

Ellebach blieb die Spucke weg. Das wurde ja immer schöner!

„Wo hat man Kump denn hingebracht? In die Rechtsmedizin nach Bonn? Der muss doch mittlerweile obduziert worden sein", fragte er.

„Nein, Kump wurde in die Pathologie im Marienhospital überführt. Die Bonner Kollegen haben durch Urlaub und Krankheit im Moment angeblich keine Kapazitäten frei, um zeitnah eine Obduktion durchzuführen. Der Fall gilt wohl nicht als dringlich."

Ellebach traute seinen Ohren nicht.

„Hä? Was ist das denn? Die Krankenhauspathologie als Ersatz für die Rechtsmedizin?"

„Ist auch eine Anordnung von Klefges. Spart angeblich Kosten und ist genauso effektiv – lässt er jedenfalls durch Zymler verlautbaren."

Schaeffer lehnte sich auf der Bank zurück, wölbte einen imaginären Bauch nach vorne und faltete seine Hände davor.

„Einen Toten können die auch untersuchen", äffte er näselnd seinen Chef nach. „Das kann ja bei einem Verkehrsunfall nicht so schwer sein."

„Und das Marienhospital macht da mit?"

„Klefges kennt den Chefarzt, die spielen an Burg Zievel zusammen Golf. Das Marienhospital ist ein akademisches Lehrkrankenhaus und bildet auch Ärzte aus. Die sollen von den Toten lernen, den Lebenden zu nutzen – seine Worte, also die vom Chefarzt, sagt Klefges…"

„Da ist eine Reisensauerei im Gange. Schaeffer, wir müssen etwas unternehmen!"

„Wir?"

40

„Ach, Herr Schaeffer, kommen Sie doch mal eben herein!"

Mist, hatte Zymler ihn *doch* gesehen! Wenn Schaeffer zu seinem Büro am Ende des Ganges wollte, musste er an demjenigen von Karl Zymler vorbei. Der ließ gewohnheitsmäßig die Tür zu seinem Zimmer offenstehen, damit er mitkriegte, was sich auf „seinem" Flur so tat. War die Tür mal geschlossen, konnte man sicher sein, dass dahinter Landrat Peter Klefges saß und er und Zymler etwas ausheckten.

„Wo waren Sie denn?"

„Mittagspause, wieso?"

„Jetzt, wo Herr Ellebach freigestellt ist, brauchen Sie doch Ersatz. Darf ich Ihnen Kommissaranwärterin Carolina Mayntz vorstellen?", deutete er auf ein Wesen, das in der Ecke am Besprechungstisch saß. „Frau Mayntz absolviert gerade im Bildungszentrum in Brühl im Fachbereich Kriminalitätskontrolle ihre Ausbildung und wird bei uns ihre praktische Bewährung ableisten."

„Eine Polizeischülerin?", entfuhr es Schaeffer fassungslos.

Das Wesen musterte Schaeffer von oben bis unten. Von diesem Musterexemplar eines Verwaltungsbeamten sollte sie also in die Feinheiten der kriminalpolizeilichen Ermittlungsarbeit eingeführt werden? Das hatte sie sich ein wenig anders vorgestellt, und es hatte sich auch ein wenig anders angehört, als Peter Klefges, der Großcousin ihrer Mutter, sie heute Vormittag aus der Polizeischule zu sich bringen ließ, um ihr zu erklären, was er von ihr erwartete. Es sei eine große Chance für eine Kommissarsanwärterin, praxisnah im Kommissariat für Todesermittlungen arbeiten zu dürfen. Verwandte sollten sich helfen, wo immer es gehe.

Sie solle in die Interna des K1 Einblick nehmen und ihm laufend über die Methoden und Fortschritte bei der allgemeinen Ermittlungsarbeit berichten. Ihr Ansprechpartner vor Ort sei Erster Kriminalhauptkommissar Karl Zymler. Aktuell liege beim K1 kein Fall an, und so habe sie Zeit und Gelegenheit, sich anhand alter Fälle in die Materie einzuarbeiten. Alles in allem eine freundliche Umschreibung für zu leistende Spitzeldienste!

Ausdrücklich hatte Klefges sie vor Ellebach gewarnt, der für seine Alleingänge bekannt war und oftmals Methoden am Rande der Legalität anwandte, um einen Täter zu überführen.

„Schade", dachte das Wesen, „dass der jetzt seinen Resturlaub abfeiern musste. Das wäre bestimmt interessant geworden. Na, mal sehen, vielleicht ist dieser Schaeffer nicht so steif, wie er aussieht. Hauptsache, ich bin bei der Kripo!"

41

Josi bugsierte ihren Kleinwagen – vom Autohaus Kump – auf dem kleinen, inoffiziellen Parkplatz am Eulenheckerweg in eine Parklücke. Henriette Rath, genannt Henny, und Wilma Flink, mit denen sie sich hier regelmäßig zum Nordic-Walken traf, warteten schon.

„Mensch, Josi, wo bleibst du denn?", empfing sie Henny, mit ihren fast 70 Jahren die Älteste unter ihnen.

„Ich musste noch Jo trösten…"

„Das heißt also, du musstest ihm etwas zu essen machen", stellte Wilma fest.

Josi nickte.

„Was war denn los?", wollte Henny wissen.

„Jo ist heute Morgen entlassen worden. Er wäre in drei Wochen ja sowieso in den Ruhestand gegangen und muss jetzt seinen Resturlaub und seine Überstunden abfeiern. Er war stinksauer!"

Wilma Flink warf ostentativ einen Blick auf ihre Armbanduhr und begann, mit ihren Stöcken zu scharren.

„Was ist, Mädels, wollen wir nicht erst unsere Runde drehen? Für den Klaaf haben wir danach noch Zeit."

Sie überquerten die Straße und nahmen in Linie als Dreierformation Kurs auf den See-Rundweg. Das rhythmische tack-tack ihrer Stöcke gab ihnen alsbald die Schrittfrequenz vor. Ziemlich forsch stöckelten sie schweigend vor sich hin, und jede hing ihren eigenen Gedanken nach. So hielten sie es seit Jahr und Tag.

Nach einer dreiviertel Stunde hatten sie ihre Seeumrundung beendet und ließen sich an einem Tisch auf der Terrasse des Waldgasthauses, das an das Waldschwimmbad grenzte, nieder. Sie gaben ihre Bestellungen auf und schauten eine Weile dem Treiben im Freibad zu.

Es hatte sich seit der Kindheit von Henny und Wilma kaum verändert. Lediglich der Sprungturm war seiner Höhe beraubt worden. Er hatte früher ein 10-Meter-Sprungbrett, jetzt waren fünf Meter das höchste der Gefühle.

Es gab ein Planschbecken für Kleinkinder, und das Wasser darin war gechlort, ebenso das im Nichtschwimmerbereich. Ansonsten sah es aus wie seit Jahrzehnten: Das riesige Schwimmerbecken war mit naturbelassenem Wasser aus dem Steinbach gefüllt, der auch die Talsperre beschickte, die Umkleiden stammten noch aus Vorkriegszeit und standen mittlerweile unter Denkmalschutz. Die Liegewiesen waren zum Teil von hohen Bäumen beschattet. Die Beckenumrandungen bestanden jetzt allerdings aus rutschsicheren Gehwegplatten und nicht, wie früher, aus Waschbeton. Henriette Rath erinnerte sich, wie sie als junges Mädchen auf einer solchen Platte gestürzt war und sich böse die Knie aufgeschlagen hatte. Die zurückgebliebenen Narben waren als helle Streifen auf der Haut immer noch deutlich zu sehen.

Nachdem die Bedienung Kaffee und Kuchen vor sie hingestellt hatte, eröffnete Wilma die Talkrunde:

„Habt Ihr das von Leonard Kump gehört? Was hatte der wohl in der Nacht auf der Landstraße nach Kuchenheim zu suchen?"

„Und vor allen Dingen zu Fuß", pflichtete Henny ihr bei. „ Der fuhr doch jeden Meter mit seinem dicken Auto."

„Genau! Das meinte Jo auch, und er fühlte sich wegen der Umstände, unter denen man Kump gefunden hatte an etwas erinnert, konnte aber nicht sagen woran. Die Polizei geht jetzt offiziell von einem Unfall aus, aber Jo hat da seine Zweifel."

„Ich glaube, ich weiß, was er meint", meldete sich Henny zu Wort. „Das muss jetzt gut fünfzig Jahre her sein. Damals wurde auch kurz nach der Flamersheimer Kirmes Konrad Bell am Kuchenheimer Weg, wie die Straße damals hieß, tot aufgefunden. Er war damals beim Bund und hatte wegen der Kirmes Heimaturlaub gehabt. Konrad war zwei Jahre älter als ich. Ich kann mich noch lebhaft an das Großaufgebot von Bundeswehrsoldaten erinnern, die ihren toten Kameraden mit militärischen Ehren zu Grabe getragen hatten. Das war so ein netter Kerl."

„Netter Kerl ist gut", warf Wilma ein. „ Der war ein regelrechter Frauenschwarm. Mit seinen dunklen Haaren und stechend blauen Augen sah der verdammt gut aus, obwohl er nicht besonders groß gewesen war. Es heißt, dass er damals ein Krößjen mit Cilli gehabt hatte. Ich habe ihn auch angehimmelt, aber als kleines Mädchen von 12 Jahren hatte ich natürlich null Chancen..."

„Cilli, welche Cilli?", fragte Josi, die gebürtig aus Bornheim stammte und mit den Jugendgeschichten ihrer Freundinnen nicht so vertraut war.

„Na, Cäcilie Kump, die Frau von Leonard. Damals hieß sie allerdings noch Hackhausen mit Nachnamen."

„Ja, das stimmt. Jetzt, wo du es sagst, fällt's mir wieder ein", sagte Henny. „ Cilli war damals schon mit Leonard Kump zusammen, aber Konrad hatte auch ein Auge auf sie geworfen. Leonard hatte vor Eifersucht gekocht, aber Konrad war ihm immer geschickt aus dem Weg gegangen. Kurz nachdem Konrad tot war, hat Cilli Leonard geheiratet. Sie war nämlich schwanger. Im Dorf wurde geklatscht, dass das Kind nicht von Leonard war, sondern von Konrad. Aber jeder, der das öffentlich behauptete, bekam es mit Leonard zu tun, und so manches Dorfgroßmaul trug ein blaues Auge davon."

„Also, von der Statur her kommt das aber hin. Manfred Kump ist ja nicht gerade ein Riese, und seine Gesichtszüge haben überhaupt keine Ähnlichkeit mit Leonard. Bei Karl-Heinz ist die Sache klar, der ist wie ein Abklatsch seines Vaters", fasste Wilma die Beschreibung der beiden Kump-Söhne zusammen.

„Dass ihr das nach so langer Zeit immer noch so genau wisst", staunte Josi. „Dabei ist doch bestimmt längst Schnee über die Sache gewachsen."

42

Mit Carolina Mayntz im Schlepptau betrat Schaeffer sein Büro und deutete auf die beiden Schreibtische, die sich gegenüberstanden.

„Sie können am Schreibtisch des Kollegen Ellebach Platz nehmen, Frau Mayntz."

„Nennen Sie mich einfach Caro."

„Caro…, na gut", zeigte sich Schaeffer irritiert und konnte seinen Blick kaum von seinem neuen Gegenüber abwenden. Wen die Polizei heutzutage alles einstellte…

In der Tat hätte man eine solche Erscheinung wie Caroline Mayntz nicht auf Anhieb mit einen Polizeibeamtin in Verbindung gebracht. Schaeffer schätzte, dass sie kaum älter als 23 Jahre sein konnte.

Die erforderliche Mindestgröße von 1,63 Metern hatte sie nur knapp erreicht, der geschätzte Body-Mass-Index von 18 unterstrich ihr schmächtiges Erscheinungsbild. Ihre rechte Schädelseite war kurzgeschoren und zeigte ihre vermutlich natürliche schwarze Haarfarbe. Nach links gescheitelt prangte der längere Rest ihrer Haarpracht in leuchtendem Pink und fiel glatt zur linken Seite und nach hinten bis kurz über die Schulter ab. Eine schwarzumrandete Brille dominierte das blasse, schmale Gesicht, die Augenbrauen waren mit schwarzem Kajal überbetont, ebenso die Lidstriche ober- und unterhalb der Augen, die blau und wach in die Welt schauten.

Das sichtbare rechte Ohrläppchen war mit einem schwarzen Ohrstecker getunnelt, in der Unterlippe steckte mittig ein kleines Piercing mit einem Rubin. Wegen der Sommerhitze trug sie ein schwarzes Trägershirt, das im Bereich der Oberarme und des oberen Brustkorbs den Blick auf die Spitzen abstrakter Tattoos freigab, deren Symbolik sich Schaeffer allerdings nicht erschloss.

Aus einer kurzen Jeanshose mit aufgerollten Hosenbeinen lugten zwei unglaublich weiße Beine hervor, die am unteren Ende in knöchelhohen schwarzen Leinenschuhen steckten, deren Schäfte nach unten umgeschlagen und mit weißen Senkeln geschnürt waren. Nur die Walther P99, die links in einem Holster am Einsatzkoppel befestigt war sowie die ebenfalls daran angebrachte

Magazintasche, das Pfeffersprayholster, das Funkgeräteholster und die Handschellentasche wollten da nicht so recht ins Bild passen. Irgendwie mutete sie Schaeffer wie eine Punkversion von Lara Croft an. Er schob ihr einen dünnen Schnellhefter zu.

„Lesen Sie sich mal in den Fall ein. Unfallflucht mit Todesfolge zum Nachteil von Leonard Kump."

„Und was machen Sie?"

43

„He, du Faulpelz, aufstehen!"

Josi hatte ihren Mann nach ihrer Rückkehr von der Steinbachtalsperre in seinem Liegestuhl vorgefunden, wo er im Schlaf dicke Stämme durchsägte. Unsanft stieß sie ihn in die Rippen oder vielmehr in die diese umhüllende Speckschicht. Verschlafen rieb sich Jo die Augen.

„Was gibt's zu essen?"

„Ellebach, du denkst auch nur immer an das eine. Aber nix da, heute bleibt die Küche kalt! Du hattest schon dein Essen."

„Das ist doch schon Stunden her. Ich fühle mich total ausgezehrt."

Schwerfällig richtete Ellebach sich auf. Josi ignorierte geflissentlich seinen Wunsch nach einer weiteren Mahlzeit. War sie vielleicht nur seine Köchin?

„Ich hab' von den Mädels was Interessantes erfahren", sprudelte es stattdessen aus ihr hervor. „Henny konnte sich noch gut an Konrad Bell erinnern, der vor fünfzig Jahren am Kuchenheimer Weg von einem Auto angefahren worden war. Der soll so ähnlich dagelegen haben wie jetzt Leonard Kump."

„Konrad Bell – ja, das isses!" Schlagartig war Ellebach wach. „Daran fühlte ich mich erinnert. Ich war damals zwar erst zwölf Jahre alt, aber die Zeitungsartikel, die damals im Blättchen standen, habe ich alle verschlungen. Und natürlich kannte ich ihn, jedenfalls so, wie ich damals alle Leute hier im Dorf kannte. Der wohnte doch in der Kleinen Höhle... Ja su jet! Dat jitt et doch net!"

Immer, wenn ihn etwas besonders beschäftigte oder aufregte, verfiel Ellebach in den Dialekt.

„Ich muss zu Peter Eicks, der weiß bestimmt noch Einzelheiten von damals."

Der Hunger schien vergessen. Schnurstracks griff er zum Telefon und wählte auswendig eine Durchwahlnummer im Haus Veybach, einem Alten- und Pflegeheim in Euskirchen, in dem Peter Eicks, seit er verwitwet war, in einem kleinen Appartement wohnte.

„Eicks!" tönte eine sonore Stimme aus dem Hörer.

„Tach, Herr Eicks, Jo Ellebach hier."

„Ellebach? Was willst du?", klang es unwirsch aus dem Hörer.

Ellebach ließ sich von der Schroffheit nicht beeindrucken.

„Erinnern Sie sich noch an den Fall Konrad Bell? Der wurde kurz nach der Flamersheimer Kirmes am Kuchenheimer Weg tot aufgefunden. Muss vor fünfzig Jahren gewesen sein."

„Konrad Bell? – Sischer dat!"

„Ich muss mit Ihnen darüber sprechen. Wie wär's mit morgen früh?"

„Da muss ich erst mal in meinen Terminkalender schauen...", tat der Alte geschäftig. „Morgen früh? Jaaa, das geht. Aber nicht vor dem Aufstehen!"

Und, zack, hängte er den Hörer ein.

44

Dienstag, 12. August

Ellebach nahm seinen altmodischen weißen Halbschalensturzhelm ab und bockte die „Bella" vor dem Haus Vebach auf. Er marschierte an der Rezeption des Alten- und Pflegeheimes vorbei und drückte dann auf den Klingelknopf vor Peter Eicks' Appartement.

Nach angemessener Wartezeit, in der er Ellebach ausgiebig durch den Türspion beobachtete, öffnete Letzterer schließlich die Tür und ließ ihn eintreten. Peter Eicks war trotz seiner 80 Jahre immer noch ein stattlicher Mann. Zur Fortbewegung musste er sich allerdings auf einen Rollator stützen, den er kerzengerade aufgerichtet vor sich herschob.

„Ellebach, ich denke du bist im Ruhestand. Was murkst du wieder in anderer Leute Angelegenheiten herum?", empfing er ihn.

„Woher wissen Sie das?"

„Euskirchen ist klein, und gute Nachrichten verbreiten sich schnell", knurrte der Alte.

„Sie haben doch bestimmt von dem sogenannten Unfalltod von Leonard Kump gehört?", kam Ellebach gleich zur Sache.

„Den man vorgestern am Kuchenheimer Weg gefunden hat?"

„Genau! Die Ganze Situation erinnerte mich an etwas, aber ich kam nicht gleich drauf. Josi hat mir nachgeholfen. Ihre Freundin Henriette Rath erinnerte sich an die Todesumstände von Konrad Bell, die fast genauso gewesen sein sollen. Sie waren doch damals an den Ermittlungen beteiligt…"

„So, so, die Henny. Die erinnert sich sicher nicht nur an die Todesumstände, sondern auch daran, wie Konrad Bell leibte und lebte. Sie war damals nämlich hinter ihm her wie der Teufel hinter der armen Seele. Aber gut, das waren viele andere Mädels aus dem Dorf damals auch. Aber die Henny war auch ein besonders heißer Feger..."

Peter Eicks schien angenehmen Erinnerungen nachzuspüren.

„Herr Eicks, wie war das denn nun damals?", holte ihn Ellebach in die Gegenwart zurück.

„Was? Äh... ach so, Konrad Bell. Ja, ja, das war schon ein Schlawiner. Also, es war Kirmesmontag, als ich so gegen halb fünf telefonisch aus dem Bett geklingelt wurde...

45

Lothar Schaeffer musterte die versammelten Kumps von seinem Platz in einem ausladenden Sessel aus, den man ihm im Foyer der protzigen Villa zugewiesen hatte. Schaeffer fühlte sich in dieser Umgebung sichtlich unwohl.

„Äh, also...", begann er, „ich möchte Ihnen allen noch einmal mein herzliches Beileid aussprechen. Die Untersuchung des Leichnams Ihres Mannes, Frau Kump, hat ergeben, dass er einen Herzinfarkt erlitten hat. Trotz seiner blutverschmierten Kleidung wies er keinerlei äußerliche Verletzungen auf. Einen Verkehrsunfall mit Fahrerflucht können wir damit als Todesursache ausschließen. Die Leiche ist freigegeben, und Sie können das Nötige zur Beerdigung veranlassen."

Cilli Kump schniefte leise in ein weißes Taschentuch, die anderen richteten mit versteinerten Mienen ihre Blicke auf Schaeffer.

„Leider gibt es noch ein paar offene Fragen, die wir klären müssen, bevor wir den Fall endgültig zu den Akten legen können", fuhr Schaeffer fort. „Es ist noch völlig ungeklärt, wie Herr Kump zu der Stelle gelangte, an der er aufgefunden wurde. Er hatte weder Papiere, noch Geld noch ein Handy bei sich. An der Stelle, wo er seine Armbanduhr trug, findet sich nur der entsprechende Abdruck auf der Haut. Und sein Porsche ist nach wie vor nicht gefunden worden. Wir werden jetzt versuchen, seinen Verbleib während der Tage seit vergangenem Freitag zu rekonstruieren. Dazu brauchen wir auch seine Mobilfunknummer."

Schaeffer blickte fragend in die Runde. Offenbar fühlte sich niemand angesprochen.

„Kommen Sie, Sie müssen doch seine Mobilfunknummer haben!"

Das eisige Schweigen legte noch ein paar Minusgrade zu. Schaeffer schaute Cilli Kump nun direkt an. Sie erwiderte seinen Blick ein paar Augenblicke lang und schaute dann zur Seite. Mehr gehaucht als gesprochen gab sie schließlich Auskunft. Schaeffer tippte die Zahlenfolge in das Display seines Smartphones.

„Und welches Fabrikat benutzte er?", wollte er wissen. Wieder war eisiges Schweigen die Antwort. „Ich bin sicher, dass jemand von Ihnen weiß, welches Handy Herr Kump benutzte. Sie können es mir jetzt sagen, ich kann aber auch einen Durchsuchungsbeschluss erwirken und seine Wohnung nach den Kaufunterlagen durchsuchen. Bei Gefahr im Verzug, zum Beispiel wenn der Verdacht besteht, dass Beweise vernichtet werden könnten, kann ich hier und jetzt auch ohne den Durchsuchungsbeschluss handeln..."

Wenn Blicke töten könnten, wäre Schaeffer jetzt ein toter Mann gewesen. Er schaute der Reihe nach die feindseligen Mienen der Kumps. Manfred brach schließlich das Schweigen.

„Ich weiß wirklich nicht, wofür das wichtig ist", motzte er. „Aber gut: mein Vater hatte ein Smartphone von Apple."

„Na also", sagte Schaeffer. „Sie müssten doch auch

ein Interesse daran haben, dass wir herausfinden, was Ihrem Vater zugestoßen ist, oder nicht?"

Statt einer Antwort breitete sich wieder das Schweigen aus.

„Ich habe mir gestern Morgen über Ihre Aussagen Notizen gemacht", ließ Schaeffer sich nicht entmutigen und wischte mit zwei Fingern über das Display.

„Ich fasse einmal zusammen: Herr Kump hat sich am Freitag von Ihnen, Karl-Heinz, tausend Euro geben lassen und ist dann mit seinem Porsche davongefahren. Über das Ziel ist Ihnen nichts bekannt. Wo er sich während der Zeit seit Freitag bis zum Auffinden seiner Leiche aufgehalten hat, weiß auch niemand von Ihnen. Ist das so korrekt?"

Kollektives Kopfnicken.

„Sie, Frau Kump, lebten von Ihrem Mann getrennt, jeder von Ihnen hat hier in der Villa seine eigene Wohnung."

Cilli Kump schniefte und nickte zustimmend.

„Niemand von Ihnen hat Herrn Kump vermisst."

Kollektives Kopfschütteln.

„Ich brauche von Ihnen allen Angaben, wie sie die Zeit zwischen dem Verschwinden von Herrn Kump und dem Auffinden seiner Leiche verbracht haben. Mit Ihrer Zustimmung nehme ich Ihre Aussagen mit dem Smartphone auf und lasse sie später abtippen und Ihnen zur Unterschrift vorlegen."

„Was soll das denn noch?"

Es war wieder Veronika Kump, die jetzt verärgert das Wort ergriff.

„Mein Schwiegervater ist an einem Herzinfarkt gestorben. Das haben Sie selber gesagt. Ein Verbrechen liegt nicht vor, auch das haben Sie bestätigt. Und jetzt sollen wir Alibis liefern?"

Schaeffer erwiderte ihren provozierenden Blick und bemühte sich um Sachlichkeit.

„Das ist eine reine Routinemaßnahme und geht nicht gegen Sie. Sie werden zugeben müssen, dass die Todesumstände Ihres Schwiegervaters ungewöhnlich sind. Falls sich doch Anhaltspunkte ergeben, die auf ein Verbrechen hindeuten, wollen wir uns später nicht vorwerfen lassen, dass wir nicht gründlich genug ermittelt hätten."

Schaeffer schaute in die Runde der feindseligen Gesichter.

„Niemand von Ihnen *muss* eine Aussage machen" lenkte er ein. „Wenn dem so ist, mache ich mir jetzt einfach einen Vermerk, und die Sache ist für Sie erledigt – vorerst. Natürlich werden wir weiter ermitteln, bis wir die ganzen Umstände geklärt haben. Sollte sich dabei eine Verstrickung von jemandem von Ihnen herausstellen, wäre es für Sie von Nachteil, wenn Sie jetzt nicht aussagen."

Die Kumps blickten weiter feindselig und schwiegen eisig. Schaeffer verstand und erhob sich.

„Vielen Dank, ich finde alleine hinaus."

46

Ellebach war erstaunt, wie gut der Alte sich noch an die Vorgänge vor über fünfzig Jahren erinnern konnte.

„Soweit ich weiß, wurde der Unfallverursacher damals nicht ermittelt", bemerkte Ellebach und nippte an seiner Kaffeetasse. Peter Eicks brühte seinen Kaffee immer noch so stark, dass der Löffel drin stehen blieb. Zu seinen aktiven Zeiten war die Brühe in der Polizeiwache Euskirchen als „Pitters Rache" berüchtigt gewesen.

„Ja, das stimmt. Ich habe noch am gleichen Tag die Anwohner am Kuchenheimer Weg befragt, aber keiner hatte etwas Ungewöhnliches bemerkt. Auch den Nachtwächter der Lederfabrik hatte ich vernommen. Er war ja, außer dem Unfallfahrer natürlich, der letzte gewesen, der Konrad Bell lebend gesehen hatte. Er konnte nur aussagen, dass Konrad Bell gegen viertel vor vier an seinem Glaskasten am Fabrikeingang vorbeigekommen war und ortsauswärts in Richtung Kuchenheim ging. Danach hatte der Nachtwächter seinen letzten Rundgang durch die Fabrik begonnen. Ein Fahrzeug, das um diese Zeit den Kuchenheimer Weg befahren hätte, hatte er deswegen nicht bemerken können. Nach der Obduktion der Leiche sind wir an die Presse gegangen, auch um den ins Kraut geschossenen Gerüchten entgegenzuwirken, Konrad Bell sei Opfer einer Messerstecherei geworden. Alles Quatsch – die Todesursache war eindeutig in den Folgen des Zusammenpralls mit dem Auto zu suchen gewesen. Konrad Bell war etwa sechs Meter durch die Luft geschleudert worden und auf der Stelle tot. An seiner Kleidung – einem dunkelbraunen Anzug – hatten sich hellblaue Lackreste gefunden sowie ein paar Splitter Sekuritglas, wahrscheinlich von einem Scheinwerfer. Als Todeszeitpunkt hatten die Rechtsmediziner eine Zeitspanne zwischen ein Uhr bis vier Uhr dreißig ermittelt. Wir hatten alle Menschen, die in dieser Zeit die Straße zwischen Flamersheim und Kuchenheim benutzt hatten, aufgerufen, sich zu melden und uns jede auch noch so geringfügig erscheinende Beobachtung mitzuteilen. Gleichzeitig hatten wir die Autowerkstätten zu verstärkter Aufmerksamkeit aufgefordert – alles ohne Ergebnis."

„Welche Autos waren denn damals hellblau lackiert?"

„In erster Linie war das der Opel Kadett. In dieser Farbgebung gab es im damaligen Kreis Euskirchen sechsundvierzig Stück. Deren Halter haben wir natürlich alle überprüft – nichts! Ich hatte außerdem alle Halter eines blauen Pkw in meinem Bezirk überprüft, mit dem gleichen Ergebnis."

„Der Unfallfahrer muss ja nicht aus dem Kreis gekommen sein."

„Eben! Wir hatten uns ermittlungstaktisch an jeden Strohhalm geklammert. Bei der Rekonstruktion des Unfallherganges hatten wir herausgefunden, dass Konrad Bell auf dem Weg nach Flamersheim und nicht nach Kuchenheim gewesen sein musste. Jedenfalls war er am linken Fahrbahnrand vorschriftsmäßig in dieser Richtung unterwegs gewesen. Warum, das konnten wir nicht mehr herausfinden. Ebenso rätselhaft ist geblieben, weshalb er nicht den Fahrradweg, der direkt neben der Fahrbahn verläuft, genutzt hatte. Auch das Mädchen, mit dem er sich angeblich getroffen hatte, konnten wir nicht ermitteln. Nach einem halben Jahr ohne Ergebnis mussten wir die Akte schließen. Gertrud Bell ist kurz darauf wohl vor Gram gestorben. Das Häuschen erbte ihr Schwager, der darin bis zu seinem Tod vor…hm, das muss vor sechs Jahren gewesen sein, gelebt hat."

„Dann stand es ein Jahr leer und wurde abgerissen. An der Stelle steht jetzt ein neues Zweifamilienhaus.", vollendete Ellebach.

„Wenn du es sagst…"

Nachdenklich schwang sich Ellebach vor dem Haus Veybach auf die „Bella". Er lenkte sein Gefährt über die Wilhelmstraße und die Münstereifeler Straße aus der Stadt hinaus.

Er verspürte noch keine Neigung, sofort nach Hause zu fahren. Josi würde heute Nachmittag im Tennisclub sein, wo sie einmal in der Woche das Clubhaus, der Flamersheimer Umschlagbörse für Gerüchte aller Art, ehrenamtlich betreute und ansonsten mit ihren oder gegen ihre Freundinnen Tennis spielte. Vergebens hatte sie in der Vergangenheit versucht, Ellebach den Sport näherzubringen. Er hielt nichts davon „mit Sieben auf kleine Bälle einzudreschen". Lieber genoss er eine Fahrt mit einer seiner Oldie-Maschinen. Ellebach tuckerte durch Rheder. In Kreuzweingarten bog er hinter dem Alten

Brauhaus intuitiv nach rechts ab und hielt auf Wachendorf zu.

Am Ortseingang passierte er linkerhand das Schloss, das jetzt ein buddhistisches Begegnungszentrum beherbergte, und bog nach rechts ins Dorf ab. Er musste in den zweiten Gang herunterschalten, damit die „Bella" ihn die steile Auffahrt zur Bruder-Klaus-Kapelle tragen konnte, die dem heiligen Nikolaus von Flüe, dem Schutzpatron des Landvolks, gewidmet war. Ein frommes Landwirtehepaar hatte sie auf einer Hügelkuppe hoch über Wachendorf errichten lassen.

Das wäre an sich nichts Besonderes gewesen, hätte das Paar nicht den renommierten Schweizer Architekten Peter Zumthor für den Bau gewinnen können. Mittlerweile war die Kapelle zu einer wahren Pilgerstätte geworden, sowohl für die Heiligenverehrer als auch für die Bewunderer der Zumthor'schen Architektur.

Ellebach war keines von beiden. Er stellte die „Bella" am Straßenrand ab und stapfte die paar Meter über die Wiese bis zur Kapelle. Er genoss einfach nur den Ausblick über das Land, den man von hier oben hatte. Ellebach musste aber zugeben, dass er sich dem Zauber des zeltförmigen Inneren der schlichten fünfeckigen Kapelle aus Stampfbeton mit dem Fußboden aus Zinnblei, das an Ort und Stelle erhitzt und verteilt worden war, nicht ganz entziehen konnte.

Er hatte Glück: außer ihm war heute niemand hier. Er ließ er sich draußen auf dem umlaufenden Mauervorsprung mit Blick auf Burg Zievel nieder und lehnte sich an die Wand. Schon auf der Fahrt hierhin hatten ihn die Ausführungen von Peter Eicks beschäftigt. Vor seinem geistigen Auge passierten jetzt seine Kindheitserinnerungen an die Tage nach der Flamersheimer Kirmes von 1964 Revue.

Die Nachricht vom Tod Konrad Bells hatte sich damals wie ein Lauffeuer im Dorf verbreitet und der Kirmes ein jähes Ende bereitet. Niemand hatte mehr Lust zu feiern gehabt, und auch das traditionelle Vergraben der Kirmes war diesmal ausgefallen. Die Schausteller hatten den Marktplatz schon im Laufe des Dienstags komplett geräumt und das Dorf still und fast wie verstohlen verlassen.

In den Tante-Emma-Läden, den Metzgereien, Bäckereien, beim Friseur, in der Apotheke, bei den Frauen, die abends auf dem Hof der Ellebachs mit Kannen die Milch holten, kurz, überall dort, wo zwei Dörfler zusammenstanden, war der Tod von Konrad Bell das alles beherrschende Thema gewesen.

Ellebachs Gedächtnis projizierte Bilder von der Trauerfeier und der Beerdigung auf eine imaginäre Leinwand. Nach der Freigabe durch die Staatsanwaltschaft war der Leichnam drei Tage lang in der Scheune am Haus seiner Mutter aufgebahrt gewesen. Eine Leichenhalle hatte es damals noch nicht gegeben. Der örtliche Bestatter hatte rund um den Sarg alles mit schwarzen Tüchern verhängt, ein Trupp von jeweils sechs Kameraden von Konrad Bell hatte umschichtig die Totenwache gehalten.

Die komplette Kompanie seines III. Panzerbataillons in Koblenz hatte in der „Boskett" am Neuen Weg ein Feldlager eingerichtet. Eigentlich bezeichnete das ursprünglich französische Wort „Bosquet" ein Buschwäldchen, so wie das, welches hier den Lauf des Flämmerbachs säumte. Die Flamersheimer hatten die Bezeichnung auch für die angrenzende ausgedehnte Viehweide übernommen. Ellebach und die Jungs in seinem Alter hatten ausgiebig die dort säuberlich aufgereihten riesigen MAN-Militärlastwagen, das Zeltlager und die Gulaschkanone bestaunt. Für sie hatten sie fast den gleichen Unterhaltungswert wie die Kirmesbuden besessen.

In der katholischen Kirche hatte an drei Abenden hintereinander das traditionelle Beten des Rosenkranzes stattgefunden, zu dessen Teilnahme auch Ellebach von seinen Eltern abkommandiert worden war. Als Bauern, die sich den unaufschiebbaren Erntearbeiten widmen mussten, waren sie entschuldigt gewesen.

Am Begräbnistag war die Kleine Höhle vor lauter Soldaten aus allen Nähten geplatzt. Auf der offenen Ladepritsche eines Bundeswehr-Unimogs wurde der mit der Bundesflagge bedeckte Sarg Konrad Bells zur Kirche gefahren, die so rappelvoll gewesen war wie sonst höchstens noch zu Weihnachten. Nach der Messe hatte sich ein unübersehbar langer Geleitzug aus Soldaten und Dorfbewohnern über die Horchheimer Straße und die Mönchstraße in Richtung Friedhof in Bewegung gesetzt, an der Spitze Monsignore Potthaus mit drei Messdienern. Der Kräftigste von ihnen hatte das schwere Vortragkreuz getragen – Jodokus Ellebach!

Jetzt musste er innerlich grinsen. Seine Zeit als Messdiener war Teil der Überdosis Religion gewesen, die ihn später als Erwachsenen dazu gebracht hatte, der Kirche den Rücken zu kehren und ein Dasein als fröhlicher Agnostiker zu führen.

Wenn auch die Todesumstände von Leonard Kump denjenigen von Konrad Bell anscheinend ähnelten wie ein Ei dem anderen – ein solch ehrenvolles Geleit würde ihm auf seinem letzten Weg mit Sicherheit nicht zuteilwerden.

Schwerfällig richtete Ellebach sich auf und trapste zu seinem Motorroller zurück. Kurz darauf lenkte er die „Bella" in Richtung Iversheim und nach Bad Münstereifel hinein. Am Friedhof bog er nach links ab und ließ sich im Schleidtal den Wind um die Nase wehen. Die Straße führte zuerst an dem namensgebenden Bach entlang und dann kilometerlang durch den Flamersheimer Wald.

An der Kreuzung, die bezeichnenderweise „Zu den vier Winden" genannt wurde, wandte er sich nach links in Richtung Loch. Er knatterte über die Hauptstraße durch das Straßendorf, dessen Name sich durch seine Lage in einer Talsenke von selbst erklärte.

Hinter Loch nahm er nach rechts den Abzweig nach Schweinheim, der kaum befahren war. In der Kurve vor dem Ortseingang kam er zwangsläufig am „Club Aphrodies" vorbei. Dort war anscheinend noch nicht viel los. Nur zwei PS-starke Limousinen der Oberklasse mit auswärtigen Kennzeichen parkten vor dem Saunaclub, der sich auf einem von hohen Bäumen bestandenen Grundstück hinter einer Sichtschutzwand aus zwei Meter hohen Zaunelementen aus Holz versteckte. Wer ging bei dieser Sommerhitze auch schon in die Sauna? Dann fiel Ellebach ein, dass die Körpertemperaturen hier wohl auf andere Art und Weise hochgetrieben wurden. Er schüttelte den Gedanken ab und nahm sich vor, gleich von zu Hause aus Schaeffer anzurufen und sich nach dem Stand der Dinge im Fall Kump zu erkundigen.

47

Mit einem beleidigt klingenden Brummen erstarb der Motor der „Bella", als Ellebach sie im Schuppen abstellte. Mit dem Halbschalenhelm unter dem Arm ging er ins Haus, rief nach Josi aber erhielt keine Antwort. Anscheinend war sie immer noch auf dem Tennisplatz. Ellebach griff zum Telefon und wählte; eine freundliche junge Frauenstimme meldete sich.

„Kriminalpolizei, K1, Mayntz."

„Wer ist da, bitte?"

„Kriminalpolizei, K1, Mayntz."

„Ja, also..., hier ist Ellebach, KHK Jo Ellebach von der Kripo in Euskirchen. Wieso bin ich denn jetzt mit der Kripo in Mainz verbunden? Ich habe doch die Vorwahl von Euskirchen gewählt..."

„Herr Ellebach, hier ist nicht die Kripo in Mainz, mein Name ist Mayntz, Caroline Mayntz, mit a-Ypsilon und t-zett. Ich bin seit gestern dem K1 zugeteilt. Ich glaube, ich sitze auf Ihrem Stuhl."

„...aha..., wo ist denn Herr Schaeffer?"

„Herr Schaeffer sucht gerade die Familie Kump in Flamersheim auf."

„Um sie weiter zu befragen?"

„Um zu kondolieren."

Einen langen Atemzug lang blieb es am anderen Ende der Leitung stumm.

„Kondolieren?", drang Ellebachs Stimme ungläubig aus dem Hörer.

„Ja, der Leonard Kump ist eines natürlichen Todes gestorben... Moment mal – darf ich Ihnen das eigentlich sagen?"

„Sie dürfen. Schließlich bin ich ja noch so gut wie im Dienst, und Schaeffer hat mit Sicherheit nichts dagegen. Also, was heißt hier, Kump ist eines natürlichen Todes gestorben?"

„Die Pathologie im Marienhospital hat als Todesursache Herzversagen festgestellt."

„Herzversagen? Ja, sin die dann beklopp?", entfuhr es Ellebach. „Und was ist mit dem Blut?"

„Blut?"

„Ja, seine Kleidung war doch blutverschmiert. Das ist doch kein Symptom für einen Herzinfarkt."

„Keine Ahnung, schriftlich haben wir noch nichts vorliegen. Wir haben das Ergebnis vorab telefonisch mitgeteilt bekommen. Mehr kann ich dazu nicht sagen."

„Jetzt sagen Sie nicht auch noch, dass die Leiche schon freigegeben wurde."

„Doch..."

48

Die nahtlose Doppeltür der Villa fiel fast geräuschlos hinter Schaeffer ins Schloss. So, wie sich die Familie gerade gegeben hatte, schien sie den Tod von Leonard Kump in keinster Weise zu bedauern. Merkwürdig. Wenn die Kumps nichts zu verbergen hatten, warum kooperierten sie dann nicht mit ihm? Er fand es total unglaubwürdig, dass niemand aus der Familie wusste, wo Leonard Kump sich aufgehalten hatte. Schaeffer hatte das sichere Gefühl, dass hier etwas faul war, aber Gefühle waren keine gerichtsfesten Beweise.

Vor der Villa schwang sich Schaeffer auf sein schickes Elektrorad. Er hatte Caro Mayntz als Stallwache im Kommissariat zurückgelassen und verband den Besuch bei den Kumps mit einer Radtour in den Feierabend. Sein Handy befand sich in einer Halterung am Lenker. Die Naviki-App, die eigens für Radfahrer entwickelt worden war, wies ihm jetzt den Weg nach Schweinheim. Als er von der Horchheimer Straße in die Große Höhle einbog, sah er, wie Josi Ellebach vor ihrem Haus gerade vom Rad stieg. Sie wandte sich um, gewahrte ihn und wartete, bis er sie erreicht hatte.

„Hallo, Lothar", strahlte sie ihn an. „Wohin des Wegs?"

„Grüß dich, Josi. Ich wollte nach Schweinheim, in den Saunaclub".

Erstaunt sah sie ihn an.

„Du? Aber das hast du doch gar nicht nötig…"

„Das ist rein dienstlich. Ich ermittele noch in der Leichensache Kump."

„Habe ich da gerade den Namen Kump vernommen?", meldete sich eine brummige Stimme aus der Toreinfahrt. Jo Ellebach hatte im Liegestuhl im Innenhof gesessen, wo er in einer alten Ausgabe der „Motorrad" geschmökert hatte, als er auf die Stimmen vor seinem Haus aufmerksam geworden war. „Ah, Schaeffer, gut, dass du kommst."

„Äh, Chef, eigentlich war ich auf dem Weg nach…"

„Komm' rein, wir müssen reden", bestimmte Ellebach.

„Und ich mach' uns ein Käffchen", freute sich Josi und schob ihr Rad in den Innenhof.

Schaeffer und Ellebach nahmen in der Sitzgruppe Platz, während Josi im Haus mit Geschirr klapperte.

„Ich habe vorhin mit deiner neuen Assistentin telefoniert", eröffnete Ellebach das Gespräch.

„Assistentin ist gut", moserte Schaeffer. „Klefges hat das mit Zymler ausgeheckt und mir eine Kommissarsanwärterin vor die Nase gesetzt."

„Ist sie wenigstens hübsch?"

„Das ist Geschmackssache."

„Hm, also eher nicht. Na egal – die Pathologie im Marienhospital hat bei Leonard Kump jedenfalls Herzinfarkt als Todesursache festgestellt. Weißt du Näheres darüber?"

„Nein, der Obduktionsbericht ist gesperrt. Und der Anruf kam von dem Herrn der Stimme himself. Auch, dass die Leiche schon freigegeben ist, hat Klefges mir mitgeteilt. Und er hat mir quasi befohlen, den Fall ad acta zu legen."

„Das heißt, die näheren Umstände, wie und warum Kump dorthin kam, wo er gefunden wurde, wie das Blut auf seine Klamotten kam und von wem es stammt, weil er ja äußerlich unverletzt war, woher die blaue Farbe stammt, all das soll also nicht ermittelt werden?"

„Genau! Und daran arbeite ich zurzeit."

„Guter Junge!"

Schaeffer berichtete kurz über seinen Besuch bei der Familie Kump.

„Also, das mit dem Herzinfarkt ist bestenfalls die halbe Wahrheit", überlegte Ellebach. „Man müsste irgendwie an die Leiche kommen…"

„Keine Chance! Ich kriege mit Sicherheit keine Genehmigung, eine zweite Autopsie vornehmen zu lassen. Für Klefges und Zymler ist der Fall erledigt. Die machen den Deckel drauf. Genau genommen sind meine Ermittlungen, die ich jetzt noch durchführe, illegal."

„Ach was, illegal. Es gibt genügend Anhaltspunkte, die Ermittlungen fortzuführen."

„Sie haben gut quatschen, Chef, Ihre Karriere ist vorbei. Wenn ich Klefges Anweisung ignoriere, kriege ich im K1 kein Bein mehr auf die Erde."

Ellebach lehnte sich zurück und machte eine nachdenkliche Miene. Schaeffer hatte recht. Klefges und Zymler konnten sehr nachtragend sein. Auch wenn sie ihm offiziell nicht am Zeug flicken konnten, sie würden Mittel und Wege finden, Schaeffer mürbe und ihm einen Strich durch die Karriere zu machen.

„Fahr du mal in den Saunaclub. Ich lass' mir etwas einfallen."

Kaum, das Schaeffer weg war, stapfte Ellebach ins Haus und führte zwei Telefonate.

49

Langsam ließ Schaeffer sein Rad nach Schweinheim hineinrollen. Das gesamte Örtchen strahlte blitzsaubere Ländlichkeit aus. Schaeffer überquerte den Zusammenfluss von Steinbach und Sürstbach. Entlang dem Letzteren fuhr er über die Schweizer Straße wieder aus dem Ort hinaus.

Beim Reiterhof musste Schaeffer am Straßenrand anhalten. Eine brünette Frau mittleren Alters überquerte mit einem Pferd, das sie am Halfterband führte, die Straße. Von hier aus war vom „Club Aphrodies" nur das Dach des Haupthauses zu sehen. Der das Grundstück umgebende Zaun schützte es vor neugierigen Blicken.

Ein unauffälliges Hinweisschild mit der Aufschrift „Saunaclub" an der Straßenbiegung war der einzige Hinweis auf das Etablissement. Mehr Reklame brauchte es nicht. Die interessierten Herren der Schöpfung fanden ohnedies ihren Weg hinein – und kamen als Herren der Erschöpfung wieder hinaus.

Schaeffer rief die Frau an. „Sagen Sie, das ist doch der ‚Club Aphrodies'..."

Sofort schnitt die Frau ihm das Wort ab und giftete ohne Vorwarnung los: „Sie wollen zum Puff?" Sie musterte ihn von oben bis unten. „Dass Sie so was überhaupt nötig haben! Was sagt denn Ihre Frau dazu?"

Völlig entgeistert schaute Schaeffer sie an, das Pferd schnaubte und tänzelte unruhig hin und her.

„Ja, ich will zum Puff, wie Sie das nennen, aber es ist anders, als Sie meinen."

Schaeffer nestelte seinen Dienstausweis hervor und hielt ihn der Frau hin.

„Polizei? Na endlich! Das wurde aber auch Zeit. Dauernd stehen auf unserem Parkplatz die dicken Karren der Puffgänger herum und unsere Reiter wissen nicht, wo sie ihre Autos abstellen sollen."

Schaeffer war inzwischen abgestiegen, hielt aber respektvollen Abstand zu dem Pferd, das unruhig schnaubte. Die Frau schien es nicht zu bemerken und hielt das Halfterband wie die Leine eines Schoßhündchens.

„Nein, ich bin nicht wegen der Falschparker hier. Ich ermittle in der Leichensache Leonard Kump. Haben Sie davon gehört, Frau...?"

„Hermagen, Friederike Hermagen", stellte sie sich vor, nun schon gnädiger gestimmt. „Ja, ich habe davon gehört. Wieso?"

„Kannten Sie Leonard Kump?"

„Nicht persönlich, aber ich wusste, wer er war. Der fuhr doch regelmäßig mit seinem Porsche da drüben im Club vor."

„Können Sie sich erinnern, wann Sie ihn das letzte Mal hier gesehen haben?"

„Moment..., das war... am Samstag, ja, am vergangenen Samstag. Das muss so gegen Mittag gewesen sein. Ich war gerade mit Longieren beschäftigt, als der Porsche vorfuhr. Ich weiß es deswegen noch so genau, weil ich mich geärgert habe, dass der Fahrer den Motor laut aufheulen ließ und mein Pferd nervös machte."

„Konnten Sie den Fahrer erkennen?"

„Nein, aber ein solches Auto hat hier nur der alte Kump."

„Haben Sie den Porsche irgendwann wieder wegfahren sehen?"

„Ich war bis etwa um 13 Uhr mit Longieren beschäftigt, danach hatte ich zwei Reitschülerinnen, die ich hier auf der Anlage unterrichtet habe. So gegen drei, halb vier am Nachmittag bin ich dann mit ihnen ausgeritten. In dieser Zeit ist mir der Porsche nicht aufgefallen. Aber warten sie – vielleicht ist es ja nicht wichtig, aber kurz bevor ich das Pferd, mit dem ich longiert habe, in den Stall zurückgebracht habe, fuhr ein weißer Lieferwagen mit der Aufschrift einer Autovermietung zum Saunaclub."

„Konnten Sie hier den Fahrer erkennen?"

„Leider auch nicht. Ich habe mich nur gewundert, weil solche Fahrzeuge normalerweise dort nicht vorfahren."

„Können Sie sich erinnern, von welcher Autovermietung der Wagen war?"

„Ja, klar: Auf dem Wagen stand „Eurorent". Die kann man neuerdings in Flamersheim an der Tankstelle mieten. Und ungefähr zehn Minuten später, ich hatte gerade den Unterricht mit meinen beiden Schülerinnen begonnen, fuhr der Lieferwagen wieder weg."

Schaeffer machte sich eifrig Notizen in sein Smartphone.

„Vielen Dank, Frau Hermagen. Sie haben mir sehr geholfen. Gehört Ihnen der Reitstall?", fragte er mit einem Blick über die weitläufige Anlage.

„Schön wär's ja. Aber ich bin hier *nur* die Reitlehrerin", versetzte Friederike Hermagen und zog mit ihrem Pferd von dannen. Schaeffer meinte, einen sarkastischen Unterton herausgehört zu haben. Probleme mit dem Arbeitgeber gab es anscheinend überall. Er zuckte mit den Achseln und radelte dann die wenigen Meter bis zum Club.

Vor dem grauen Eingangstor stieg er ab und betätigte den Klingelknopf. Im Haus warf Marilyn einen gelangweilten Blick auf den Kontrollmonitor der Kamera, die den Eingangsbereich überwachte. Jetzt kamen die Freier auch schon mit dem Fahrrad! Scheiß Ökos! Erst neulich war einer dagewesen, der sich erkundigt hatte, ob die Gleitcreme etwa Paraffinöl aus der Petrochemie enthalte, das sei ja wohl nicht nachhaltig. Und die Kondome? Waren die auch aus Naturkautschuk oder etwa synthetisch hergestellt? Immerhin war dieser Kunde im Toyota Prius vorgefahren.

„Ja bitte?", quäkte eine Frauenstimme aus dem Lautsprecher der Gegensprechanlage.

Schaeffer hielt seinen Dienstausweis vor das Kameraauge.

„Kriminaloberkommissar Schaeffer, Kripo Euskirchen. Würden Sie bitte öffnen?"
Marilyns Stimmung sank auf unter null ab. Was wollte der denn? Im Geiste überschlug Marilyn blitzschnell, ob sie irgendeinen Verstoß gegen Recht und Ordnung begangen hatte, aber es fiel ihr nichts ein. Ob der Typ überhaupt echt war? Oder wollte der nur mit einem nachgemachten Dienstausweis angeben? In ihrem Gewerbe waren ihr schon die seltsamsten Typen untergekommen.

Der Türöffner summte, Schaeffer trat ein. In der geöffneten Tür ihres Etablissements lauerte Marilyn bereits auf ihn. Ihre wasserstoffblonden Haare umspielten ihr Gesicht, dessen faltenfreie Züge wie festgetackert schienen. Die vollen Lippen erinnerten an die Wülste eines Schlauchbootes, und die üppigen Brüste, die aus dem tiefen Ausschnitt des ärmellosen, knappen Schlauchkleides hervorquollen, waren in überwiegenden Teilen sicherlich jünger als ihre Trägerin. Beide Arme zierte in Höhe der Ellbogen ein umlaufendes Tattoo aus ineinander verschlungenen Linien, am linken Armgelenk klapperten bei jeder Bewegung mehrere silberne Pandora-Armbänder aneinander. Die Fingernägel waren sorgfältig gefeilt und rot lackiert. Die Figur der Blondine war kurvenreich, wenngleich auch ein wenig füllig. Die langen Beine konnten sich durchaus noch sehen lassen, die ebenfalls im gleichen rot lackierten Zehennägel lugten aus einer Riemchensandalette hervor.

Schaeffer betrachtete das Gesamtkunstwerk und versuchte, das Alter der Blondine zu schätzen. Schwierig, bei so vielen Ersatzteilen. Sie beäugte ihn misstrauisch aus ihren grünen Augen.

„Schaeffer, Kripo Euskirchen", wiederholte er und hielt ihr seinen Dienstausweis hin, den sie nahm und einer kurzen Prüfung unterzog.

„Worum geht es?", fragte sie und reichte ihm den Ausweis zurück.

Sie sprach mit osteuropäischem Akzent, Ihre Stimme war rau und kehlig.

„Frau…?"

„Man nennt mich Marilyn."

„Also gut, Marilyn. Es geht um Leonard Kump. Sie haben vielleicht schon gehört, dass er gestern an der Landstraße nach Kuchenheim tot aufgefunden wurde…"

„Leonard Kump? Tot? Wie das denn?", zeigte sie sich entsetzt.

„Sollen wir nicht besser ins Haus gehen?", schlug Schaeffer vor.

Wortlos trat sie beiseite und ließ ihn passieren. Ohne Übergang öffnete sich hinter der Eingangstür ein ausgedehnter Raum mit einer Bar zur Linken. Der Raum war menschenleer, aber es war für die Art der Dienstleistungen, die hier angeboten wurden, war es ja auch noch früh am Tag.

„Möchten Sie etwas trinken?"

„Nein, danke, ich bin im Dienst", lehnte Schaeffer ab. „ Ich habe nur ein paar Fragen über den Aufenthaltsort von Leonard Kump in der Zeit vom vergangenen Freitag bis zum Dienstagmorgen, also während der Flamersheimer Kirmes. Ich brauche zunächst einmal Ihre Personalien."

„Marilyn…"

„Nein, nicht Ihren Künstlernamen, sondern Ihren bürgerlichen."

„Den gebe ich aber nur ungern preis."

„Frau…"

„Jeremenkova, Madlena Jeremenkova "

„Also, Frau Jeremenkova, obwohl die Umgebung hier es nahelegen könnte, bin ich nicht zu meinem Vergnügen hier. Ich ermittele in einer Leichensache. Wenn sie also jetzt so freundlich wären!"

Widerwillig holte Marilyn ihren Pass herbei, den Schaeffer mit dem Handy fotografierte.

„Ist Leonard denn umgebracht worden?", fragte sie tastend.

„Wie kommen Sie denn darauf?"

„Ist nur so ein Gefühl."

„Wir gehen im Moment noch von einer natürlichen Todesursache aus, aber die Umstände des Auffindens seiner Leiche geben uns noch zu abschließenden Ermittlungen Anlass. Vielleicht haben Sie darüber in der Zeitung gelesen?"

„Ich lese keine Zeitung. Was ist denn passiert?"

Schaeffer zählte ihr kurz die Fakten auf, die auch in der Presse zu lesen waren.

„Ich komme gerade von der Familie Kump. Dort meinte man, er habe die Kirmestage bei Ihnen verbracht. Wann haben Sie Herrn Kump also zum letzten Mal gesehen?"

„Leonard war bestimmt die letzten vierzehn Tage nicht hier. Und über die Kirmestage erst recht nicht, egal, was seine Familie sagt. Leonard machte einfach immer, was er wollte."

„Stimmt es, dass er Ihnen bei der Einrichtung Ihres Etablissements geholfen hat."

„Wer sagt das?"

„Das tut nichts zur Sache. Beantworten Sie einfach meine Frage."

„Was hat das mit seinem Tod zu tun?"

Offenbar versuchte Marilyn zu mauern.

„Frau Jeremenkova, wir wollen uns auf folgende Vorgehensweise einigen: die Fragen stelle ich, und Sie beantworten sie. Ich hoffe, wir haben uns verstanden", wurde Schaeffer energisch. „Oder möchten Sie lieber mit mir aufs Revier kommen?"

Marilyn musste sich eingestehen, dass sie Schaeffer falsch eingeschätzt hatte. Spielchen spielen ließ er nicht mit sich.

„Ja gut…, Leonard hat das meiste hier im Haus bezahlt – nein, er hat das Haus mit allem drum und dran bezahlt und ist auch im Grundbuch als Eigentümer eingetragen. Ich betreibe es, den Betriebsgewinn teilen wir uns."

„In welchem Verhältnis?"

„Siebzig zu dreißig. Das heißt, ich bekomme dreißig Prozent."

„Warum machen Sie das?"

„Schauen Sie mich an: In welchem Beruf könnte ich sonst noch arbeiten? Ich habe fast mein ganzes Leben lang nichts anderes gemacht. Hier muss ich mich mit den Kunden nicht mehr persönlich abgeben, das erledigen die jungen Dinger, die ich hier beschäftige."

„Wenn ich das richtig verstehe, sind Sie also so eine Art Betriebsleiterin im Auftrag von Leonard Kump?"

„Und warum hat er Sie genommen?"

„Wir kennen uns von früher, und er war mir noch etwas schuldig."

„Was?"

„Also, das geht mir jetzt wirklich zu sehr ins Persönliche. Sagen wir mal so: Wir sind, äh... waren sehr alte Freunde und er hat mir einen Freundschaftsdienst erwiesen. Und er hat gewusst, dass er sich auf mich verlassen kann."

Schaeffer erhob sich.

„Na gut, Frau Jeremenkova, das soll mir im Moment genügen. Vielen Dank, ich finde alleine raus." Schaeffer wandte sich zum Gehen. In bester Columbo-Manier drehte er sich auf dem Treppenpodest noch einmal um. „Ach, eine Frage hätte ich noch: Eine Zeugin hat gesehen, wie der Porsche von Herrn Kump am Samstagmittag hier im Club vorgefahren ist. Hatten Sie nicht eben gesagt, dass Sie Leonard Kump bestimmt seit vierzehn Tagen nicht mehr gesehen haben? Was sagen Sie dazu?"

Unter ihrer Sonnenbankbräune wurde Marilyn blass.

„Dann..., dann muss die Zeugin sich irren", stammelte sie.

„Und was wurde Ihnen denn am Samstagmittag geliefert?"

„Geliefert? Ich verstehe nicht..."

„Dieselbe Zeugin sagt, dass am Samstagmittag ein weißer Lieferwagen von der Autovermietung der Kumps hier vorgefahren ist, der nach etwa zehn Minuten das Gelände wieder verlassen hat. Also?"

„Ich kann mich an keinen Lieferwagen erinnern."

„Haben Sie nicht eine Überwachungskamera über der Einfahrt?"

„Ja…"

„Dann möchte ich gerne die Aufzeichnungen vom vergangenen Samstag sehen."

„Die habe ich schon gelöscht. Und ich glaube, Sie brauchen dazu sowieso einen richterlichen Beschluss."

„Wie Sie wollen, Frau Jeremenkova. Ich werde ihn mir besorgen, und dann komme ich wieder!"

Schaeffer wusste, dass er sich auf dünnem Eis bewegte.

50

Mittwoch, 13. August

„Herr Schaeffer!"

Zymler musste gehört haben, wie Schaeffer die Treppe heraufgekommen war und die Flurtür geöffnete hatte. Der Tag fing ja schon gut an! Schaeffer machte ein paar Schritte zurück und betrat das Zimmer des Kommissariatsleiters. Zymler thronte hinter seinem Schreibtisch, bot Schaeffer aber keinen Sitzplatz an.

„Sagen Sie mal, wie kommen Sie dazu, im Fall Kump noch Ermittlungen anzustellen?", legte er gleich los. „Haben Sie die Weisung von Landrat Klefges nicht verstanden? Der Fall ist erledigt! Und was tun Sie? Belästigen Frau Jeremenkova…"

„Woher wissen Sie, dass ich Frau Jeremenkova befragt habe?"

Zymler räusperte sich verlegen.

„Nun, sie hat sich über Sie beschwert."

„Wieso das denn? Ich habe sie lediglich befragt, weil ich denke, dass die näheren Todesumstände von Leonard Kump noch untersucht werden sollten. Auch, wenn die

Pathologie im Marienhospital Herzinfarkt als Todesursache festgestellt haben will."

Schaeffer wunderte sich über sich selbst, dass er so mit seinem Vorgesetzten sprach.

„Sie sind Beamter und haben Weisungen zu befolgen."

„Ja, sicher. Aber das Denken kann mir niemand verbieten! Fragen Sie sich denn nicht auch, woher das Blut auf Kumps Kleidung stammt? Oder die blaue Farbe? Und dass die Leiche offensichtlich an ihrem Fundort drapiert wurde? Oder glauben Sie, dass Kump sich mit Blut besudelt, ein paar Farbkleckse auf seine Kleidung gemacht, dann einen Herzinfarkt erlitten hat und sich hernach selber post mortem auf den Grünstreifen hingelegt hat?"

„Es war eine natürliche Todesursache, und also ist es kein Fall mehr für Sie. Schluss jetzt! Schreiben Sie Ihren Abschlussbericht, und ich vergesse Ihren dienstlichen Ungehorsam."

„Es gibt noch eine Frage, die zu klären wäre."

„So?"

„Ja – woher wusste Frau Jeremenkova, wen sie anrufen musste? Hat sie bei Ihnen angerufen – oder bei Herrn Klefges?"

Zymler lief rot an, seine Halsschlagadern traten dick hervor, so dass Schaeffer schon befürchtete, sie würden platzen.

„Was....wenn Sie nicht sofort Ihren Bericht schreiben und mir auf den Tisch legen, können Sie was erleben! Ich...ich hänge Ihnen ein Diszi an, das sich gewaschen hat! Ihre Karriere ist zu Ende!", tobte Zymler außer sich.

Schaeffer warf ihm einen verachtenden Blick zu, drehte sich dann auf dem Absatz herum und knallte die Tür zu Zymlers Büro hinter sich zu.

Vibrierend vor Wut griff Zymler zum Telefon und drückte eine Kurzwahltaste. Der Gesprächspartner auf der anderen Seite lauschte zunächst stumm Zymlers Ausführungen. Dann brach das Donnerwetter los.

„Sie haben Ihren Laden nicht im Griff! Ich frage mich, ob Sie der richtige Mann auf dem Posten des Kommissariatsleiters K1 sind!" fauchte Klefges am Telefon. „Ich hatte Ihnen doch gesagt, dass der Fall Kump als Verkehrsunfall zu behandeln ist. Was ermittelt dieser Schaeffer denn jetzt noch?"

„Ich…, ich hatte es ihm untersagt…"

„Das scheint ihn aber nicht zu interessieren!"

„Ich glaube, da steckt Ellebach dahinter."

„Ellebach? Immer wieder Ellebach! Der ist doch freigestellt!"

„Die beiden haben sich getroffen, gestern im Ruhr-Park. Kollegen von der Streife haben sie gesehen und es mir gemeldet."

„Und die Tochter meiner Großkusine? Was sagt die?"

„Also, mit ihr konnte ich noch nicht sprechen…"

51

„Was war denn da los?", fragte Caro Mayntz verwundert und sah von den bedruckten DIN A4 Blättern auf, die sie studiert hatte, bevor Schaeffer sein Büro betrat. Ihren Einsatzgürtel hatte sie lässig über die Rückenlehne ihres Bürodrehstuhls gehängt.

„Fragen Sie lieber nicht. Ich hatte eine Auseinandersetzung mit Zymler wegen des Falles Kump."

„Der ist doch abgeschlossen…"

„Eben darum ging es. Zymler und Klefges wollen die Akte schließen. Ich sehe aber noch Ermittlungsbedarf."

„Sie meinen, der Herzinfarkt sei keiner gewesen?"

„Das weiß ich nicht. Zumindest sind die ganzen Umstände mehr als merkwürdig. Und das Klefges nicht weiter ermitteln lassen will, muss einen Grund haben. Was lesen Sie denn da?"

„Das ist der deskriptive Obduktionsbericht von Leonard Kump."

„Woher haben Sie *den* denn?"

„Ich habe ihn mir per WhatsApp zumailen lassen und dann hier ausgedruckt."

„Von wem?"

„Ooch, ich kenne da eine junge Frau, die ist Assistenzärztin in der Pathologie am Marienhospital…"

„Weiß Zymler davon?"

„Nö…"

„Das heißt, Sie handeln hier völlig eigenmächtig?"

„Joop!"

Sie begann, ihm zu gefallen.

„Und, was steht drin, im deskriptiven Obduktionsbefund?"

„Jedenfalls nicht das, was drin stehen sollte."

„Wie meinen Sie das?"

„Nun, es liest sich so, als sei Kump im Krankenhus an einem Herzinfarkt verstorben und nicht unter dubiosen Umständen aufgefunden worden. Es wird zum Beispiel mit keinem Wort auf die Auffinde- und Bekleidungssituation eingegangen, die Blutspuren und Farbreste daran wurden nicht erwähnt. Ihm wurde keine Blutprobe entnommen. War Alkohol im Spiel oder Drogen? Oder beides? Fehlanzeige! Untersuchung des Mageninhalts? Fehlanzeige! Die Untersuchung war anscheinend ergebnisorientiert und wurde von Studierenden an der entkleideten und gewaschenen Leiche vorgenommen, quasi wie im Präp-Kurs."

„Präp-Kurs?"

„Jeder Medizinstudent lernt an den Leichen von Körperspendern, wie der menschliche Körper funktioniert, an manchen Unis gleich im ersten Semester. Da werden Muskeln freigelegt oder Haut vom Fettgewebe getrennt oder innere Organe entnommen und das Gewebe untersucht. Der Mediziner nennt das präparieren. Jedenfalls entspricht die Obduktion von Leonard Kump in keiner Weise den Richtlinien der Deutschen Gesellschaft für Rechtsmedizin."

Schaeffer staunte nicht schlecht.

„Woher haben Sie diese Kenntnisse?"

„Ich habe mal ein bisschen Medizin studiert, aber nach ein paar Semestern gemerkt, dass der Blick unter die Motorhaube des menschlichen Körpers doch nicht meine Baustelle ist und mich bei der Polizei beworben."

„Dann müssen Sie ja älter als dreiundzwanzig sein", platzte es aus Schaeffer heraus.

„Wer sagt, dass ich dreiundzwanzig bin?", fragte sie und stülpte sich dann Kopfhörer über. Bald wiegte sie rhythmisch ihren Kopf hin und her. Eigentlich hätte sie jetzt Zymler informieren sollen, damit der seinerseits wiederum ihren – was war Klefges, Großgroßcousin? – informierte. Caro dachte nicht im Traum daran, ihre Karriere als Spitzel zu beginnen. Irgendetwas war hier faul. Der Fall begann, interessant zu werden.

Musikfetzen einer Heavy-Metal-Band drangen an Schaeffers Ohr. Der stierte mit über dem Kopf verschränkten Händen aus dem Fenster. Unruhig wippte er mit seinem Bürodrehstuhl hin und her. In seinem Kopf drehte sich ein Gedankenkarussell. Was sollte er jetzt tun?

Nach dem, was ihm sein Gegenüber vorhin eröffnet hatte, war es bei der Autopsie der Leiche von Leonard Kump nicht mit rechten Dingen zugegangen. Wenn andererseits sein oberster Vorgesetzter – Klefges – den Fall abschließen wollte und ihm eine entsprechende Weisung erteilte, musste er sich wohl fügen. Wenn Klefges aber etwas vertuschen wollte, und danach sah es aus, und er, Schaeffer, kritiklos dessen Anweisungen ausgeführt hatte, würde er, wenn die Sache aufflog, mit in den Abgrund gerissen werden. Wenn aber die Sache im Sande verlaufen würde und er nicht Klefges Anweisungen Folge geleistet hätte, wäre Schaeffers Karriere zu Ende oder würde zumindest einen empfindlichen Knick bekommen. Was hätte Ellebach getan?

Mit einem Ruck richtete sich Schaeffer auf und griff zum Telefon.

52

Der schwarze Ford Transit bog von der Münstereifeler Straße nach links in die Gottfried-Disse-Straße und sogleich wieder nach links in die Zufahrt zum Euskirchener Marienhospital ab. Zielstrebig nahm der Fahrer im folgenden Kreisverkehr die erste Ausfahrt und brachte wenig später den Wagen im Innenhof, der an drei Seiten von Gebäuden begrenzt wurde, zum Stehen. Fahrer und Beifahrer entstiegen dem Führerhaus. In tadellose schwarze Anzüge, weiße Hemden und schwarze Krawatten gekleidet, schritten sie gemessen und würdevoll, wie es ihrem Berufsstand geziemte, zur Pforte. Einer der beiden schob auf einem ausklappbaren Fahrgestell einen grauen Transportsarg aus schlagfestem Kunststoff, den sie zuvor aus dem Laderaum herausgezogen hatten. Auf ihr Klingeln hin öffnete eine junge Pflegekraft die Tür zur Pathologie und ließ sie eintreten.

„Wir haben den Auftrag, den Leichnam von Herrn Leonard Kump abzuholen", verlangte der größere der beiden Herren.

Er war wohl jenseits der sechzig und ziemlich beleibt. Sein Kollege war auch ungefähr in dem Alter, aber schlank und drahtig. Sie folgten der Pflegekraft zu den Kühlkammern. Sie öffnete die Stahltür der mittleren und zog einen Einschub heraus, auf dem die Leiche Leonard Kumps ruhte. Mit geübtem Griff betteten die beiden Bestatter den Leichnam in den Transportsarg um, quittierten am Schreibtisch, der neben der Kühlzelle stand, den Empfang der Leiche, des Totenscheins und der persönlichen Gegenstände des Toten und brachten alles zu ihrem Leichenwagen. Sie schoben den Sarg in den Laderaum, automatisch klappte das Fahrgestell zusammen. Dann ließen sie die Arretierung der Führungsschienen einrasten, legten den blauen Plastiksack mit den persönlichen Gegenständen daneben und fuhren anschließend angemessen pietätvoll davon. Wenig später bog der Ford Transit in Flamersheim in die Pützgasse ein.

Vor einem Geschäftshaus wurde er langsamer und fuhr durch eine überbaute Toreinfahrt, über der eine recht verwitterte Tafel mit der Aufschrift „Peter Doppelfeld, Schreinerei & Bestattungen" auf die Art der Geschäfte, die hier getätigt wurden, hinwies, in den Innenhof. Dort erwartete sie bereits ein untersetzter Herr mit ausgeprägter Glatze und einem moosgrünen, rechtsgesteuerten Land Rover Defender mit geschlossenem Kastenaufbau.

Der kahlköpfige Fahrer öffnete die Hecktür, die beiden schwarz gekleideten Herren zogen den Transportsarg aus dem Laderaum des Transit und verfrachteten ihn sowie den blauen Plastiksack mit den persönlichen Gegenständen des Toten in den Laderaum des Land Rovers. Der beleibtere der beiden Bestatter kletterte auf den Beifahrersitz, und der Kahlköpfige steuerte den Land Rover vom Hof der Schreinerei.

53

Der Land Rover fuhr über die Große Höhle ortsauswärts. Nachdem er die Nachkriegssiedlung am Ortsende, die die Einheimischen aus unerfindlichen Gründen „Weihnachtsinsel" nannten, passiert hatte, bog er nach rechts ab. Vor einem alleinstehenden Haus kam er kurz zum Stehen und setzte dann rückwärts in das Karree, welches das Haus mit seinen Nebengebäuden bildete. Die beiden Insassen stiegen aus, und der Fahrer öffnete die Tür zum Laderaum. Jodokus Ellebach und Dr. Gabriel Kurth zogen den Transportsarg heraus und trugen ihn zu dem Nebengebäude, in dem Tierarzt Dr. Kurth normalerweise Operationen an Hunden und Katzen vornahm.

„Das ging ja einfacher als gedacht", grinste Ellebach über das ganze Gesicht.

„Wenn der Sausack nur nicht so schwer wäre", entgegnete Kurth. „Komm, wir legen ihn auf den OP-Tisch."

Gabriel Kurth, Peter Doppelfeld und Jodokus Ellebach waren die einzigen Jungs ihres Geburtsjahrgangs gewesen, die 1959 – damals begann das Schuljahr noch nach den Osterferien – in der Flamersheimer Volksschule eingeschult worden waren, ansonsten bestand ihre Klasse nur aus Mädchen. Zuvor hatten die drei den katholischen Kindergarten besucht, der seinerzeit noch von Nonnen auf dem Gelände des Flamersheimer Klosters geführt worden war, das heute nicht mehr existierte. Nur den Kindergarten gab es noch immer. Am Ende der Grundschulzeit trennten sich dann ihre Wege: Gabriel Kurth besuchte das Städtische Gymnasium in Rheinbach, studierte nach dem Abitur Tiermedizin in Gießen und ließ sich später als Tierarzt in Flamersheim nieder.

Jodokus Ellebach besuchte die Städtische Realschule für Jungen in Euskirchen und durchlief nach Erlangung der Mittleren Reife die Laufbahn im mittleren Polizeivollzugsdienst. Per Verwendungsaufstieg wechselte er später in den gehobenen Dienst und zur Kripo.

Peter Doppelfeld erwarb einen klassischen Volksschulabschluss und ging mit vierzehn Jahren bei seinem Vater in die Lehre zum Schreiner, nebenbei betrieb der alte Doppelfeld sein Bestattungsunternehmen. Beide Geschäfte übernahm Peter Doppelfeld nach dem Tod seines Vaters.

Trotz ihrer unterschiedlichen Lebenswege blieben sie sich in Freundschaft verbunden, auch eingedenk gemeinsam verbrachter Sommerferien und erster Erfahrungen mit Alkohol und Mädchen bei den in den 60er Jahre populären Kellerpartys. Ellebach erinnerte sich, wie sie einmal in schneller Abfolge aus Kaffeetassen eine Flasche Korn, Marke „Alter Sieger", geleert hatten und er, nahe dem Delirium, auf einer Campingliege im Doppelfeld'schen Partykeller, seinen Rausch ausgeschlafen hatte. Bis zum heutigen Tage konnte er keinen klaren Korn riechen, ohne dass ihm schlecht wurde.

Ellebach hatte nicht lange reden müssen, um die beiden zum Mitmachen zu bewegen, nachdem er ihnen Sinn und Zweck seiner Idee erläutert hatte. Mittlerweile in voller OP-Montur, beugten sich Ellebach und Dr. Kurth über Leonard Kump.

„Mann, hat der viele Haare", staunte Ellebach. „Überall…, außer auf dem Kopf."

„Ich weiß…", seufzte Dr. Kurth, und seine blankpolierte Glatze spiegelte das Licht der OP-Lampe wider. „Aber kein Problem, ich habe oft mit stark behaarten Patienten zu tun." Die Augenfältchen verrieten, dass Gabriel Kurth unter seiner Schutzmaske grinste. „Die haben ihn ja sauber seziert und wieder zugenäht", deutete er auf den Y-Schnitt, der schräg von den beiden Schlüsselbeinen zum Brustbein hin und dann gerade bis zum Schambein hin verlief. Auch die Schädelhöhle war geöffnet und wieder verschlossen worden.

„Ich bin zwar kein Humanmediziner, aber den Tod durch Herzversagen halte ich nach äußerem Anschein auch für wahrscheinlich."

„Die Frage ist nur, wodurch dieses Herzversagen ausgelöst wurde", meinte Ellebach.

„Eben. Soweit ich weiß, litt der liebe Leonard nicht an einer Herzschwäche", entgegnete Dr. Kurth und zog mit einer Spritze Blut aus der Oberschenkelvene der Leiche. Die Probe stellte er sogleich in den Kühlschrank."

„Was machst du damit?", wollte Ellebach wissen.

„Ich werde später den Blutalkoholgehalt bestimmen."

„Schau mal, wie friedlich der jetzt aussieht, fast schon liebenswürdig."

„Komm', lass uns ihn mal umdrehen."

Leonard Kump wurde in die Bauchlage gebracht.

„Mann o Mann, auf dem Rücken hat der ja noch mehr Haare."

Ellebach war fassungslos. Kurth inspizierte mit Hilfe seiner Finger sorgfältig Kumps rückwärtige Ansicht.

„Wonach suchst du da?"

„Ich suche nach Einstichstellen. Vielleicht hat man ihm ja etwas injiziert, dass das Herzversagen hervorgerufen hat."

Suchend tasteten sich seine Finger vor.

„Hier!", rief er triumphierend und teilte den haarigen Bewuchs auseinander, so dass die Haut zu sehen war. „Reich' mir mal die Lupe da von meinem Schreibtisch."

Durch das Vergrößerungsglas waren deutlich vier feine Einspritzungsmerkmale am unteren Rücken zu sehen, die von Kumps dichtem Haarpelz verdeckt worden waren. Kurth griff nach einem elektrischen Rasierapparat, mit dem sonst bei Hunden und Katzen das Operationsfeld freigelegt wurde und schnitt die Stelle frei. Dann nahm er eine Digitalkamera und schoss ein paar Fotos aus verschiedenen Winkeln.

„Man könnte meine, du hättest das schon öfter gemacht", kommentierte Ellebach.

Ohne zu antworten, setzte Kurth jetzt ein Skalpell an und präparierte aus der Region um die Einstichstellen zwei Gewebeproben. Von zwei weit von den Einstichstellen entfernten Körperpartien entnahm er zwei Vergleichsproben. Er richtete sich auf.

„So, Schwester, sie können den Patienten jetzt zunähen", grinste er Ellebach an und zog sich die Schutzmaske vom Gesicht. „Ich werde die Gewebeproben jetzt im Labor untersuchen. Das kann aber etwas dauern. Ich schlage vor, dass du unseren Freund hier in der Zwischenzeit zu Peter zurückbringst, damit er ihn für die Beerdigung aufhübschen kann."

„Was vermutest du in Bezug auf die Einstichstellen?"

„Es hat vor vielen Jahren in England mal einen Fall gegeben, wo ein Mann, er war Krankenpfleger, seine Frau mit Insulin umgebracht hat. Und die vier Einstiche in Kumps Schokoladenseite erinnern mich fatal daran."

„Woher weißt du das?"

„Ich lese Krimis. Nach einem harten Arbeitstag, an dem ich womöglich mit einem Arm bis zur Achselhöhle im Uterus einer Kuh herumgewerkt habe, gibt es für mich nichts Entspannenderes als ein bisschen Mord und Totschlag. Wenn man jemandem eine ausreichende Überdosis Insulin verabreicht", fuhr Dr. Kurth fort, „führt das dazu, dass der Blutzuckerspiegel stark absinkt, die Durchblutung der Herzkranzgefäße vermindert wird und sich ein Pseudo-Herzinfarkt einstellt. Das beigebrachte Insulin baut sich innerhalb von vier Stunden ab und ist dann im Körper fast nicht mehr nachweisbar. Ich sage fast, weil die Rechtsmediziner damals in England eine Methode gefunden haben, wie es doch nachgewiesen werden kann. Und die werde ich jetzt anwenden."

„Wie kommt man denn an das nötige Insulin heran?"

„Das ist für Mediziner, Apotheker und Pflegepersonal kein Problem, übrigens auch für Tierärzte nicht. Und für Diabetiker natürlich auch nicht. Die bekommen normalerweise einen Vorrat für das ganze Quartal verschrieben. Da ist es einfach, über einen längeren Zeitraum eine letale Dosis abzuzwacken."

„Kump wird aber sicher nicht stillgehalten haben, während ihm jemand die Spritzen setzte."

„Das ist anzunehmen. Vielleicht ist er vorher ausgeknockt worden. Mit Alkohol. Oder K.o.-Tropfen. oder mit beidem. Wir werden sehen. Werfen wir noch einen Blick auf seine Klamotten."

Aus Leonard Kumps Oberhemd schnitt Dr. Kurth ein kleines, mit Blut getränktes Stoffquadrat aus und legte es beiseite.

„Das wird ihn nicht stören, er braucht das Hemd ja nicht mehr", kommentierte er lakonisch sein Tun. Er wollte später bestimmen, ob es sich um Menschen- oder Tierblut handelte.

„Was ist mit der Farbe?", fragte Ellebach.

Dr. Kurth löste mit einem Skalpell vorsichtig eine Probe der blauen Farbanhaftung von Kumps Hose und steckte sie in einen Briefumschlag.

„Die heben wir mal für alle Fälle auf. Untersuchen kann ich die nicht. Ich bin nur Tierarzt und kein Kriminallabor. Aber hier, zu dem was unter seinen Schuhen haftet, dazu kann ich schon was sagen."

Mit der Pinzette hielt er Ellebach einen etwa ein Zentimeter langen, braunen, spindelförmigen Gegenstand entgegen, den er zwischen Absatz und Sohle gefunden hatte.

„Was ist das?"

„Das, mein Lieber, ist ein Embryo. Und zwar von Fagus sylvatica, von einer Rotbuche."

„Ein Embryo von einer Buche? Das habe ich noch nie gehört."

„Deswegen bist du Polizist und ich Naturwissenschaftler. Aber du kennst Bucheckern. Biologisch gesehen sind das Nüsse, und das, was sich unter der harten, holzigen Fruchtwand in ihrem Inneren verbirgt, ist der Samen. Der Same besteht aus einem Embryo mit dicken Keimblättern, die den Embryo bis zur Keimung mit Nährstoffen versorgen. Die Fruchtwand platzt bei passender Witterung im Frühjahr auf, und der Samen kann keimen.

Dieser hier hat das nicht getan. Vielleicht konnte er dort, wo er hingefallen ist, keine Wurzeln bilden, vielleicht ist es eine taube Nuss gewesen. Jedenfalls muss der liebe Leonard erst kürzlich in der Nähe einer Buche gewesen sein."

„Vielleicht im Wald?"

„Vielleicht im Wald!"

„Da hat es sich doch gelohnt, dass wir dich haben studieren lassen", grinste Ellebach.

Dr. Kurth steckte den Buchenembryo ebenfalls in einen Umschlag. Anschließend legten sie Kumps Leiche samt dem blauen Müllsack mit seiner Kleidung wieder in den Transportsarg und schoben diesen auf die Pritsche des Land Rovers.

Ellebach rümpfte die Nase.

„Höchste Zeit, dass er wieder in die Kühlung kommt. Er fängt langsam an zu müffeln."

„Ein Stinkstiefel bleibt eben ein Stinkstiefel…"

Ellebach hatte sich hinter das Steuer geklemmt und wollte gerade abfahren, als ein ihm nur zu bekanntes Fahrzeug auf den Hof fuhr und sich vor den Land Rover stellte. Schaeffer stieg aus seinem grauen Dienst-Golf aus und ging zielstrebig auf Ellebach zu. Caro Mayntz folgte ihm auf dem Fuße.

„Morgen, Chef", grüßte er.

„Morgen, Schaeffer. Was machst du denn hier?"

„Ich habe Josi angerufen und erfahren, wo Sie sind und was Sie gerade anstellen. Wo ist Kump?"

„Da drin", deutete Ellebach mit dem Daumen auf den Land Rover. „Aber wo sind deine Manieren? Willst du uns nicht vorstellen?"

„Wie? Ach so, ja, das ist Kommissarsanwärterin Caroline Mayntz. Ich glaube, Sie hatten gestern schon mal telefonisch das Vergnügen. Caro, das ist Jodokus Ellebach, Kriminalhauptkommissar im hoffentlich baldigen

Ruhestand, der sich ungefragt in unsere Ermittlungen einmischt."

„Ich helfe gern, wo immer ich kann", gab Ellebach zurück.

„Ich habe Sie mir ganz anders vorgestellt", piepste Caro Mayntz.

Ellebach schaute sie an, wie man einen exotischen Schmetterling betrachten würde.

„So, wie denn?"

„Nun ja…, nicht so…so fett!"

Ellebach lächelte säuerlich. Caro trug wieder ihr schwarzes Trägershirt, die Jeans-Hotpans und die knöchelhohen Leinenstiefel mit den umgeschlagenen Schäften.

„Wie eine Polizistin sehen Sie auch nicht gerade aus, so, so…also, wenn Sie meine Tochter wären…"

„Das ist uns Gott sei Dank beiden erspart geblieben!", konterte Caro.

„Könnten Sie beide mal mit dem Turteln aufhören?", unterbrach Schaeffer grinsend, wurde aber sofort wieder ernst. „Chef, wie kommen Sie eigentlich dazu, Kumps Leiche zu entführen?"

„Ich weiß nicht, was du willst, Schaeffer. Ich habe lediglich meinem Freund Peter geholfen. Die Leiche war ja freigegeben, und er hat von der Familie den Auftrag zur Bestattung erhalten. Alles total legal!"

„Bis hierhin, ja", gab Schaeffer zu. „Aber wieso haben Sie ihn dann in die Tierarztpraxis geschafft? Fehlte Kump vor der Einäscherung noch die Tollwutschutzimpfung oder was?"

„Was bist du denn so aufgebracht? Ich habe ihn mir nur mal kurz ausgeliehen, damit mein Freund Gabriel ein paar Untersuchungen an Kump anstellen kann, bevor der in Rauch aufgeht. Das Marienhospital hat ja eine natürliche Todesursache bescheinigt und Schaeffer, das glauben wir ja beide nicht, oder?"

„Kein Stück! Caro, also Frau Mayntz, hat sich den eigentlich gesperrten Obduktionsbericht, nun ja, besorgt und festgestellt, dass es bei der Obduktion nicht mit rechten Dingen zugegangen sein muss."

„So?" Ellebach hob fragend seine Augenbrauen. „Dann kommt mal mit rein."

Sie fanden Dr. Kurth in seinem Labor, als er gerade einer Futtermaus eine Blutprobe injizierte.

„Ah, Sie machen die Uhlenhuth-Probe!", strahlte Caro Mayntz.

Schaeffer und Ellebach schauten sich fragend an.

„Hallo, Herr Schaeffer, wen haben Sie mir denn da mitgebracht?" Kurth blickte von seiner Arbeit auf und musterte die Lara-Croft-Punk-Polizistin.

„Ich bin Caro Mayntz und arbeite bei Herrn Schaeffer im Kommissariat", plapperte Caro Mayntz. Sie streckte ihre Hand aus, die Kurth ergriff und schüttelte.

„Haben Sie noch einen Kittel?", erkundigte sich Caro.

„Kittel?"

„Ja, ich helf' Ihnen schnell. Sie machen doch gerade eine Blutartbestimmung, oder nicht?"

Kurth war perplex. „Woher wissen Sie…?"

„Die Kollegin ist vom Fach. Sie wollte mal Ärztin werden, entschied sich aber später für den seriösen Beruf der Polizistin", schaltete sich Schaeffer ein.

„So? Ja dann…", staunte Kurth und reichte Caro einen Laborkittel. Sofort begann sie, mit Reagenzgläschen zu hantieren.

„Was macht ihr da jetzt?", wollte Ellebach wissen.

„Wir machen die Uhlenhuth-Probe, sagte ich doch", kam es von Caro, und weil Ellebach und Schaeffer offensichtlich nichts verstanden hatte, fügte sie hinzu: „Damit kann man feststellen, ob eine Blutprobe menschlichen oder tierischen Ursprungs ist – und sogar, von welcher Tierart es stammt."

Caro schien in ihrem Element zu sein.

54

Schaeffer und Ellebach hatten sich angeschaut und festgestellt, dass sie im Moment bei Dr. Kurth nichts weiter tun konnten.

„Ich bringe besser Kump wieder zu Peter zurück."
Ellebach wandte sich zum Gehen und enterte im Hof den Land Rover.

„Ich komme mit!" Schaeffer stieg zu ihm in die Fahrerkabine. Der Land Rover des Tierarztes war im Ort bekannt wie ein bunter Hund, auch weil er der einzige Land Rover in der ganzen Gegend war, der rechts gesteuert wurde.

Dr. Kurth hatte das unverwüstliche Gefährt in den Neunzigern direkt in Schottland von einem Farmer gekauft, der seinen Betrieb aufgeben musste. Dessen Schafherde war mit Scarpie, der tödlichen Traberkrankheit, infiziert gewesen und musste komplett gekeult werden. Die BSE-Krise trieb damals ihrem Höhepunkt entgegen. Britisches Rind- und Lammfleisch waren in Verruf geraten und nahezu unverkäuflich gewesen, auch wenn auf der Insel einige Landwirtschaftsfunktionäre mit stoisch zur Schau getragener Gelassenheit öffentlich Fleisch britischer Herkunft verspeisten. Viele Farmer waren ruiniert. Derjenige, dem Dr. Kurth seinen Land Rover abgekauft hatte, hatte zu seinem Glück später Arbeit auf einer der Ölbohrinseln vor der schottischen Küste gefunden.

Wenn Dr. Kurth seine Visiten auf den umliegenden Bauernhöfen machte, nahm er stets seinen Border Collie mit auf Tour. Mit den Hinterbeinen auf dem Beifahrersitz, stützte sich der Hund dann mit den Vorderpfoten auf dem Armaturenbrett ab und schaute durch die Windschutzscheibe. Mit bübischem Grinsen erzählte Dr. Kurth immer wieder gerne die Geschichte, wie er auf einem Wirtschaftsweg einem Bauern mit seinem Traktor begegnete, der diesen vor Schreck in den Graben fuhr, weil er dachte, der Hund steuere den Land Rover.

Den Platz des Hundes nahm jetzt Schaeffer ein. Es fiel nicht weiter auf, wenn Ellebach am Steuer saß. Es kam hin und wieder vor, dass Ellebach sich den Land Rover auslieh.

Er lenkte den Geländewagen in die Einfahrt von Peter Doppelfelds Bestattungsinstitut. Wie auf Kommando trat der Bestatter aus seiner Werkstatt heraus, und gemeinsam trugen sie die sterblichen Überreste von Leonard Kump zur Kühlkammer, seiner vorletzten Ruhestätte.

„Was passiert denn jetzt weiter mit Kump?", wollte Schaeffer wissen.

„Die Familie wünscht, dass der Leichnam verbrannt wird. Ich arbeite mit dem Krematorium in Venlo zusammen und werde die Leiche nach dort überführen."

„Wieso in Venlo?"

„Soweit ich weiß, will die Familie die Asche später verstreuen. Das ist nach dem deutschen Bestattungsrecht unmöglich, die Holländer erlauben es aber. Die Urne muss nach der Verbrennung nur 30 Tage in den Niederlanden verbleiben. Danach können die Angehörigen frei darüber verfügen. Meistens wird sie per Post zugeschickt."

„Und die zweite Leichenschau?", fragte Ellebach.

„Die ist auch in Holland vorgeschrieben, und ich habe sie veranlasst. Der Amtsarzt kommt heute Nachmittag bei mir vorbei."

„Und wenn er die Stellen entdeckt, wo Gabi die Proben entnommen hat?"

„Das wird er nicht. Ich werde ihm den Verblichenen auf dem Rücken liegend präsentieren, dazu den Totenschein des Marienhospitals, er wird einen Blick auf Leonard Kump werfen und sein Plazet geben – reine Formsache. Das ist so, als ob der TÜV in die Autowerkstatt kommt. Die Werkstatt hat schon alle Prüfungen durchgeführt, und der TÜV-Mann bringt nur noch die Plakette auf dem Nummernschild an."

„Was ist mit der Abgasuntersuchung?", grinste Ellebach.

„Die entfällt, obwohl hier einiges zum Himmel stinkt…"

„Wann bringen Sie Kump nach Holland?", wollte Schaeffer wissen.

„Wenn ich alle Papiere zusammen habe, faxe ich die nach Venlo, und das dortige Krematorium teilt mir den Termin mit. Im Gegensatz zu hier verfügen niederländische Krematorien nicht über eine Kühleinrichtung. Die Leichen müssen also „just in time" angeliefert werden. Solange wohnt Leonard Kump in meinem Kühlraum", sagte Doppelfeld und fügte hinzu: „Zu seinen Lebzeiten wäre mir der Drecksack nicht in die Bude gekommen!"

„Kannst du mit der Anmeldung in Venlo noch etwas warten?", bat Ellebach. „Es ist gut möglich, dass wir Kump noch einmal brauchen."

„Solange kein anderer seinen Frischhalteplatz beansprucht, kein Problem! Die Leute hier sind im Moment sowieso etwas zurückhaltend mit dem Sterben."

55

Dr. Gabriel Kurth fühlte sich zurückversetzt in seine Studienzeit an der Justus-Liebig-Universität in Gießen. Vor mehr als dreißig Jahren hatte er dort über Diabetes Mellitus beim Canus lupus familiaris promoviert. Der gemeine Haushund litt an der Zuckerkrankheit genauso wie sein zivilisationsgeschädigtes Herrchen. Hier wie dort gab es den Typ-1-Diabetiker, dessen Bauchspeicheldrüse kein Insulin produzierte, was meistens genetische Ursachen hatte, für die der Patient nichts konnte, und den Typ-2-Diabetiker, dessen Erkrankung das Ergebnis des Wohllebens in der Überflussgesellschaft war.

Kurth konnte sich erinnern, dass während seines Studiums in den 1980er Jahren ein Hundefutterproduzent die Uni um wissenschaftliche Begleitung ersucht hatte, weil er herausfinden wollte, was man einem satten Hund zusätzlich noch füttern könnte. Die Fakultät hatte damals abgelehnt und die angebotenen Fördergelder ausgeschlagen. Genau wie beim Menschen wurde auch dem zuckerkranken Hund das mangelnde Hormon mittels Spritze subkutan zugeführt. Wobei Spritze eine vielleicht etwas irreführende Bezeichnung war. Heutzutage erfolgte die Gabe mit einem „Pen".

Der englische Ausdruck für Füller brachte es auf den Punkt: Das Insulin befand sich in einer Kanüle im Füller, mittels eines Vorwahlrädchens am Schaft konnte die benötigte Dosis eingestellt werden. Die verwendeten Nadeln waren mittlerweile so dünn, dass so gut wie keine Spuren an der Einstichstelle zu sehen waren, vor allem dann nicht, wenn man nicht gezielt nach ihnen suchte.

Dr. Kurth hatte aus den entnommenen Gewebeproben einen Extrakt hergestellt, den er jetzt in genau definierter Menge einer Maus, die er als Lebendfutter für seine Terrariumschlangen hielt, injizierte. Zufrieden beobachtete er, wie die Maus prompt in konvulsivische Zuckungen verfiel – eine bekannte Wirkung von Insulin. Er wiederholte das Experiment mit einer weiteren Maus, mit dem gleichen Ergebnis. Dann injizierte er einen Extrakt aus der Gewebeprobe, die er weiter entfernt von den Einstichstellen auf Kumps Rückenpartie entnommen hatte. Zwei weitere Futtermäuse mussten dran glauben. Auch sie zuckten, aber die Konvulsionen fielen deutlich geringer aus. Schließlich maß er noch den Blutzucker der kleinen Nager. Aus dem Resultat schloss er, dass die Gewebeproben, die er an den Einstichstellen entnommen hatte, am aktivsten waren. Wäre es Kumps körpereigenes Insulin gewesen, hätte es im Körper gleichmäßig verteilt gewesen sein müssen. Er hatte also recht gehabt!

Er reckte sich und erhob sich von seinem Laborhocker. Caro Mayntz werkelte derweil weiter an der Blutprobe, die Dr. Kurth aus der Beinarterie entnommen hatte und an der Bestimmung der Blutart von dem Blut auf Kumps Hemd.

Zeit für eine kleine Belohnung! Dr. Kurth zog einen Aktenordner mit der Aufschrift „Biomedizin" aus dem Regal über dem Schreibtisch, entnahm der Leerstelle eine halbvolle Flasche Laphroaig und goss sich zwei Finger hoch in ein Messglas. Er schwenkte die bernsteinfarbene Flüssigkeit ein wenig herum und verfolgte, wie ein öliger Flüssigkeitsfilm langsam am Glas herunterrann. Dann sog er genüsslich den Duft nach Torfrauch, Meer und Teer ein, ließ den Whisky langsam über die Zunge rinnen und genoss den trockenen Abgang mit viel Torf der Insel Islay.

Auf den Whiskygeschmack war er während seiner Auslandssemester an der University of Edinburgh gekommen. Dort hatte er nicht nur seine Kenntnisse in Biochemie vertieft, sondern auch profunde Kenntnisse im Whiskytasting erworben. Überhaupt war er Schottland verfallen und hatte sich den britischen way of life perfekt zu eigen gemacht.

Er trug stets sich einander gleichende schottische Lambswool-Pullover und Kleidung aus Harris-Tweed, die im Winter warm und im Sommer angeblich kühl war. Als Student hatte er einen uralten Morris Minor Kombi mit dem charakteristischen Sperrholzaufbau gefahren und seither ein Faible für fahrbare Untersätzen aus britischer Produktion, die – wahrscheinlich zu Recht – in der heutigen automobilen Welt keine Rolle mehr spielten. Neben dem Land Rover besaß er noch einen 30 Jahre alten Rover Vanden Plas – natürlich rechtsgelenkt – mit einem V8-Motor und einem Hubraum von 3,5 Litern, den der Hersteller seinerzeit von der amerikanischen Autoschmiede Buick bezogen hatte und dessen Verbrauch jenseits von gut und böse lag.

Wenn Gabriel Kurth im Ledersitz hinter dem Lenkrad saß, mutete der Wagen an wie für ihn gemacht und unterstrich noch sein Image eines britischen Landjunkers. Mit seiner untersetzten Figur, dem kahlen Schädel und dem markanten Schnauzbart wirkte er wie der Vater aus Erich Ohsers Cartoon-Serie „Vater und Sohn". Trotz seines rundlichen Äußeren hatte er Schlag bei Frauen, ohne jedoch sich jemals auf eine einzige festgelegt zu haben. Vielmehr eilte ihm der Ruf voraus, bevorzugt mit verheirateten Frauen anzubandeln. Die waren meist pflegeleicht und stellten keine Besitzansprüche.

Seine Tierarztpraxis umfasste hauptsächlich Wiederkäuer, Schweine und Pferde. An zwei Nachmittagen in der Woche behandelte er Kleintiere, dabei ging ihm eine ältliche Tierarzthelferin zur Hand, den Haushalt besorgte ihm eine noch ältlichere Zugehfrau, die beide nicht in sein Beuteschema passten.

Von draußen drang das Nageln eines starken Dieselmotors an sein Ohr. Ellebach brachte den Land Rover zurück! Dr. Kurth trank den restlichen Whisky aus, räumte die Flasche wieder ins Regal und erwartete Ellebach und Schaeffer in der offenen Labortüre.

„Hi, Gabi, was gibt's Neues?", fragte Ellebach, nachdem er seinen massigen Körper aus dem Führerhaus des Geländewagens geschält hatte.

„Es ist so, wie ich gedacht hatte. Jemand hat Kump eine Überdosis Insulin verabreicht", sagte er und erläuterte den beiden das Resultat seiner Untersuchung.

„Frau Mayntz arbeitet noch an der Analyse der Blutprobe und der Blutspuren von Kumps Kleidung. Mit der haben Sie aber einen guten Fang gemacht!", wandte er sich an Schaeffer, der widerwillig zustimmend nickte.

„Ihr Äußeres ist aber…gewöhnungsbedürftig", moserte Ellebach.

„Hast du die letzte Zeit mal in den Spiegel geschaut?", feixte Dr. Kurth.

Ellebach schaute an sich herunter. Er steckte noch in seinem schwarzen Anzug, mit dem er sich als Bestatter verkleidet hatte. Er sah aus wie ein zu groß gewordenes Kommunionkind.

„Wieso? Ist doch total seriös, mein Outfit!"

„Wenn du meinst…"

„Was riecht denn hier so nach…nach Vanille und Rauch?" Neugierig schnüffelte Ellebach in Kurths Atemluft. „Hast du etwa getrunken? Stimulierende Flüssigkeiten? Allein?"

„Ich nenne es zweites Frühstück."

„Ich habe auch Hunger."

Grinsend zog Dr. Kurth wieder den „Biomedizin"-Ordner heraus und füllte zwei Messgläser zwei Finger hoch mit dem „Wasser des Lebens". Sie stießen an, und für ein paar Momente herrschte andächtiges Schweigen. Schaeffer hatte das angebotene Glas mit dem Hinweis: „Ich bin im Dienst!", abgelehnt.

„Du weißt, dass Alkohol ein schleichendes Gift ist?", unterbrach Dr. Kurth schließlich die Andacht.

„Ich hab's nicht eilig…"

„Meine Herren, wenn ich um Ihre Aufmerksamkeit bitten dürfte."

Unbemerkt war Caro Mayntz hinzugetreten und beäugte kritisch die Trinkkur der beiden älteren Männer.

„Also, ich hab' jetzt die Ergebnisse. Die Blutalkoholkonzentration betrug 1,9 Promille, also quasi Vollrausch, und das Blut auf Kumps Hemd ist eindeutig Geflügelblut, und zwar vom Gallus gallus domesticus, dem gewöhnlichen Haushuhn."

„Alkohol und Hühnerblut?", staunte Schaeffer.

„Aber das ergibt doch gar keinen Sinn!"

Ellebach durchzuckte ein Gedanke.

„Vielleicht doch…"

56

„Wir müssen also sicher davon ausgehen, dass Leonard Kump umgebracht wurde", schlussfolgerte Schaeffer. „Aber wann, wo, warum und vor allem: von wem?"

„Das müsst Ihr herausfinden", warf Dr. Kurth ein. „Ihr seid die Polizei, ich hab' auch noch etwas anderes zu tun…"

„Ich schlage vor, dass du mich nach Hause fährst", wandte sich Ellebach an Schaeffer. „Ich ziehe mir was Netteres an, Josi macht uns Kaffee und wir halten bei mir eine Dienstbesprechung ab."

„Chef, Sie sind nicht mehr im Dienst, schon vergessen?"

Ellebach warf Schaeffer einen vernichtenden Blick zu.

„Also gut, Schaeffer, nennen wir es ein informelles Gespräch, wenn dir das besser gefällt!"

Kurze Zeit später bevölkerten sie die Sitzgruppe unter dem Sonnenschirm in Ellebachs Innenhof. Caro hockte in einem Sessel, ihre Knie unter das Kinn gezogen und ihre Unterschenkel mit ihren Armen umschlungen. Ihr Einsatzkoppel baumelte an der Sessellehne. Josi hatte sich ihr gegenüber platziert und blickte sie mit besorgtem Gesichtsausdruck an.

„Sie sind aber mager. Haben Sie Hunger? Ich habe eben Frikadellen gemacht. Ich kann Ihnen schnell eine holen."

„Vielen Dank, aber ich habe keinen Hunger, und ich bin Veganerin."

„V-e-g-a-n-e-r-i-n?", intonierte Josi fassungslos, "Heißt das, Sie essen gar kein Fleisch? Na ja, dann ist das ja kein Wunder…"

„Ich esse und trinke nichts, was tierischen Ursprungs ist."

„Ich schon!", meldete sich Ellebach zu Wort. „Frag mich doch mal, ob ich eine Frikadelle möchte…"

„Du könntest mal ruhig eine Mahlzeit auslassen, so porös wie du bist!", wie ihn Josi zurecht.

„Porös? Du meinst wohl adipös…"

„Könnten wir vielleicht zur Sache kommen?", drängte Schaeffer. „Irgendwann müssen wir auch noch mal zur Dienststelle zurück. Zymler wird sich wundern, wo wir bleiben."

„Gut, also was haben wir?", begann Ellebach. „Nachdem, was Gabriel und Caro herausgefunden haben, wurde Leonard Kump um die Ecke gebracht. Die Frage ist also, wann, wo, wie und von wem."

„Wann, ist ja ziemlich klar. Er wurde am Montagmorgen gegen 4.30 Uhr von einem Zeitungswagenfahrer auf seiner Auslieferungstour gefunden. Der Notruf ging um 4.33 Uhr in der Zentrale ein. Der erste Streifenwagen war um 4.37 Uhr vor Ort, der Notarzt um 4.53 Uhr", zitierte Schaeffer aus dem Einsatzprotokoll. „Die Notärztin stellte den Tod fest. Die Leichenstarre war noch nicht voll ausgebildet, das heißt, der Todeszeitpunkt lag bei den herrschenden Außentemperaturen vermutlich zwischen 22 Uhr und Mitternacht. Wo er zu Tode kam, wissen wir noch nicht. Die Fundstelle ist nicht der Tatort, er ist post mortem transportiert worden."

„Gabriel hat unter seinem Schuh diesen Buchen-Embryo gefunden. An der Landstraße stehen aber keine Buchen. Das heißt, er muss vor seinem Tod irgendwo gewesen sein, wo Buchen wachsen.", gab Ellebach zu bedenken.

„Am besten stellt man zuerst die Frage nach der Gelegenheit, der Möglichkeit und dann nach dem Motiv."

Caro hatte ihre Hockstellung aufgegeben und saß nun aufrecht im Sessel.

„Jedenfalls lernen wir das in der Polizeischule."

„Stimmt!", sagte Schaeffer. „Und die Frage, wer von seinem Tod am meisten profitiert. Fangen wir bei der Familie an. Da wäre zuallererst Cilli, seine Frau. Die beiden lebten wohl seit Jahren getrennt, wohnten aber noch im selben Haus. Als ich das erste Mal bei der Familie war, zeigte sie überhaupt keine Trauer. Sie schien sogar froh zu sein, dass Kump tot ist. Möglicherweise erbt sie sein Vermögen. Könnte sie ihren Mann getötet haben? Unter bestimmten Voraussetzungen vielleicht. Aber er hätte sicher nicht stillgehalten, wenn sie ihm die Injektionen mit Insulin verabreicht hätte, und sie könnte ihn niemals alleine transportiert haben. Der wog ja 105 Kilo."

„Den konnte auch keiner allein bewegen. Gabi und ich haben uns ganz schön mit ihm abgeschleppt", sagte Ellebach. „Ich denke, es waren mindestens zwei Leute notwendig, und mir fallen da gleich die beiden Söhne ein."

„Vielleicht passt dazu die Beobachtung der Reitlehrerin, die am Samstagmittag einen weißen Lieferwagen mit der Aufschrift der Autovermietung, die die Kumps betreiben, zum Saunaclub hat fahren gesehen", überlegte Schaeffer. „Nach ungefähr zehn Minuten soll er dann wieder dort weggefahren sein. Genug Zeit, um eine Leiche einzuladen. Das würde bedeuten, dass Leonard Kump im ,Club Aphrodies' umgebracht worden ist."

„Kump ist nicht am Samstag umgebracht worden", warf Caro ein. „Nach Aussage der Notärztin vor Ort war er am Montagmorgen beim Auffinden der Leiche erst etwa sechs bis acht Stunden tot."

„Also hat man ihn irgendwo gefangengehalten, bevor man ihn um die Ecke gebracht hat. Dann hängt die Jeremenkova alias Marilyn mit drin. Sie hat ihn als Letzte lebend gesehen", sagte Schaeffer.

„Ein Motiv erschließt sich mir hier aber nicht", zweifelte Ellebach. „Bei den beiden Kump-Söhnen ist die Sache klarer. So wie ihr Vater sie behandelt hat, muss sich bei ihnen eine Menge Wut aufgestaut haben."

Schaeffer wischte über sein Smartphone, bis er die Notizen über seinen Besuch im „Club Aphrodies" gefunden hatte.

„Kump kannte die Jeremenkova von früher. Woher genau, wollte sie mir nicht sagen. Aber das kriege ich noch raus. Mir kam es so vor, als habe Kump sie bei der Beteiligung am Umsatz des Clubs übers Ohr gehauen. Das wäre doch ein Motiv!"

„Wir müssen den oder die Mörder jedenfalls im allernächsten Umfeld von Kump suchen", meinte Ellebach, „denn es ging ja nicht einfach um das Ausschalten einer missliebigen Person. Man hätte ihn ja umbringen und einfach verschwinden lassen können. Stattdessen wurde er auf bestimmte Art drapiert. Hier wurden alte Rechnungen beglichen!"

„Vielleicht wollte da jemand ein Fatal setzen", meinte Josi.

„Fanal, Liebes, es heißt immer noch ein Fanal setzen."

Ellebach rollte mit den Augen, nahm einen Schluck aus der Kaffeetasse und fügte dann hinzu: „Aber genau das ist der Casus knacksus! Vor 50 Jahren wurde schon einmal jemand an der Stelle, an der man jetzt Leonard Kump gefunden hat, getötet. Josi hat mich darauf gebracht. Der Mann hieß Konrad Bell und war zum damaligen Zeitpunkt 20 Jahre alt. Er war von einem Auto angefahren worden. An seinen Kleidern fand man nicht nur Blut, sondern auch Anhaftungen von blauer Farbe."

Schaeffer wollte etwas sagen, aber Ellebach fuhr fort:

„Es war am Kirmesdienstag, nur war damals an Kirmesmontag noch Hahnenball, und Leonard Kump war in dem Jahr der Hahnenkönig gewesen."

„Was ist ein Hahnenkönig?", wollte Caro wissen.

Ellebach erkläre ihr kurz den Ablauf der Flamersheimer Kirmes Anno 1964, deren Höhepunkt der archaische Brauch des Hahneköppens gewesen war.

„Wie gruselig", schauderte sich Caro. „Und wir haben Hühnerblut auf Kumps Hemd gefunden. Ob es da einen Zusammenhang gibt?"

„Ja, das denke ich", bestätigte Ellebach. „Also, Konrad Bell war damals beim Bund gewesen und hatte wegen der Kirmes Heimaturlaub gehabt. Am Dienstagmorgen hatte er sich zu Fuß nach Kuchenheim aufgemacht, um von dort mit der Bahn nach Bonn und dann weiter zu seiner Einheit nach Koblenz zu fahren. Ein vorbeikommender Milchlastwagenfahrer hatte ihn frühmorgens blutüberströmt am Straßenrand liegen sehen und die Polizei gerufen. Den Unfallverursacher hat man nie ermitteln können. Ein klassischer Fall von Unfallflucht."

„Es heißt, dass Konrad damals ein Krößjen mit Cilli Hackhausen, der heutigen Cilli Kump, gehabt hatte", berichtete Josi aus dem Gespräch, das sie mit ihren Freundinnen an der Steinbachtalsperre geführt hatte.

„Was ist ein Krößjen?", fragte Caro.

„Eine Liebschaft, ein Verhältnis, eine Affäre – so etwas! Jedenfalls sagten Henny und Wilma, dass Cilli damals schon mit Leonard Kump zusammen war. Aber Konrad hatte auch ein Auge auf sie geworfen. Leonard Kump soll vor Eifersucht gekocht haben, aber Konrad war ihm immer geschickt aus dem Weg gegangen. Kurz nachdem Konrad tot war, hat Cilli Leonard Kump geheiratet. Sie war nämlich schwanger. Im Dorf wurde geklatscht, dass das Kind nicht von Leonard war, sondern von Konrad. Wilma meinte, von der Statur her käme das hin. Manfred Kump ist ja nicht gerade ein Riese. Im Gegensatz zu Karl Heinz hätten seine Gesichtzüge auch überhaupt keine Ähnlichkeit mit Leonard."

„Was sollen wir jetzt mit diesen Informationen und uralten Gerüchten anfangen?", sinnierte Schaeffer. „Wie soll das zusammenpassen? Wo sollen wir da mit den Ermittlungen ansetzen?"

„Was ist mit seinem Porsche? Und dem Handy?", wollte Ellebach wissen.

„Der Porsche wurde zuletzt am vergangen Samstag gesehen, wie er zum Saunaclub fuhr." Schaeffer gab kurz wieder, was ihm die Reitlehrerin berichtet hatte. „Und sein Handy ist nirgendwo aufzufinden", fuhr er fort. „Ich habe die Nummer angerufen, aber da läuft nur die Ansage, dass der Angerufene im Moment nicht zu erreichen ist. Wir bräuchten eine Fahndung nach dem Porsche, einen Einblick in die Unterlagen der Autovermietung und eine Funkzellenauswertung. Können wir aber alles nicht machen, weil der Fall offiziell ja abgeschlossen ist."

„Die Todesursache war eine Überdosis Insulin. Wir sollten ermitteln, wer in Kumps Umfeld Diabetiker ist", schlug Caro vor.

„Guter Gedanke! Da brauchen wir aber eine richterliche Verfügung zur Aufhebung der ärztlichen Schweigepflicht", gab Schaeffer zu bedenken. „Die würden wir nur bekommen, wenn wir ein offizielles Obduktionsergebnis hätten. Dieser Spur können wir also auch nicht nachgehen!"

„Die Leute hier gehen alle zu Dr. Caspari. Meine Freundin Wilma arbeitet dort als Sprechstundenhilfe. Ich frag' sie mal, ob einer von den Kumps bei ihnen in Behandlung ist", bot Josi an.

„Wie, und das sagt sie dir dann einfach so?", wunderte sich Schaeffer. „Was ist denn mit dem Arztgeheimnis?"

„Das bleibt das Arztgeheimnis. Ich frage ja schließlich nicht den Doktor…"

„Mit dem Porsche kann ich leider auch nicht weiterhelfen, mit der Funkzellenauswertung schon", bot Caro an. Alle Blicke richteten sich auf sie.

„Wie das denn?", fragte Ellebach.

„Es gibt im Internet so ein Programm, mit dem man ein Handy orten kann, auch wenn es ausgeschaltet ist. Zumindest kann man damit feststellen, wo es zuletzt eingeloggt war."

„Ist das denn erlaubt?", fragte Josi.

„Natürlich nicht…", grinste Caro.

Ellebach durchzuckte plötzlich ein Gedanke, und für seine Verhältnisse erhob er sich blitzartig aus seinem Liegestuhl.

„Ich rufe noch mal bei Peter Eicks an."

„Wer ist Peter Eicks?", wollte Caro wissen.

„Peter Eicks war in den 1960er Jahren hier der Dorfsheriff", antwortete Ellebach, schon halb im Gehen begriffen. „Sagen Sie mal, wo kommen Sie eigentlich her?"

„Aus Klein Reken, im westlichen Münsterland."

„Boa, Schaeffer, kannst du deine Mitarbeiterin nicht mal mit den grundsätzlichen Gepflogenheiten im Rheinland vertraut machen?"

Schaeffer wollte etwas erwidern, aber Ellebach war schon im Haus verschwunden.

„Was ist denn das da für ein Brunnen?", fragte Caro jetzt und deutete auf die Replik des alten Urteilssteines.

„Das ist eine Nachbildung des alten Urteilsteins des Flamersheimer Gerichts" klärte Josi sie auf. „Das Original steht hier auf dem Marktplatz. Flamersheim war vom Mittelalter bis zur Franzosenzeit der Hauptort der Grafschaft Tomberg. Es gab hier ein Gericht, das im Dinghaus am Marktplatz tagte. Wenn das Gericht ein Urteil gefällt hatte, schlug der Vogt zur Bestätigung dreimal mit dem Schwert gegen den Stein. Das Dinghaus gibt es nicht mehr, nur noch den Stein. So hat Jo es mir jedenfalls erzählt."

„Was soll ich gesagt haben?" Ellebach hatte sein Telefonat beendet und setzte sich wieder zu ihnen.

„Ach nichts, es ging nur um den alten Urteilsstein."

„So, na, hm. Ich habe Peter Eicks gefragt, ob er sich erinnern kann, wer 1964 die Hahnenkönigin gewesen war. Er konnte: es war Margret Kessel! Sie hatte nach Konrad Bells Beerdigung über Nacht das Dorf verlassen, und ist nie wieder zurückgekehrt. Aber die Welt ist klein. Eicks konnte sich auch noch erinnern, dass ihm ein Bahnpostbeamter, der in Schweinheim wohnte und in Köln arbeitete, erzählt hatte, dass Margret Kessel einen Kollegen von ihm geheiratet hatte. Das muss so um 1969 gewesen sein. Und sie hatte ein Kind mit in die Ehe gebracht – eine Tochter. Die müsste heute um die fünfzig sein..."

57

Schaeffer und Caro hatten Glück. Als sie gegen Mittag zur Dienststelle zurückkehrten, war Zymler nicht in seinem Büro. Unbehelligt nahmen sie ihre Plätze am Schreibtisch ein, und Caro begann sofort, mit ihrem privaten Tablet-PC, den sie in ihrem Schreibtisch deponiert hatte, zu hantieren.

„Was machen Sie da?", fragte Schaeffer.

„Ich versuche, das Handy des alten Kump zu orten", antwortete sie ohne den Blick vom Bildschirm abzuwenden. „So, jetzt brauche ich die Nummer."

Schaeffer diktierte sie ihr in die Tastatur, dann stand er von seinem Platz auf und stellte sich hinter Caro. Gebannt verfolgten sie, wie das Programm, das Caro aufgerufen hatte, Funkzelle um Funkzelle darstellte, die das Handy seit dem vergangenen Freitag passiert hatte.

„Woher können Sie so etwas?", fragte Schaeffer erstaunt.

„Och, ich war mal mit einer Frau zusammen, die mich fortwährend betrogen hat. Als es mir zu dumm wurde, habe ich mal ihr Handy geortet und sie in flagranti mit einer anderen ertappt. Das Programm habe ich mir damals über einen Freund, der ein richtiger Computer-Nerd ist, besorgt. Damit kann man nicht nur das Handy orten, sondern auch die Funkzellen ermitteln, in denen es eingeloggt war. Nachdem ich mich von der Frau getrennt hatte, habe ich das Programm auf dem Tablet „vergessen". Man kann ja nie wissen…"

„Heißt das…Sie sind lesbisch?"

„Ja – und ist das ein Problem?", gab Caro lauernd zurück.

„Für mich nicht – ich bin schwul!"

Sie brachen in befreites Gelächter aus, bis Caro die Tränen die Wangen herunter liefen. Spontan reichte ihr Schaeffer die Hand.

„Ich bin Lothar!"

„Caro", erwiderte sie, dann schaute sie wieder zum Bildschirm und stieß einen leisen Pfiff aus. Das Ortungsprogramm hatte seine Arbeit beendet und die Funkzellen auf einer Landkarte sichtbar gemacht.

„Sieh an, sieh an, unser Freund war am Freitag in Köln, ist am Samstagmorgen nach Schweinheim gefahren und dort bis zum Abend geblieben. Dann hat er eine Tour nach Görlitz – nein, nach Polen gemacht! Und da ist er anscheinend immer noch", kommentierte Caro, was sie auf dem Bildschirm sah.

„In Polen? Das kann aber nicht sein…", wunderte sich Schaeffer.

„Sagen wir mal so: Kumps Handy ist in Polen, um genau zu sein: in Zgorzelec."

Caro öffnete ein neues Fenster und rief Google Maps auf.

„Schau hier, das liegt genau gegenüber von Görlitz."

„Was soll uns das sagen?"

„Willst du meine Theorie hören?", bot Caro an.

„Kann ich es verhindern?", grinste Schaeffer.

„Nein. Also: Kump war von Freitagnachmittag bis Samstagvormittag in Köln. Der Funkmast befindet sich in Neuehrenfeld in der Hornstraße. Was ist dort?"

„Das Pascha, der Kölner Riesenpuff."

„Genau. Da hat er sich wahrscheinlich vergnügt und die tausend Euro auf den Kopf gehauen. Er hat dort auch übernachtet. Dann ist er am Samstagvormittag nach Schweinheim gefahren, in den ‚Club Aphrodies'. Da war sein Handy bis gegen 22 Uhr eingeloggt. Dann bewegt es sich über die A61 und die A4 nach Görlitz und bleibt am Sonntag dort am Funkmast am Bahnhof von 6.45 Uhr bis 9.14 Uhr eingeloggt. Anschließend überquert es die Neiße und gelangt nach Polen. Zuletzt war es an einem Funkmast auf dem Bahnhofsgebäude in Zgorzelec eingeloggt. Nach meiner Theorie hat Kumps Handy in seinem Porsche gelegen, der ja verschwunden ist. Jemand ist in der Nacht von Samstag auf Sonntag damit nach Görlitz gebraust und hat dort das Fahrzeug am Sonntagmorgen an einen Mittelsmann übergeben, der es nach Polen gebracht hat. Dort bekommt der Porsche gerade eine neue Identität und wird dann weiter verschoben. Das Handy wurde bisher von niemandem bemerkt. Entweder, es liegt unter einem der Sitze – dann hätte es eine unglaubliche Akkukapazität – oder Kump hat im Handschuhfach eine Ladestation untergebracht und das Handy hängt dort nach wie vor am Schnorchel."

„Gut, soweit bin ich ganz bei dir. Aber was ist mit Kump geschehen?"

„Du hast doch die Aussage dieser Reitlehrerin, die einen weißen Mietlieferwagen beobachtet hat, der am Samstagmittag im ‚Club Aphrodies' vorgefahren sein soll."

„Ja, mit der Aufschrift „Eurorent", also der des Unternehmens, dessen Mietwagen an der Tankstelle der Kumps in Flamersheim vermietet werden."

„Genau. Also, Kump kommt am Samstagmittag in den Saunaclub. Er trifft sich mit Madlena Jeremenkova, Künstlername: Marilyn. Sie trinken etwas. Marilyn hat Kumps Glas mit K.-o.-Tropfen versetzt. Kump fällt in Ohnmacht. Marilyn ruft in Flamersheim an. Die Gebrüder Kump holen ihn mit dem Lieferwagen ab und bringen ihn an einen anderen Ort. Dort halten sie ihn gefangen und bringen ihn am Sonntagabend um die Ecke. In der Nacht zum Montag transportieren sie seine Leiche – wahrscheinlich wieder mit einem Mietwagen – zu der Stelle, wo sie gefunden wurde und legen sie dort ab."

„Das hört sich plausibel an. Nicht schlecht für eine Kommissarsanwärterin! Jetzt müssen wir es nur noch beweisen. Wenn die Brüder Kump ihren Vater mit einem Mietwagen transportiert haben, dann muss das doch an der Tankstelle aufgefallen sein."

„Wer hatte in der Nacht zum Montag dort Dienst?"

„Marga Morringer. Die will aber nichts Außergewöhnliches bemerkt haben."

„Entweder lügt sie oder sie hängt mit drin."

„Oder beides…"

58

Nachdem Caro und Schaeffer gegangen waren, hatte Ellebach über den Buchenembryo, den Kump unter seinem Schuh gehabt hatte, nachgedacht. Wo könnte er sich den eingetreten haben? Der „Club Aphrodies" war von Koniferen umstanden, im Garten der Villa standen auch keine Buchen, an der Tankstelle sowieso nicht. Er musste im Wald gewesen sein. Welchem Wald? Natürlich! Es fiel ihm wie Schuppen aus den lichter werdenden Haaren.

Kump war ja Jagdpächter im Flamersheimer Wald gewesen, auch in dem Waldstück, das den Ellebachs seit Urzeiten gehörte. Es erstreckte sich linker Hand entlang des Wegs, der zum Hahnenberg, der mit 411 Metern höchsten Erhebung auf dem Gebiet der Stadt Euskirchen, führte und wurde vom Kohlsiefen und der großen Lichtung, die Einheimischen als „Lingscheidts Benden" bekannt war, begrenzt.

Vom Ende der Lichtung war es ein etwa zwei Kilometer langer Fußmarsch über unwegsame Waldwege bis zu Bembergs Häuschen, das Kump als Jagdhütte diente. Oder man nahm die Route über die Fahrstraße, die zum Holztransport diente, aber gut doppelt so lang war. Jedenfalls war es ein prima Versteck, um jemanden gefangen zu halten. Ellebach beschloss, es zu inspizieren. Nur den Fußmarsch dorthin, den galt es zu vermeiden.

„Nicht mehr laufen, Quickly kaufen!", unter diesem Motto hatte die Firma NSU ihr einsitziges Moped in den 1950er Jahren angepriesen, damit auch der letzte Fußgänger von seinem wirtschaftsschädigendem Tun abließ und das deutsche Wirtschaftswunder mit dem Kauf des Mopeds aktiv unterstützte.

In seiner Sammlung verfügte Ellebach über ein grasgrünes Exemplar dieses Vehikels, das dem alten Revierförster gehört hatte, der damit bis in die 1980er Jahre seine Runden im Flamersheimer Wald gedreht hatte. Nachdem der Förster in den Ruhestand gegangen war, hatte Ellebach ihm das Moped abgekauft.

Mit seinen großen 23-Zoll-Rädern war es ausreichend geländegängig, die geschobene Vorderradschwinge und der gefederte Schwingsattel waren hinreichend komfortabel. Das 50-ccm-Motörchen entfaltete 1,7 PS und konnte das Gefährt mithilfe seiner Dreigang-Handschaltung und etwas Rückenwind auch mit einem Schwergewicht wie Ellebach als Fahrer auf sagenhafte 40 km/h beschleunigen. Ellebach schob es aus der Scheune und brachte das linke Pedal in Kickstarter-Position. Mit einem kräftigen Tritt nach unten sprang das Maschinchen an.

„Der Berg ist steil, die Sonne sticht, der Quickly-Fahrer merkt es nicht", kam Ellebach der alte Werbespruch in den Sinn, während er das Moped zum Waldrand lenkte.

Das Kump'sche Jagdrevier war von einem kilometerlangen Zaun umgeben, der das Wild daran hindern sollte, den Wald zu verlassen, um sich auf den angrenzenden Feldern gütlich zu tun.
Das schwere doppelflügelige Gattertor am Hahnenbergweg stand weit offen. Ellebach schüttelte den Kopf. Diese Holztransportfahrer! Waren einfach zu faul, das Gatter hinter sich zu schließen und führten dessen Zweck damit ad absurdum. Er stieg kurz ab und holte das Versäumte nach. Dann gab er Gas und, eine weiße Abgasfahne hinter sich herziehend, lenkte er die Quickly in Richtung Hahnenberg.

Eigentlich war es ein Frevel, mit diesem Zweitakt-Stinker durch die Natur zu knattern. Aber was hieß schon Natur? Der Wald war hier größtenteils zum Stangenacker verkommen, aus dem Tag für Tag riesige Langholzlastwagen die geernteten Stämme abholten, um sie einer nimmersatten Möbel- und Bauholzindustrie zuzuführen. Die im Wald lebenden Tiere wurden von Menschen gehegt und gepflegt, was nichts anderes bedeutete, als das Typen vom Schlage eines Leonard Kump die Jagd gepachtet hatten und im Herbst das große Halali veranstalteten, um damit ihr eigenes kleines Ego aufzuwerten. Von Natur im ursprünglichen Sinn war hier weit und breit keine Spur. Vielleicht würde es die einmal im Nationalpark Eifel geben – irgendwann!

Die Quickly erklomm im ersten Gang den steilen Weg zum Hahnenberg. Das Jaulen des gequälten Motörchens wurde von dem Kreischen der Motorsägen übertönt, die irgendwo in der Nähe ihr zerstörerisches Werk verrichteten. Ellebach bog nach links in den „Hahnentrift" genannten Waldweg ab, der sich bald darauf verzweigte. Der linke Ausläufer endete als Zufahrtstraße am Bembergs Häuschen.

Ellebach zog den Dekompressionshebel. Der Motor der Quickly erstarb mit einem Geräusch, das an den letzten Seufzer eines Sterbenden erinnerte. Ellebach musterte die Umgebung des Jagdhauses. Er war ewig nicht mehr hier gewesen. Die große Lichtung, die nach Norden hin abfiel, war von hohen Tannen umstanden. Über dem Schuppen neben dem Jagdhaus breiteten hundertjährige Buchen ihr breites Blätterdach aus. Bingo!

Ellebach bockte die Quickly auf. Am Ende des Fahrwegs erregte ein Hauklotz, der mattrot in der Sonne glänzte, seine Aufmerksamkeit. Bei näherer Betrachtung stellte er fest, dass das Gras um den Haustock herum ebenfalls rot gefärbt war. In tief gebückter Haltung untersuchte er das Umfeld. Zwei, drei bunte Federn lagen auf der Erde. Eine Schleifspur führte zum Geräteschuppen, dessen Tür sperrangelweit offenstand. Ellebach trat ein und pfiff durch die Zähne.

„Do hammer et jo!", rief er aus.

Im Gebüsch neben dem Schuppen raschelte es. Ehe Ellebach die Ursache dafür feststellen konnte, spürte er einen Schlag auf den Hinterkopf, und ihm wurde schwarz vor Augen.

59

Wie ein Schuljunge vor dem Lehrerpult stand Karl Zymler vor dem Schreibtisch von Landrat Peter Klefges und trat von einem Bein aufs andere.

„Ich will laufend über den Stand der Ermittlungen im Fall Kump unterrichtet werden. Das war doch niemals ein Verkehrsunfall!", donnerte der Landrat.

„Aber…, aber Sie haben doch vorgestern selbst gesagt, dass die Ermittlungen eingestellt werden sollen."

„Das war, bevor Ihre Leute losgelaufen sind und auf eigene Faust weiter ermittelt haben. Da habe ich Ihnen jetzt schon die Tochter meiner Großkusine zugeteilt, und dieser Schaeffer macht trotzdem, was er will, von Ellebach ganz zu schweigen. Sie haben Ihren Laden einfach nicht im Griff!"

„Aber…"

„Jetzt hören Sie doch auf mit Ihrem ewigen aber. Ich will wissen, was Ihre Leute wissen – und bevor es noch jemand anderes weiß. Sie sind mir persönlich verantwortlich. Bei einer neuen Entwicklung informieren Sie mich sofort, per Telefon, per E-Mail, per SMS oder meinetwegen auch per Brieftaube, Tag und Nacht! Das hat höchste Priorität. Haben Sie mich verstanden?"

Mit gesenktem Kopf ließ Zymler die Strafpredigt über sich ergehen, aber in ihm brodelte es. Wie redete dieses Arschloch mit ihm? War er vielleicht dessen Leibeigener? Was bildete der sich eigentlich ein? Gut, er hatte ihm den Posten als Kommissariatsleiter verschafft. Zymler musste dafür nach seiner Pfeife tanzen. Im Leben war nichts umsonst! Aber wieso jetzt diese Kehrtwende um 180 Grad? Zymler hob den Kopf. Aus seinen kleinen Schweinsäuglein blickte er den Landrat an. In dessen Augen flackerte es seltsam. Das war es! Peter Klefges hatte Angst! Angst vor den Ermittlungen im Fall Kump! Er hing da irgendwie mit drin. Ellebach und Schaeffer würden das herausfinden. Klefges wollte die Ermittlungsergebnisse kennen, damit er rechtzeitig reagieren konnte. Aber zuerst würde Zymler die Informationen erhalten. Er straffte seinen Körper.

„Selbstverständlich, Herr Landrat", antwortete er unterwürfig.

60

Der Schlag auf den Hinterkopf hatte Ellebach vorübergehend außer Gefecht gesetzt. Benommen schaute er sich um und versuchte, das Halbdunkel des Raumes, in dem er sich nun befand, zu durchdringen. Durch ein paar Ritzen in den geschlossenen Fensterläden fanden einzelne Lichtstrahlen den Weg ins Innere und beleuchteten dämmrig die Szenerie.

Ein Feldbett, eine Chemietoilette, eine aufgebrauchte Rolle Klopapier, ein Hocker, zwei massive Ziegelsteinwände, nackter Betonfußboden und ansonsten nur Gitterstäbe, hinter denen er jetzt saß. Vor den Gitterstäben stand eine Bierbank, darauf lag offen eine schwarze Kunststofftasche. Ellebach konnte den Insulinpen und das Messgerät erkennen. Der oder die Mörder mussten sich sehr sicher fühlen, dass sie hier noch nicht aufgeräumt hatten.

Ellebach tastete in der Hosentasche nach seinem Handy. Derjenige, der ihn niedergeschlagen und hier eingesperrt hatte, hatte es ihm merkwürdigerweise nicht abgenommen. Auch sein Portemonnaie steckte noch in seiner Hosentasche. Ellebach aktivierte das Handy. Mist, kein Netz!

Seine Augen gewöhnten sich nach und nach immer besser an das Halbdunkel des Raumes und er begann, sein Gefängnis zu untersuchen. Er rüttelte an den Gitterstäben, aber die waren so massiv, dass sie keinen Millimeter nachgaben. Ellebach schaltete die Taschenlampenfunktion des Handys ein. Das in die Gitterkonstruktion eingeschweißte Kastenschloss war ebenfalls sehr massiv, aber wenn Ellebach daran rüttelte, bewegte es sich leicht hin und her. Er richtete den Taschenlampenstrahl auf das Schließblech. Sein Gefängniswärter hatte sich nicht die Mühe gemacht, die Tür abzuschließen, sondern nur den Schnapper einrasten lassen!

Ellebach zog sein Portemonnaie hervor. In manchen Fernseh-Krimis öffnete der Detektiv eine Haustür, indem er mittels einer Scheckkarte den Schnapper zurückschob. Das ging in der Realität selten gut aus – für die Scheckkarte. Er hatte etwas Besseres: In einem der Scheckkartenfächer führte er stets ein Multitool aus Edelstahl im Scheckkartenformat mit sich, das Messer, Säge, Schlitz-Schraubenzieher, Mutterndreher, Kapselheber und Dosenöffner in sich vereinigte. Er führte das Werkzeug wie eine Scheckkarte in den schmalen Spalt zwischen Schließblech und Schloss ein.

Nach ein paar Versuchen traf er den Schnapper und schob ihn zurück. Sesam, öffne dich! Ellebach konnte sein Gefängnis verlassen, war aber immer noch im Geräteschuppen gefangen. Die Tür war von außen mit schweren Riegeln gesichert, ebenso die Fensterläden. Da half auch kein Mulitool!

Er warf sich mit seinem ganzen Gewicht gegen die Tür. Die gab aber keinen Millimeter nach. Außer einer Schulterprellung würde er hier nichts erreichen. Ellebach lauschte. Von Ferne meinte er ein Motorengeräusch wahrzunehmen, das langsam immer näher kam.

61

„Bist du bescheuert?" Karl-Heinz Kump konnte es kaum fassen.

„Was sollte ich denn tun?", entgegnete Manfred Kump. „Da taucht plötzlich Jo Ellebach auf, steigt von seinem Moped und …"

„Hat er dich gesehen?"

„Ich glaube, nicht."

„So, du glaubst. Was, wenn doch?"

„Du hättest wenigstens das Insulinbesteck von deinem Vater mitbringen können", sagte Cilli Kump. „Jetzt haben wir den Salat!"

„Ich war so überrascht, dass ich das ganz vergessen hatte", gab Manfred kleinlaut zu.

„Du bist eben nicht belastbar!", gab Karl-Heinz, das angebliche Weichei, seinen Senf dazu.

„Aber du…"

„Könntet ihr vielleicht mal aufhören, euch zu zanken?" Cilli stampfte mit einem Bein auf. Die ganze Familie hatte sich im Foyer ihrer protzigen Villa versammelt, um die neueste Entwicklung zu besprechen.

„Es wäre jedenfalls klüger gewesen, dich einfach davonzuschleichen. Jetzt sitzt er im Geräteschuppen, und wenn wir ihn dort nicht verrotten lassen wollen, wird er früher oder später einen von uns zu Gesicht bekommen müssen", ergriff Veronika Kump das Wort. Wie immer behielt sie einen kühlen Kopf. „Aber das ist noch lange kein Beweis, dass wir etwas mit dem Tod meines lieben Schwiegervaters zu tun haben."

„Ich kenne Jo Ellebach", gab Cilli zu bedenken. „Man sollte sich von seinem Äußeren und seiner behäbigen Art nicht täuschen lassen. Der wird nicht locker lassen, bis er weiß, was passiert ist."

„Aber der ist doch gar nicht mehr im Dienst!", rief Karl-Heinz aus.

„Das wird ihn überhaupt nicht davon abhalten herumzuschnüffeln. Ihr müsst das regeln", forderte Cilli ihre Söhne auf. „Jetzt!"

„Warum machen wir es nicht einfach so, wie wir es mit Leonard gemacht haben?" Es war Gabriele, die diese Frage stellte. Alle Köpfe wandten sich der Frau zu, die ihre Augen hinter einer Sonnenbrille verbarg und die niemand in der Familie so recht auf dem Schirm hatte.

„Du meinst…", fragte Karl-Heinz.

„Ja, ich meine, dass der Geräteschuppen von Bembergs Häuschen ausbruchssicher ist. Er hat dort nichts zu essen und nichts zu trinken. Wir lassen ihn da zwei Tage schmoren, dann dürfte er fix und fertig sein."

„Gute Idee!", rief Cilli anerkennend aus. „Es ist noch ein Vorrat an Insulin in Leonards Kühlschrank. Ihr", wandte sie sich an ihre Söhne, „fahrt übermorgen hin und verpasst Ellebach eine ordentliche Ladung."

„Und wo sollen wir dann seine Leiche entsorgen?", wollte Manfred wissen.

„Da drüben", zeigte Cilli nach draußen.

Hinter der Grenzbepflanzung ihres Grundstückes versteckte sich unter einer Baumgruppe die ehemalige Kläranlage der Lederfabrik, die errichtet werden musste, als Flamersheim an das Euskirchener Großklärwerk angeschlossen wurde und die gemeindeeigene Kläranlage neben dem Friedhof, die bis dahin auch die Abwässer der Lederfabrik geklärt hatte, geschlossen worden war. Beim Erwerb des Grundstücks für die Tankstelle und die Villa hatte Leonard Kump in Kauf nehmen müssen, dass es bei Südwindlage ordentlich müffelte. Seit die Lederfabrik in den 1990er Jahren ihren Betrieb eingestellt hatte, hatte sich dieses Problem allerdings erledigt. Gleichwohl waren die Aufbauten der Kläranlage nach wie vor vorhanden.

„Ihr werft ihn in eines der Vorklärbecken. Da kann er dann verrotten und zum Himmel stinken", vollendete Cilli ihre Anweisung. „Da findet ihn kein Mensch!"

„Und was ist, wenn jemand an Bembergs Häuschen vorbeikommt und Ellebach befreit?", fragte Veronika.

„Unsinn!", rief Cilli aus.

Die Debatte war beendet.

62

Das Motorengeräusch hatte die Richtung geändert und war immer schwächer geworden. Das war wahrscheinlich nur ein Holztransporter gewesen, der seine Fracht aus dem Wald herausschaffte. Ellebach ließ sich enttäuscht auf das Feldbett sinken. Irgendwie musste er aus diesem Loch hier raus. Bis Josi ihn vermissen und nach ihm suchen würde, konnte eine ganze Weile vergehen. Er ärgerte sich über sich selbst, dass er ihr keine Nachricht hinterlassen hatte, wohin er gegangen war. Vielleicht würde sie bemerken, dass die Quickly nicht im Stall stand und die richtigen Schlüsse daraus ziehen. Sicher war das aber nicht. Er tastete behutsam seinen Bauchumfang ab. Bis ihn hier jemand fand, konnte er schon verhungert sein – und zu trinken gab's hier auch nichts! Ellebachs Schädel brummte. Ob noch von dem Schlag auf den Hinterkopf oder von dem Gedankenkarussell, das sich in ihm drehte, konnte er nicht sagen. Er hatte den Tatort gefunden und konnte es niemandem mitteilen. Er musste hier raus!

Draußen nahm das Rauschen der Blätter zu. Der Wind frischte auf und gleichzeitig wurde es dunkler. Ein Gewitter war im Anzug. Es würde die Hitze, die seit Tagen über dem Land gelastet hatte, brechen. Na, da saß er hier wenigstens im Trockenen!

Ellebach unterzog die Einrichtung des Geräteschuppens einer näheren Untersuchung. Neben mehreren Biertischgarnituren beherbergte er alle Arbeitsutensilien, die Leonard Kumps Jagdhüter benötigte, um das Revier in Schuss zu halten. Aus dem Arsenal von Werkzeugen, das er an dem dem Hundezwinger gegenüberliegenden Ende fand, wählte er eine schwere Spaltaxt und begann, mit wuchtigen Schlägen den oberen Flügel der geteilten Schuppentür zu bearbeiten. Hieb um Hieb ließ er auf das massive Holz krachen, bis es endlich splitterte.

Der Lärm, den er dabei erzeugte, ging im Stakkato des jetzt auf das Dach trommelnden Regens unter. Mit zwei, drei gezielten Schlägen mit der stumpfen Seite der Axt löste er die Bretter an den Bändern der Türangeln aus ihrer Befestigung, und der obere Türteil flog in hohem Bogen aus seiner Verankerung. Ein paar gezielte Hiebe auf das Kastenschloss des unteren Teils befreiten Ellebach endgültig aus seinem Gefängnis. Wie ein Bär, der nach dem Winterschlaf seine Höhle verlässt, tappte Ellebach ins Freie und ließ dabei ein tiefes Knurren vernehmen.

Der Gewitterwind hatte die Quickly von ihrem Ständer gefegt. Ungeachtet des strömenden Regens richtete er sie auf und brachte sie in den Schuppen. Blitze zuckten, der Donner folgte unmittelbar darauf. Das Gewitter war jetzt genau über ihm. Ellebach blieb nichts anderes übrig, als zu warten, bis es vorübergezogen wäre.

63

„Herr Schaeffer, also den Fall Kump, den schließen wir doch noch nicht ab."

Ziemlich kleinlaut war Zymler in sein Büro gewatschelt gekommen und stand jetzt vor Schaeffers Schreibtisch. „Ich komme soeben von Landrat Klefges. Ich habe mir Ihre Argumente noch einmal durch den Kopf gehen lassen und ihn überzeugen können, dass es sich *doch* nicht um einen Verkehrsunfall handelt. Wir wollen uns später ja keine Versäumnisse vorwerfen lassen müssen, nicht wahr? Wie ich vermute, haben Sie in der Zwischenzeit trotz meines Verbots munter weiter ermittelt. Bringen Sie mich mal auf den neuesten Stand."

Schaeffer warf Caro einen vielsagenden Blick zu, dann nickte er.

„Also, ich fasse mich kurz. Wir wissen mittlerweile sicher, dass Kump umgebracht wurde, und zwar mittels einer Überdosis Insulin, die ihm in die Stelle, wo der Rücken seinen Namen ändert, injiziert wurde. In Zusammenarbeit mit Dr. Kurth hat Frau Mayntz herausgefunden, dass das Blut, das sich auf Kumps Kleidung fand, vom Gallus gallus domesticus, einem Haushuhn oder – hahn stammt."

„Wer ist Dr. Kurth?", fragte Zymler.

„Der Flamersheimer Tierarzt."

„Tierarzt? Ein Tierarzt hat Kump untersucht?"

Zymler konnte es nicht fassen.

„Ja, der ist ein Kumpel vom Kollegen Ellebach."

„Ellebach…", stöhnte Zymler.

„Ja. Also, Kollege Ellebach hatte Kump mit dem Bestatter Doppelfeld im Marienhospital abgeholt."

„Abgeholt? Wie abgeholt? Mit einem *Bestatter*?"

„Auch ein Kumpel vom Kollegen Ellebach. Herr Zymler, es geht schneller, wenn Sie mich nicht dauernd unterbrechen. Der Bestatter Doppelfeld hatte von der Familie Kump den Auftrag erhalten, die Beerdigung durchzuführen. Die Leiche war ja freigegeben worden. Sie erinnern sich?"

Zymler nickte.

„Frau Mayntz hatte sich zuvor den Obduktionsbericht, nun ja, sagen wir mal: besorgt…"

„Und der entsprach gar nicht den Regeln der Deutschen Gesellschaft für Rechtsmedizin", warf Caro ein.

„Nicht…den…Regeln…", stammelte Zymler.

„Ja, sag' ich doch. Die Pathologie im Marienhospital hat die Leiche von zwei Studierenden untersuchen lassen – wie im Präp-Kurs."

„Präp-Kurs", echote Zymler und Schweißperlen bildeten sich auf seiner Stirn.

„Ja, jedenfalls hat der Kollege Ellebach die Leiche von Dr. Kurth inspizieren lassen", ergriff Schaeffer wieder das Wort. „Und der hat eben die Sache mit dem Insulin herausgefunden. Wie Sie wissen, hatte ich Frau Jeremenkova im Club Aphrodries befragt. Eine Zeugin, sie ist Reitlehrerin auf dem Reiterhof, der dem ‚Club Aphrodies' gegenüberliegt, hatte mir berichtet, dass sie Kumps Porsche am Samstagmittag zum Club hat fahren gesehen. Sie konnte zwar den Fahrer nicht erkennen, aber wir gehen davon aus, dass es Leonard Kump war. Wir haben mittlerweile seine Handydaten ausgewertet…"

„Sie haben…was?" Zymler stützte sich mit beiden Armen auf Schaeffers Schreibtisch und schaute ungläubig von Schaeffer zu Mayntz. „Wer hat Ihnen das genehmigt?"

„Niemand", sagte Schaeffer, „das haben wir alles in Eigeninitiative durchgeführt. Wir haben jetzt ein Bewegungsprofil von Kump oder vielmehr von seinem Handy. Frau Mayntz ist ziemlich fit in solchen Sachen. Demnach liegt Kumps Handy noch in seinem Porsche, und der ist jetzt in Polen."

„In Polen?"

„Ja, genaugenommen in Zgorzelec, das liegt Görlitz gegenüber auf der rechten Neißeseite. Aber das nur nebenbei. Kump war von Freitagnachmittag bis Samstagvormittag in Köln, im ‚Pascha', in der Hornstraße. Von dort aus ist er nach Schweinheim in den ‚Club Aphrodies' gefahren und hat sich mit Madlena Jeremenkova alias Marilyn getroffen. Wahrscheinlich haben die beiden etwas getrunken. Wir vermuten, dass sie ihm dabei K.-o.-Tropfen verabreicht hat. Meine Zeugin hat nämlich beobachtet, dass kurze Zeit, nachdem der Porsche zum Club gefahren war, ein weißer Miet-Lieferwagen von der Autovermietung, die die Kumps an ihrer Tankstelle betreiben, ebenfalls zum Club gefahren ist. Nach etwa 10 Minuten hat der Lieferwagen den Club dann wieder verlassen. Die Zeugin konnte auch hier die Insassen nicht erkennen. Aber es waren zwei Personen. Wir vermuten, dass es die Gebrüder Kump waren, die ihren ausgeknockten Vater abgeholt und zu einem Ort gebracht haben, den wir noch nicht kennen. Dort haben sie ihn gefangengehalten und später umgebracht. Das Motiv liegt im familiären Bereich. Wie sie an das Insulin gekommen sind, wissen wir noch nicht, aber die Ermittlungen in dieser Richtung laufen."

„Was soll das heißen, die Ermittlungen in dieser Richtung laufen?"

„Nun ja, Josi, also Frau Ellebach, will sich bei Dr. Caspari erkundigen, wer von den Kumps eventuell Diabetiker ist."

„*Frau* Ellebach? Ja sind Sie denn von allen guten Geistern verlassen?" Zymler bebte vor Zorn. „Die ist doch eine Zivilistin! Und wer ist jetzt Dr. Caspari? Auch ein Kumpel von Ellebach?"

„Ich glaube nicht. Er ist der Hausarzt der meisten Flamersheimer. Frau Ellebach kennt jemanden, der dort arbeitet. Sie holt die Informationen quasi indirekt ein."

Zymler war rot angelaufen und bekam Schnappatmung. Schaeffer betrachtete ihn wie ein waidwundes Stück Wild, dem er gleich den Gnadenstoß versetzen würde.

„Diese Ermittlungen waren natürlich inoffiziell und die Ergebnisse sind auch nicht gerichtsverwertbar", setzte er an. „Sie hatten uns ja sämtliche Nachforschungen verboten. Aber wir haben jetzt einen Ermittlungsvorsprung. Uns fehlt jetzt nur noch das letzte Puzzlestück. Dann werde ich die Staatsanwaltschaft informieren und dabei auch Ihre Rolle nicht unerwähnt lassen. Ich bin sicher, man wird sich dafür brennend interessieren…"

Zymler wurde schwummrig vor Augen, und er ließ sich auf den Besucherstuhl sinken. Die Schweißperlen auf seiner Stirn hatten sich zu kleinen Rinnsalen ausgewachsen, die ihm jetzt über das Gesicht liefen. Unter seinen Achseln bildeten sich kleine Seen, die dort den Stoff seines Hemdes durchnässten. Er müffelte säuerlich.

„Ich…, ich habe doch nur Befehle ausgeführt", presste er hervor. Fast tat er Schaeffer schon leid, aber Nachsicht war hier nicht angebracht.

„Das sagen immer alle, wenn sie zur Verantwortung gezogen werden sollen!", erwiderte er kühl.

„Tun Sie alles, um den Fall aufzuklären, und unterrichten Sie mich laufend." Zymler schaute jetzt verlegen zum Fenster hinaus „Und nehmen Sie Herrn Ellebach wieder mit ins Boot", fügte er hinzu.

Schaeffer wollte etwas erwidern, aber sein Handy klingelte. Er lauschte angespannt, dann beendete er das Gespräch.

„Los, komm", rief er Caro zu. „Ellebach hat den Tatort gefunden!"

Sie sprangen gleichzeitig von ihren Stühlen auf und überließen Zymler seinem Elend.

Auf dem Weg zum Dienstwagen klingelte Schaeffers Handy erneut. Am anderen Ende war Josi.

„Ich kann Jo nicht erreichen. Weißt du wo er ist?"

„Er ist bei diesem Bembergs Häuschen. Wir sind gerade auf dem Weg zu ihm."

„Aha, ich komme gerade von meiner Freundin Wilma. Du weißt schon, sie arbeitet bei Dr. Caspari. Also, der Leonard, der war Diabetiker, Typ 2, insulinpflichtig. Aber das ist nicht alles. Seine Frau, also Cilli Kump, hat vor etwa vierzehn Tagen bei Wilma ein Rezept über Insulin für Ihren Mann bestellt. Sie hat gesagt, er habe vergessen, seine Ration im Kühlschrank aufzubewahren und die sei jetzt verdorben. Dr. Caspari hat das Rezept anstandslos ausgestellt, und Cilli Kump hat es einen Tag später abgeholt. Hilft euch das?"

64

Nachdem das Gewitter abgezogen war, hatte er die Quickly in Freie geschoben. Mit einem Tritt auf war das Maschinchen angesprungen. Am Wanderparkplatz vor dem Hahnenbergstor hatte Ellebach gestoppt und sein Handy hervorgezogen. Drei vertikale Balken auf dem Display signalisierten ihm, dass er wieder ein Netz hatte.

Jetzt trat Ellebach ungeduldig von einem Bein auf das andere. Mit quietschenden Reifen brachte Schaeffer den Dienstwagen vor ihm zum Stehen.

„Schaeffer! Na endlich! Wo bleibst du denn so lange?", empfing ihn Ellebach.

„Schneller ging's nicht, Chef. Wir hatten noch ein Gespräch mit Zymler. Er hat ganz kleine Brötchen gebacken. Offenbar kriegt er jetzt kalte Füße. Der Wind hat sich um 180 Grad gedreht. Zymler hat uns ausdrücklich mit den Ermittlungen beauftragt. Der Fall Kump wird jetzt offiziell untersucht. Fragen Sie mich nicht, wie das kommt. Aber er hat explizit gesagt, wir sollen Sie mit ins Boot nehmen."

„So, hat er das?", brummte Ellebach. „Na, los jetzt! Ich zeig' Euch den Weg!"

„Ach ja: Josi hat sich bei mir gemeldet", sagte Schaeffer, bevor Ellebach sich wieder auf die Quickly schwang. „Sie konnte Sie nicht erreichen. Über ihre Freundin Wilma hat sie herausgefunden, dass Leonard Kump insulinpflichtiger Diabetiker war. Das heißt, er musste immer ein Blutzuckermessgerät und einen Insulin-Pen mit sich führen."

„Dann hätten wir das schon mal geklärt. Ich habe seine Diabetikerausrüstung gefunden. Und nicht nur die."

Die typische weiße Abgasfahne hinter sich herziehend, führte Ellebach sie zum Jagdhaus. In gebührendem Abstand bedeutete er Schaeffer anzuhalten, um keine Spuren zu vernichten,

„Wo bleibt denn eigentlich die Spurensicherung?", fragte Ellebach.

„Die ist schon hier!"

Caro hatte einen Spurensicherungskoffer aus dem Dienst-Golf gewuchtet und war dabei, in einen Einweg-Overall zu schlüpfen. Sie hielt Schaeffer auch einen hin und wartete voll Tatendrang darauf, loslegen zu können.

„Für Sie habe ich leider nichts Passendes dabei", sagte sie zu Ellebach. „Zweimannzelte sind im Moment gerade aus."

Ellebach grinste schief.

„Hoffentlich sind Ihre Fähigkeiten genauso gut wie Ihr Mundwerk!", antwortete er und sah dann beifällig nickend zu, wie sie systematisch zu Werke ging und mit Schaeffer den Tatort aufnahm.

Ellebachs Klamotten waren durchgeschwitzt, und sein Hemd klebte an seinem Körper. Er hob den linken Arm und schnüffelte an seiner Achselhöhle. Bevor er irgendetwas anderes tat, musste er sich frisch machen. Außerdem fühlte er eine innere Leere, kurz: Er hatte Hunger und überließ Schaeffer und Caro das Feld – ohne Mampf kein Kampf!

65

Donnerstag, 14. August

Oberstaatsanwältin Ernestine Kirchberg war ein altes Justiz-Streitross und bekannt dafür, dass sie eine Sanduhr auf ihrem Schreibtisch betätigte, die ihrem Gegenüber signalisierte, dass ihr dessen Ausführungen zu langatmig wurden. Ihr burschikoses Auftreten in Kombination mit ihrer kompakten Figur erinnerte an eine Bulldogge, und so lautete auch ihr auf den Gerichtsfluren geflüsterter Spitzname. Auf zarte Gemüter wirkte sie einschüchtern, ein Effekt, den sie durchaus zu erzielen beabsichtigte. Kirchberg hatte während ihrer 30-jährigen Laufbahn schon viele merkwürdige Geschichten gehört, aber was die drei, die am frühen Morgen in ihrem Dienstzimmer im Euskirchener Amtsgericht vor ihr saßen, erzählten, setzte allem die Krone auf.

„Herr Ellebach", knurrte sie, „Sie wollen also Durchsuchungsbeschlüsse für die Wohnungen des Manfred Kump, des Karl-Heinz Kump und der Cäcilie Kump in Flamersheim, den Wohnwagen einer gewissen Marga Morringer auf dem Campingplatz in Schweinheim und die Wohn- und Geschäftsräume des ‚Club Aphrodies', ebenfalls in Schweinheim? Außerdem soll der Arzt Dr. Karl-Ludwig Caspari von der Schweigepflicht entbunden werden, um Auskunft über die Diabeteserkrankung des Leonard Kump zu geben, richtig?"

Ellebach, Schaeffer und Caro nickten heftig.

„Sie werfen den Kumps, der Morringer und einer gewissen Madlena Jeremenkova, die den ‚Club Aphrodies' leitet, vor, gemeinschaftlich an der Ermordung des Leonard Kump beteiligt gewesen zu sein, ja? Den Vorwurf gründen Sie auf den Ermittlungsergebnissen, die Sie drei gewonnen haben, indem Sie illegal Nachforschungen angestellt haben, hm?"

Die drei Kriminalbeamten nickten zustimmend.

„Nur, damit ich das richtig verstehe: Ihr Vorgesetzter, Erster Kriminalhauptkommissar Karl Zymler, hat Ihnen Ermittlungen in der Leichensache Leonard Kump untersagt, und Sie, Herr Ellebach, in Urlaub geschickt? Sie drei haben dem zuwiderhandelnd aber weiterhin Ermittlungen angestellt, hm? Sie, Herr Ellebach, haben die Leiche des Leonard Kump an sich gebracht und von dem Tierarzt Dr. Gabriel Kurth untersuchen lassen. Der will festgestellt haben, dass Kump mittels einer Überdosis Insulin umgebracht wurde, die dessen Frau, Cäcilie Kump, bei Dr. Caspari bestellt hatte? Das wiederum wissen Sie von Ihrer Frau, die unter Umgehung der ärztlichen Schweigepflicht die Arzthelferin Wilma Flink befragt hat? Zuvor soll die Jeremenkova den Leonard Kump im ‚Club Aphrodies' mit K.-o.-Tropfen außer Gefecht gesetzt haben, der Manfred und der Karl-Heinz Kump sollen ihren Vater sodann mit einem Miet-Lieferwagen zu dessen Jagdhaus im Flamersheimer Wald verbracht und dort gefangengehalten haben, hm? Einen Tag später sollen sie ihm dann die tödliche Dosis Insulin verabreicht haben, wobei ihnen die Marga Morringer zur Hand gegangen sein soll. Dann sollen diese drei die Kleidung des Kump mit Hühnerblut getränkt und blauer Farbe bekleckst haben und den Leichnam anschließend auf dem Grünstreifen der Landstraße zwischen Flamersheim und Kuchenheim drapiert haben?"

„Nein, drapiert haben ihn nur die Gebrüder Kump", wendete Ellebach ein. „Die Marga Morringer hat in der Tatnacht Dienst an der Tankstelle verrichtet und den Kump-Brüdern ein falsches Alibi gegeben, in dem sie behauptet hat, dass in der Nacht nichts Außergewöhnliches vorgefallen sei. Wir haben herausgefunden, dass Marga Morringer die Tochter von Margret Kessel ist, die vor mehr als fünfzig Jahren das Dorf über Nacht verlassen hat. Das soll auf Betreiben von Jakob Kump, dem Vater des Leonard, geschehen sein, weil Margret Kessel schwanger war, wahrscheinlich von Leonard Kump. Margret Kessel war 1964 bei der Flamersheimer Kirmes nämlich die Hahnenkönigin von Leonard Kump. Der war aber damals bereits mit seiner jetzigen Frau zusammen, die seinerzeit ebenfalls schwanger war und wir vermuten, dass Marga Morringer sich jetzt für die Schmach, die ihre Mutter erlitten hat, gerächt hat."

„Das wird ja immer schöner!" Die Bulldogge fixierte Ellebach aus wässrigen Augen.

„Sie betrachten polizeiliche Ermittlungen offenbar als Privatsache und tischen mir hier die wüste Geschichte eines Eifersuchts- und Familiendramas auf, die irgendwie mit den Geschehnissen um die Flamersheimer Kirmes Anno 1964 zu tun haben soll? Hahnenkönig und Hahnenkönigin, hm?"

„Ja", meldete sich Schaeffer zu Wort. „ Außerdem haben die Kumps den Porsche ihres Vaters nach Polen verschoben. Wir haben das aufgrund der Handyortung herausgefunden, die Frau Mayntz durchgeführt hat."

„Handyortung? Auch illegal, was?", bellte die Bulldogge.

„Ja", piepste Caro, „wir mussten doch herausfinden, was passiert war."

„Sie sind doch noch Kommissarsanwärterin, hm? Und schon in illegale Ermittlungen verstrickt, was?"

Caro senkte den Kopf und blickte nach unten.

„Unser Chef hatte doch die Ermittlungen untersagt, und wir sollten die Leichensache Kump als Verkehrsunfall behandeln", presste sie hervor. „Erst nachdem wir mit unseren Nachforschungen Staub aufgewirbelt haben, hat uns Herr Zymler offiziell mit den Ermittlungen beauftragt."

„So, so, als Verkehrsunfall...", die Bulldogge lehnte sich in ihren ausladenden Bürodrehstuhl zurück.

„Und was hat es mit dem Überfall auf Sie auf sich, Herr Ellebach?", fragte sie und schnellte wieder bis zur Schreibtischkante vor.

„Ich hatte den Tatort entdeckt, an dem Leonard Kump gefangengehalten und mutmaßlich umgebracht worden ist. Gerade als ich dabei war, ihn näher zu untersuchen, erhielt ich einen Schlag auf den Kopf und wurde bewusstlos. Ich bin im Hundezwinger des Geräteschuppens von Bembergs Häuschen wieder zu mir gekommen."

„Und Sie haben sich dann mithilfe eines..., wie heißt das? Eines Multitools und einer Spaltaxt selbst befreit, wie?", knurrte die Bulldogge und fletschte dabei ihre Zähne.

„Ja, zum Glück!", bestätigte Ellebach, zückte sein Portemonnaie und zog sein Multitool daraus hervor.

Die Bulldogge warf einen flüchtigen Blick darauf, verschränkte dann die Arme vor ihrer Brust und schwieg lange. Dabei schaute sie immer wieder von Caro zu Ellebach und von Ellebach zu Schaeffer. Dann schüttelte sie den Kopf.

„Das ist ja ein Stück aus dem Tollhaus!", donnerte sie und hieb mit der Faust auf ihren Schreibtisch. „Das verlangt nach Aufklärung! Sie bekommen ihre Beschlüsse. Los, an die Arbeit, und ich will Ergebnisse sehen!"

Die Sanduhr hatte Ernestine Kirchberg nicht betätigt.

66

Marga Morringer wollte zurück, zurück in ihr eigenes Leben. Sie war in dieses Voreifel-Kaff gekommen, um sich von ihrer Krebserkrankung zu erholen und um auf den Spuren ihrer Mutter zu wandeln. Jetzt hatte sie ihre Mutter gerächt – und fühlte sich beschissen. Der Moment, in dem sie Leonard Kump die Insulininjektion verpasst hatte, hatte sich für sie großartig angefühlt. Es hieß, dass Rache eine Speise sei, die man kalt genießen sollte. Dass einem nach dem Genuss speiübel werden könnte, davon war nirgendwo die Rede. Außerdem sehnte sie sich nach dem Leben in der Großstadt. Das angeblich ach so ruhige Landleben war nichts für sie. Und was sie mit ihren neuen Verwandten anfangen sollte, wusste sie auch nicht mehr so recht. Die erste Euphorie über die neugefundene Familie war einer gewissen Ambivalenz gewichen. In dem Wohnwagen auf dem Schweinheimer Campingplatz fühlte sie sich wie eine Gefangene ihrer selbst, die in relativer Einsamkeit verbrachten Monate begannen, an ihr zu nagen. Kurzum: Es war Zeit für sie, zu gehen.

Der Koffer war gepackt, das Taxi bestellt, und mit einem letzten Rundumblick vergewisserte sie sich, dass sie nichts vergessen hatte. Ihr Fahrrad würde sie zurücklassen, das konnte ihre Freundin, der der Wohnwagen gehörte, nutzen, wenn sie ihre Wochenenden oder die Ferien hier verbrachte. Es klopfte an der Tür. Aha, das Taxi war da! Mit einer Hand nahm sie den Koffer auf, mit der anderen öffnete sie die Tür.

„Guten Tag, Frau Morringer", grüßte Schaeffer freundlich. „Sie verreisen? Wo soll's denn hingehen?"

„Ich fahre zurück nach Köln, in meine Wohnung."

„Ich fürchte, das muss noch ein wenig warten. Wir haben noch Fragen in der Leichensache Kump an Sie."

„Was ist denn jetzt noch?", reagierte Marga Morringer ungehalten. „Ich habe ein Taxi bestellt, das mich gleich nach Euskirchen bringen soll."

„Sie haben uns bei der Befragung am Montagmorgen belogen. Sie erinnern sich? Herr Ellebach und ich waren bei Ihnen in der Tankstelle und wollten wissen, ob Sie in der Nacht etwas Ungewöhnliches beobachtet hätten. Das haben Sie verneint. Ihnen hätte aber auffallen müssen, dass die Brüder Kump in dieser Nacht mit einem Miet-Lieferwagen unterwegs gewesen waren. Mit diesem Lieferwagen haben sie wahrscheinlich die Leiche des Herrn Kump zu der Stelle transportiert und abgelegt, wo sie am Montagmorgen gefunden worden ist."

„Davon habe ich nichts mitbekommen", behauptete Marga Morringer. „Wenn ich vorne im Verkaufsraum bin, habe ich nicht immer ein Auge auf den Hinterhof."

„Das kann ja mal passieren", gab sich Schaeffer jovial. „Allerdings sind da noch weitere Ungereimtheiten, die wir mit Ihnen auf der Wache klären werden. Wir bestellen das Taxi für Sie ab. Ich habe eine andere Fahrgelegenheit für Sie mitgebracht", deutete Schaeffer auf den Streifenwagen, der an der Ausfahrt des Campingplatzes

Position bezogen hatte. Auf seinen Wink hin näherten sich zwei junge Polizistinnen.

„Ich hoffe, Sie machen keine Schwierigkeiten, und wir können auf das Anlegen von Handschellen verzichten", sagte Schaeffer und fügte hinzu: „Frau Marga Morringer, ich nehme Sie fest wegen des dringenden Tatverdachts, an der Ermordung von Leonard Kump beteiligt gewesen zu sein."

Er überreichte ihr ein Blatt Papier.

„Das hier ist der Durchsuchungsbeschluss für Ihren Wohnwagen. Zeitgleich durchsuchen Kollegen Ihre Wohnung in Köln."

Marga Morringer wurde blass.

67

Madlena Jeremenkova alias Marilyn blickte erstaunt auf den Bildschirm, der mit der Kamera über dem Eingangstor des „Club Aphrodies" verbunden war. Ein Lara-Croft-Punk, angetan mit einem Gürtel, der dem Einsatzkoppel der Polizei ähnlich sah, begehrte Einlass. War das eine Fetischistin, die sich gleich in ihrem Outfit bei ihr um einen Job bewerben wollte? Nicht schlecht! Einen solchen Neuzugang könnte der Club gut gebrauchen. Marilyn drückte den Knopf der Gegensprechanlage.

„Ja, bitte?"

„Polizei, machen Sie bitte auf!"

„Was wollen Sie?", quäkte Marilyns Stimme aus dem Lautsprecher.

„Ich habe einen Durchsuchungsbeschluss für die Clubräume – und für Ihre Wohnräume, Frau Jeremenkova", antwortete Caro und hielt ein Blatt Papier vor die Linse der Kamera. „Wenn Sie nicht öffnen, verschaffen wir uns gewaltsam Zutritt."

Hinter dem Punk traten zwei bullige Uniformierte ins Sichtfeld der Kamera. In Marilyns Kopf jagten sich die Gedanken. Hatte ein Freier sie angezeigt, weil er sich von ihr abgezockt fühlte? Unwahrscheinlich. Hatte sich die Inhaberin des Reitstalles mal wieder beschwert, weil die Autos der Freier auf ihrem Parkplatz abgestellt worden waren? Noch unwahrscheinlicher.

„Worum geht es?", fragte sie.

„Es geht um den Tod von Leonard Kump. Unsere Ermittlungen haben ergeben, dass Sie darin verwickelt sind. Wir sind auch hier, um Sie zur Befragung mit auf die Wache nach Euskirchen zu nehmen. Also öffnen Sie, oder..."

Statt einer Antwort war nur ein vernehmliches Klicken zu hören, als Marilyn im Haus den Hörer der Gegensprechanlage auflegte. Caro schaute ihre beiden uniformierten Kollegen ratlos an. Die zuckten mit den Schultern. Alle drei dachten das Gleiche: Der Dienstweg sah vor, dass sie jetzt einen Schlüsseldienst herbeiriefen, der ihnen die Schlösser der Eingangstüren öffnete. Das könnte dauern. In der Zwischenzeit hätte die Jeremenkova genügend Gelegenheit, Beweismittel zu vernichten.

Der ältere der beiden Uniformierten hatte seinerzeit gemeinsam mit Ellebach die Ausbildung bei der Polizei begonnen und stand, genau wie dieser, kurz vor dem Ruhestand. Als alter Fahrensmann war er mit allen Wassern gewaschen. Er legte den Zeigefinger der rechten Hand auf seine Lippen.

„Hört Ihr das?", fragte er flüsternd. „Da drinnen ruft doch jemand um Hilfe! Da ist Gefahr im Verzug. Los, wir gehen rein!"

68

Marilyn waren die Gesichtszüge entgleist. Sie war in den Fokus der Polizei geraten. Wegen Leonard Kumps Tod. Wie konnte das sein? Leonards Tod sollte als Verkehrsunfall durchgehen. Das hatte ihr „Pierre" versichert. Und jetzt das! Hektisch griff sie zu ihrem Handy und tippte eine Kurzwahl in die Tasten. Der Angerufene war wenig erbaut.

„Wieso rufst du mich auf dieser Nummer an?", schnauzte er mit gepresster Stimme. Im Hintergrund war Gemurmel zu hören. „Ich bin gerade in einer Parteisitzung. Was ist los?"

„Bei mir steht die Polizei vor der Tür und will den Club und meine Wohnung durchsuchen. Und sie wollen mich zur Vernehmung mit auf die Wache nehmen."

„Augenblick bitte."

Peter Klefges erhob sich von seinem Stuhl im Konferenzsaal des Kreishauses, wo die Kreistagsfraktion seiner Partei tagte. Mit einer Geste, die auf sein Handy zeigte, entfernte er sich und ging in das Foyer hinaus.

„Weshalb?", fragte er dann.

„Wegen Leonard Kumps Tod. Sie sagen, ich sei darin verwickelt. Du hast mir versprochen, dass ich da rausgehalten werde."

„Wer ist von der Polizei vor Ort?"

„Eine junge Frau, die aussieht wie Lara Croft und zwei Polizisten in Uniform. Ich habe sie vor dem Eingangstor stehen lassen."

„Gut so! Mach' nicht auf. Ich kümmere mich sofort darum."

„So, wie du dich bis jetzt auch darum gekümmert hast?", fragte Marilyn mit unüberhörbarem Sarkasmus.

„Es ist nicht so, wie es aussieht. Ich habe hier alles im Griff.", beschwichtigte „Pierre".

Durch das in die Haustür eingelassene kleine Glasfenster gewahrte Marilyn aus den Augenwinkeln, wie die junge Polizistin über das Eingangstor kletterte und ihren Kollegen dann von innen das Tor öffnete.

„Von wegen alles im Griff!", schrie sie in den Hörer. „Sie kommen!"

„Ich kann dir jetzt nicht helfen. Ich muss zurück in die Sitzung! Aber ich kümmere mich!", zischte Klefges.

„Denk' daran, was ich…"

Der Rest des Satzes ging in einem ohrenbetäubenden Krachen unter, als die Eingangstür aufgestoßen wurde. Dem Gewicht der beiden bulligen Uniformierten, die sich in einer abgestimmten Choreografie dagegen geworfen hatten, hatte das Schließblech in der hölzernen Türzarge nichts entgegenzusetzen gehabt. Hinter den beiden Uniformierten erschien Caro auf der Bildfläche.

69

Peter Klefges lief es heiß und kalt den Rücken hinunter. Zymler konnte was erleben! Statt ihn, Klefges, zu informieren, schaffte er hinter seinem Rücken Fakten. Einen ungünstigeren Moment hätte er sich nicht dafür aussuchen können. Drinnen tagte die Kreistagsfraktion seinr Partei. Das nächste Thema auf der Tagesordnung wäre die Frage, ob Klefges noch einmal als Kandidat für die Landratswahl im nächsten Jahr aufgestellt werde sollte. Klefges schüttelte den Kopf. Diese Frage würde verschoben werden müssen. Jetzt musste er sich erst einmal um Zymler kümmern. Er ging zurück in den Konferenzraum.

„Meine Damen und Herren, es gibt eine dringende Polizeiangelegenheit, die meine Anwesenheit in der Euskirchener Wache erforderlich macht. Ich beantrage, den

Tagesordnungspunkt „Kandidatur" auf die nächste Sitzung zu verschieben. Vielen Dank!"

Siebzehn ungläubig erstaunte Augenpaare richteten sich auf den Landrat, dem die Panik ins Gesicht geschrieben war, und verfolgten, wie er eiligen Schrittes durch die Tür entschwand.

70

Ohne anzuklopfen, stieß Klefges die Tür zum Büro vom Ersten Polizeihauptkommissar Karl Zymler auf – und sah sich Ernestine Kirchberger, der Bulldogge, gegenüber, die auf Zymlers Stuhl hinter Zymlers Schreibtisch saß.

„Ah, der Landrat", grüßte sie freundlich-bissig. „Ich hatte Sie schon erwartet."
Der Boden unter Klefges Füßen fühlte sich auf einmal schwammig an, und er griff nach der Lehne des Besucherstuhls, um sich festeren Halt zu verschaffen.

„Frau Kirchberger", stieß er hervor. „Was machen Sie denn hier?"

Die Bulldogge fixierte Klefges aus ihren wässrigen Augen.

„Nehmen Sie doch erst mal Platz", bot sie ihm mit aufgesetzter Jovialität an, und als Klefges der Einladung nachgekommen war, fügte sie hinzu: „Ich wollte Ihnen gerade von zwei uniformierten Kollegen eine Einladung zum Gespräch überbringen lassen. Und nun sind Sie gleich selbst gekommen. Das nenne ich mal vorauseilenden Gehorsam. Und Gehorsam ist ja Ihr großes Thema, nicht wahr?"

„Wie meinen Sie das?", fragte Klefges zaghaft.

„Nun, ich habe hier eine umfangreiche Aussage von Erstem Polizeihauptkommissar Karl Zymler vorliegen, aus der hervorgeht, wie Sie ihn dazu – nun wie soll ich sagen? – verpflichtet haben, die Ermittlungen in der Leichensache zum Nachteil von Leonard Kump in eine bestimmte Richtung zu lenken, Stichwort: Verkehrsunfall. Das hätte ja fast hingehauen. Dumm nur, dass die Witwe des teuren Verblichenen unbedingt noch ihre späte Rache für den Tod ihres früheren Liebhabers, eines gewissen...", die Bulldogge raschelte mit den Papieren auf Zymlers Schreibtisch, „...eines gewissen Konrad Bell inszenieren musste. Der Kollege Ellebach fühlte sich dadurch an ein Ereignis in seiner frühen Jugendzeit erinnert und stellte entsprechende Ermittlungen an."

„Ellebach!", stöhnte Klefges.

„Ja, Ellebach! Zum Glück gibt es hier im Kommissariat noch Beamte, die sich nicht ohne weiteres vor Ihren Karren haben spannen lassen."

Ernestine Kirchberger stellte ihre Sanduhr vor sich hin und drehte das Glas. Körnchen um Körnchen rieselte der feine Quarz durch die Verengung und sammelte sich im unteren Glaskolben zu einer langsam größer werdenden Minidüne.

„Ihre Zeit läuft", donnert sie so unvermittelt, dass Klefges zusammenzuckte. „Ihre Tage als Landrat und Leiter dieser Polizeibehörde sind gezählt! Ihr Adlatus Zymler ist bereits vom Dienst suspendiert. Sie können Ihr zu erwartendes Strafmaß verringern, wenn Sie jetzt ebenfalls umfassend – und wahrheitsgemäß! – aussagen."

Peter Klefges verschränkte die Arme vor seiner Brust. Nach und nach gewann er seine Fassung zurück. Er wäre nicht der Landrat Peter Klefges, wenn er sich so einfach einschüchtern lassen würde. Was konnten Sie ihm schon nachweisen? Egal, was Zymler ausgesagt haben mochte, er würde einfach das Gegenteil behaupten! Angriff war die beste Verteidigung!

„Wenn ich Herrn Zymler Anweisungen erteilt habe, wie im Fall Kump zu verfahren sei, dann beruhten meine

Entscheidungen auf den Informationen, die er mir gegeben hatte. Es wird sich herausstellen, dass, in diesem Licht betrachtet, mir kein Fehlverhalten nachzuweisen sein wird. Von Beeinflussung der Ermittlungen ganz zu schweigen."

Die Bulldogge ließ ein Knurren aus ihrem Brustkorb hören. Klefges raffte den Rest seines Mutes zusammen.

„Ich bin hier immer noch der Polizeichef!", rief er aus. „Und ich will wissen, was hier vorgeht!"

Die Bulldogge zuckte nur den Achseln. Sein Ansinnen, bei den Vernehmungen dabei zu sein, wies sie brüsk zurück. Dagegen konnte er nichts tun. Die Staatsanwaltschaft war die Herrin des Verfahrens.

71

Die Euskirchener Wache platzte aus allen Nähten. Einen solchen Auflauf an Festgenommenen hatte es hier schon lange nicht mehr gegeben. Eine von Ellebach zusammengestellte Mannschaft hatte die Villa und die Geschäftsräume in Flamersheim durchsucht und die Kump-Sippe mit zur Wache genommen.

Die Brüder Kump waren erkennungsdienstlich behandelt worden und warteten jetzt in verschiedenen Büros auf ihre Vernehmungen. Ihre beiden Ehefrauen – Gabriele und Veronika – saßen auf Besucherstühlen im Flur und warfen Ellebach feindselige Blicke zu. Marga Morringer saß in der Gewahrsamzelle im Keller des Gebäudes an der Kölner Straße, ebenso Madlena Jeremenkova.

Ellebach öffnete die Tür zu seinem Büro. Unter Aufsicht einer uniformierten Beamtin saß Cilli Kump, gestylt wie immer, stocksteif auf dem Besucherstuhl vor Ellebachs Schreibtisch. Sie erwiderte seinen Gruß nicht, sondern starrte an ihm vorbei mit leerem Blick aus dem

Fenster. Ellebach nahm seinen angestammten Platz am Schreibtisch ein.

„Cilli, wir wissen Bescheid", sagte er in die spannungsgeladene Stille des Raumes.

Sie regte sich nicht.

„Wir wissen", setzte Ellebach nach, „dass Leonard ermordet wurde. Wir wissen, dass deine Jungs ihn am vergangenen Samstag entführt und zu Bembergs Häuschen gebracht haben, nachdem Madlena Jeremenkova ihn zuvor mit K.-o.-Tropfen außer Gefecht gesetzt hat. Wir wissen, dass Leonards Porsche in der Nacht von Samstag zu Sonntag nach Polen gebracht wurde. Wir wissen, dass deine Jungs Leonard am Sonntagabend mit einer Überdosis Insulin ins Jenseits befördert haben. Wir wissen auch, dass an Bembergs Häuschen ein Hahn oder Huhn geköpft wurde und Leonard mit dem Blut besudelt wurde. Wir wissen, dass deine Jungs die Leiche dann zum Kuchenheimer Weg transportiert und sie dort drapiert haben und zwar ziemlich genau an der Stelle, an der am Kirmesdienstag 1964 Konrad Bell tot aufgefunden wurde."

Bei der Erwähnung von Konrad Bells Namen zuckte Cilli Kump merklich zusammen. Sie blickte Ellebach jetzt an.

„Ich habe mit Peter Eicks gesprochen", fuhr der fort. „Er konnte sich lebhaft an die Vorgänge um die 1964er Kirmes erinnern. Ich war damals ja noch ein Junge, aber das eine oder andere ist auch mir noch gut in Erinnerung geblieben. Du warst damals mit Leonard Kump zusammen, hattest aber auch ein Krößjen mit Konrad Bell. Er ist wohl der Vater deines Sohnes Manfred. Den hast du nach Konrads Tod Leonard quasi untergeschoben. Er hat es erst bemerkt, als dein Sohn Karl-Heinz geboren wurde und der Unterschied zwischen den Geschwistern auffällig wurde."

„Das Schwein hat Konrad umgebracht!", brach es plötzlich aus Cilli Kump hervor. „An einem Abend, als er wieder einmal besoffen von einer seiner Nutten nach Hause kam, hat er es mir erzählt – nur um mich zu quälen. Am Kirmesmontag 1964 war Leonard Hahnenkönig geworden. Weil ich nicht da war, hat er sich Margret Kessel als Hahnenkönigin erwählt, war mit ihr auf dem Hahnenball und hat auch die Nacht mit ihr verbracht. Ich war nachmittags mit Konrad am Bembergs Häuschen und an der Madbachtalsperre gewesen. Abends waren wir dann – getrennt - zum Hahnenball gegangen. Nachdem Leonard Margret abgeschleppt hatte, habe ich Konrad mit zu mir nach Hause genommen. Bis zum frühen Morgen ist er dann bei mir geblieben. Gegen halb vier ist er zu Fuß nach Kuchenheim aufgebrochen, weil er den ersten Zug nach Bonn nehmen wollte, damit er pünktlich in seiner Kaserne in Koblenz sein konnte."

Cilli Kump zog aus ihrer Handtasche ein Taschentuch hervor. Tränen rannen über ihre Wangen und sie schniefte vernehmlich. Ihr schmaler Körper bebte, von der Erinnerung übermannt. Nach einer Weile hatte sie sich wieder gefasst und fuhr fort:

„Margret und Leonard waren ziemlich besoffen gewesen. Margret wollte jedenfalls einmal den Abschleppwagen fahren, den die Kumps damals hatten."

„Den blauen Hanomag?", fragte Ellebach.

„Genau den. Am frühen Morgen, etwa um die Zeit, als sich Konrad auf den Weg gemacht hatte, sind die beiden mit dem Hanomag losgefahren, mit Margret am Steuer. Am Kuchenheimer Weg haben sie Konrad gehen gesehen. Er hat den Daumen hochgehalten. Margret wollte ihn mitnehmen und hat den Hanomag abgebremst. Als sie Konrad fast erreicht hatten, hat Leonard mit seinem linken Fuß ihren rechten Fuß auf das Gaspedal gepresst und in das Steuerrad gegriffen. Sie haben Konrad überfahren und liegen lassen. Leonards Vater – mein

Schwiegervater – hat es gleich herausgefunden, Margrets Vater wusste es auch. Der hat sich daraufhin umgebracht."

„Ja, daran erinnere ich mich auch", warf Ellebach ein.

„Mein Schwiegervater", – sie spuckte das Wort regelrecht aus – „hat Margret Schweigegeld gezahlt, damit sie aus dem Dorf verschwindet. Als ich dann feststellte, dass ich schwanger war, hat mein Schwiegervater dafür gesorgt, dass Leonard mich heiratete. Sie hatten beide gedacht, dass das Kind von ihm wäre. Leonard war immer schon ein Macho. Als er später die Wahrheit herausgefunden hat, hat er mir das Leben zur Hölle gemacht."

„Warum bist du denn mit ihm zusammengeblieben?"

Cilli Kump schaute Ellebach an, als sei er nicht ganz gescheit.

„Wo sollte ich denn hin? Ich habe nichts gelernt, nie gearbeitet, kein eigenes Geld verdient – ich hatte nichts! Und damals war ich froh, dass Leonard mich geheiratet hat. In den Sechzigern galten andere Regeln als heute. Heute ist es kein moralisches Problem mehr, wenn eine ledige junge Frau schwanger wird. Damals warst du als leichtlebiges Flittchen gebrandmarkt. Und wenn du in dieser Situation keinen Mann hattest, betrachteten dich die anderen Kerle praktisch als Freiwild. Ich war also in jeder Hinsicht auf Leonard angewiesen, und glaube mir, ich habe mir große Mühe gegeben, ihm eine gute Ehefrau zu sein!"

Ellebach nickte zustimmend. Auch er erinnerte sich an die rigiden Moralvorstellungen der Adenauer-Republik. Bis 1958 hatte der Ehemann das alleinige Bestimmungsrecht über Frau und Kinder inne. Bis zum 1. Juli 1958 konnte der Mann, wenn es ihm beliebte, den Anstellungsvertrag der Frau nach eigenem Ermessen und ohne deren Zustimmung fristlos kündigen. Im Bürgerlichen Gesetzbuch war es verankert: Wollte eine Frau arbeiten, musste das ihr Ehemann erlauben. Wenn er seiner Frau erlaubte zu arbeiten, verwaltete er ihren Lohn. Dieses Gesetz wurde erst 1977 geändert. 1977! Ohne seine Zustimmung durfte bis 1962 die Frau kein eigenes Bankkonto eröffnen, und erst nach 1969 wurde eine verheiratete Frau als geschäftsfähig angesehen. In Bayern mussten Lehrerinnen sogar zölibatär leben wie Priester – wenn sie heirateten, mussten sie ihren Beruf aufgeben! Sie sollten entweder voll und ganz für die Erziehung fremder Kinder zur Verfügung stehen oder sich ausschließlich um ihren eigenen Nachwuchs kümmern.

Ellebach runzelte die Stirn. So lange war das noch gar nicht her. Die Unterdrückung der Frau war jedenfalls keine Erfindung radikalislamischer Muslime! Cilli Kump wurde erneut von einem Weinkrampf geschüttelt.

„Er war so ein Schwein!", schluchzte sie.

Ellebach wartete ab, bis sie sich beruhigt hatte.

„Und da habt ihr beschlossen, ihn zu töten…"

„Es wurde immer unerträglicher mit ihm. Er hat den Tod verdient!", rief sie voller Empörung aus.

„Wessen Idee war es, ihn so zu drapieren, wie seinerzeit Konrad Bell?"

„Meine. Alle sollten sehen, dass das Unrecht von damals gerächt wurde."

Ellebach ließ ein paar Sekunden verstreichen, bevor er die Vernehmung fortsetzte.

„Wir wissen, dass du dir vierzehn Tage vorher das Insulinrezept bei Dr. Caspari erschlichen hast. Du hast sozusagen die Tatwaffe besorgt."

Cillis Gesichtsausdruck wurde mit einem Mal hart.

„Das musst du erst mal beweisen! Ich habe lediglich Insulin für meinen Mann bestellt. Er war Diabetiker und hatte vergessen, seinen Vorrat in den Kühlschrank zu stellen…"

„Das glaubst du ja selber nicht!"

„Beweis' mir das Gegenteil!"

„Wo warst du in der Zeit von Samstag, zwölf Uhr mittags bis Montag, sechs Uhr morgens?"

„Ich war in der Eifel, im Hotel „Maarblick" in Schalkenmehren, um genau zu sein."

„Allein?"

„Nein, ich war in Begleitung. Ich habe das Wochenende mit einem Mann verbracht. Leonard hat mich ja seit Jahren nicht mehr angesehen, geschweige denn, angefasst. Und ich habe auch noch meine Bedürfnisse."

„Wie heißt der Mann, mit dem du das Wochenende verbracht hast?"

Cilli Kump zögerte einen Moment.

„Das ist meine Privatsache!", antwortete sie dann.

Ellebach lehnte sich in seinen Bürostuhl zurück und überlegte.

„Aber du warst doch am Montagmorgen, als mein Kollege und ich euch die Todesnachricht überbracht haben, zu Hause?"

„Ja, da war ich gerade aus Schalkenmehren zurückgekehrt. Ich bin halt früher losgefahren."

„Weil du wusstest, was passiert war?"

Cilli Kump schwieg. Aus ihrer Körpersprache las Ellebach, dass sie nichts mehr sagen würde.

„Na gut", sagte er. „Wir werden dein Alibi überprüfen. Du kannst jetzt gehen, aber halte dich zu unserer Verfügung."

72

Schaeffer und Caro saßen im zum Vernehmungszimmer umfunktionierten Pausenraum des Kommissariats Manfred Kump gegenüber. Er hatte beide Hände auf die Tischplatte gelegt und schaute die beiden Polizisten mit gespannter Erwartung an.

„Herr Kump, Sie werden beschuldigt, an der Ermordung Ihres Vaters beteiligt gewesen zu sein. Sie haben das Recht auf die Anwesenheit eines Anwalts. Möchten Sie davon Gebrauch machen?", eröffnete Caro die Befragung.

Manfred Kump schien einen Moment lang zu überlegen, dann schüttelte er den Kopf. „Gut, Ihre Entscheidung", sagte Schaeffer. „Wo waren Sie zwischen Samstagmittag, zwölf Uhr bis Montagmorgen, sechs Uhr?"

„Sagen Sie's mir!"

„So läuft das hier nicht!"

„Doch, genau so läuft das! Wenn Sie glauben, mir etwas nachweisen zu können, dann legen Sie Ihre Karten auf den Tisch. Mit Ihren Fragen, deren Antworten Sie bereits kennen, beleidigen Sie meine Intelligenz."

Schaeffer und Caro wechselten einen Blick. Schaeffer nickte.

„Wir haben die Aussage einer Zeugin, die gesehen hat, wie Sie und Ihr Bruder am Samstagmittag mit einem Lieferwagen Ihrer Autovermietung beim ‚Club Aphrodies' in Schweinheim vorgefahren sind. Zehn Minuten später haben Sie dann das Gelände wieder verlassen."

„Was ist daran strafbar?"

„Sie geben es also zu?", fragte Caro lauernd. Manfred Kump schaute sie an und schwieg.

„Wir gehen davon aus", fuhr Schaeffer fort, „dass Sie Ihren Vater abgeholt haben, den Madlena Jeremenkova zuvor mit K.-o.-Tropfen außer Gefecht gesetzt hatte, und ihn zum Bembergs Häuschen transportiert haben. Dort haben Sie ihn im Hundezwinger des Geräteschuppens gefangengehalten. Nach unseren Erkenntnissen ist er ebendort am Sonntagabend zwischen 22 und 24 Uhr mit einer Überdosis Insulin umgebracht worden. Wir haben am Tatort das Diabetikerbesteck Ihres Vaters gefunden. Das Insulin war vollständig aufgebraucht. Ihre Fingerabdrücke fanden sich auf dem Insulin-Pen. Wie kommen die dorthin?"

Manfred Kump schwieg und sah Schaeffer an, als wartete er auf weitere Ausführungen.

„Wir haben erdrückende Indizien für Ihre Tatbeteiligung. Das reicht allemal für eine Anklage. Sie wandern für lange Jahre in den Knast. Wenn Sie sich selber einen Gefallen tun wollen, dann reden Sie jetzt mit uns!"

In Manfred Kump arbeitete es sichtlich. Er schaute an Caro und Schaeffer vorbei auf die billige Küchenzeile, die die Landespolizeibehörde der Euskirchener Wache spendiert hatte. Schließlich ging ein Ruck durch seinen Körper.

„Na gut, ich sage Ihnen wie es gewesen ist."

Caro und Schaeffer stellten ihre Lauscher auf Empfang.

„Am Samstagmittag rief Madlena Jeremenkova bei mir an. Mein Vater sei bei ihr und habe eine starke Unterzuckerung erlitten. Er sei kaum noch ansprechbar."

„Wusste Frau Jeremenkova von seiner Diabeteserkrankung?", fragte Mayntz.

„Jeder in seinem Umfeld wusste davon."

„Wie hat sie Sie erreicht?"

„Auf dem Firmen-Handy."

„Firmen-Handy?"

„Ja, das hat immer derjenige bei sich, der Bereitschaft für unseren Abschleppdienst hat."

„Gut, weiter."

„Sie wollte wissen, was sie tun solle. Ich habe gesagt, sie solle ihn in die stabile Seitenlage bringen, und ich käme sofort vorbei."

„Warum hat sie keinen Krankenwagen gerufen?", warf Schaeffer ein.

„Wir wollten jedes Aufsehen vermeiden. Wenn der Notarzt beim Saunaclub vorgefahren wäre, um meinen Vater abzuholen, wäre das schlecht fürs Geschäft gewesen – für unser Geschäft wohlgemerkt, also die Tankstelle und die Werkstatt."

Nur zu gut erinnerte sich Manfred Kump an den Aufstand, den es in Schweinheim gegeben hatte, als bekannt wurde, dass sein Vater den Saunaclub eröffnen wollte. Viele der 400 Einwohner wollten die Eröffnung mit allen Mitteln verhindern.

Aufgebracht hatten die Menschen auf den Straßen gestanden und diskutiert. Schließlich hatte sich unter der Führung eines gewissen Jakob Hoffmann eine Art Bürgerwehr gebildet, die vor dem Saunaclub Mahnwachen abhielt und die Autokennzeichen der Freier notierte. Vergebens hatte Hoffmann versucht, beim Straßenverkehrsamt die Halter zu ermitteln. Gleichwohl hatte er seitenweise Briefe sowohl an die Stadt- als auch an die Kreisverwaltung geschrieben, sogar der Innenminister des Landes NRW blieb nicht von seinen Eingaben verschont.

„Sie sind dann also mit ihrem Bruder nach Schweinheim gefahren…"

„Mit meinem Bruder? Nein, allein."

„Aber unsere Zeugin hat gesehen, dass in dem Lieferwagen zwei Personen saßen."

„Dann muss sich Ihre Zeugin irren.", sagte Manfred Kump im Brustton der Überzeugung.

„Wieso sind Sie überhaupt mit dem Lieferwagen gefahren?"

„Der Lieferwagen war vermietet gewesen. Ich war gerade mit der Rücknahme fertig geworden und wollte ihn auf seinen Stellplatz fahren, als Frau Jeremenkova anrief. Ich bin dann sofort damit losgefahren. Als ich in Schweinheim ankam, fand ich meinen Vater apathisch vor, wie Frau Jeremenkova gesagt hatte."

„Wie fühlte er sich an?", fragte Mayntz.

„Wie meinen Sie das?"

„Nun, war seine Haut trocken oder verschwitzt?"

„Ich habe meine Hand auf seine Stirn gelegt. Sie war verschwitzt."

Caro nickte.

„Gut, weiter."

„Ich wusste von meinem Vater, dass man unterzuckerten Diabetikern am besten zuckerhaltigen Saft einflößen sollte. Er hat uns das immer wieder eingeschärft, falls er einmal eine Unterzuckerung erleiden sollte. Ich habe meinen Vater hochgehalten und Frau Jeremenkova hat ihm vorsichtig Orangensaft eingeflößt. Er kam dann langsam zu sich, und wir haben ihn zum Auto gebracht und auf den Beifahrersitz platziert. Ich bin dann mit ihm losgefahren, um ihn zu Dr. Caspari zu bringen. Unterwegs ist mein Vater dann wieder weggesackt. Vielleicht hatten wir ihm ja nicht genug Orangensaft gegeben. Da kam mir spontan die Idee, dass das eine gute Gelegenheit wäre, ihn endgültig aus dem Verkehr zu ziehen. Ich bin dann zum Wald abgebogen und habe ihn zu seinem Jagdhaus gebracht. Die Schlüssel trug mein Vater immer bei sich. Ich habe ihn dort ausgeladen und in den Hundezwinger gesperrt. Dann bin ich weggefahren. Er sollte an seiner Unterzuckerung sterben."

„Wie konnten Sie alleine ihren Vater aus dem Auto holen? Er wog immerhin 105 Kilo.", wollte Schaeffer wissen.

„Ich bin Kampfsportler und gut trainiert. Ich habe ihn mit dem Rauteck-Rettungsgriff gepackt und in den Zwinger geschleift."

„Und dort standen dann zufällig schon ein Feldbett, eine Campingtoilette und eine Flasche Wasser bereit?"

„Diese Gegenstände stehen dort immer. Es kommt vor, dass der Jagdhüter meines Vaters dort übernachtet, wenn er frühmorgens auf die Pirsch geht."

Schaeffer und Caro warfen sich vielsagende Blicke zu. Manfred Kump hatte sich anscheinend eine Geschichte zurechtgelegt, die nicht ohne weiteres zu widerlegen war.

„Wie ging es weiter?", fragte Caro.

„Ich habe meinen Vater dann im Geräteschuppen von Bembergs Häuschen zurückgelassen. Ich ging davon aus, dass er an seiner Unterzuckerung stirbt. Ich wollte später nach ihm sehen, ob er schon tot wäre."

„Wann sind Sie dann wieder zum Bembergs Häuschen gefahren?"

„Am Sonntagabend."

„Warum erst dann?"

„Ich wollte sicher sein, dass er wirklich tot wäre."

„Und, war er es?"

„Nein, als ich gegen 21 Uhr am Sonntagabend dort hinkam, lag er auf dem Feldbett, aber er lebte immer noch."

„War er ansprechbar?", fragte Caro.

„Nein, er war bewusstlos. Ich habe dann seinen Insulin-Pen genommen. Die Kanüle darin war noch fast voll. Ich habe ihm die ganze Dosis verabreicht."

„Auf einmal?"

„Nein, ich musste vier Mal zustechen, bis die Kanüle leer war.

„Wo haben Sie den Pen angesetzt?"

„Auf seinem unteren Rücken."

„Warum dort?"

„Mein Vater lag auf der Seite, und diese Körperpartie war für mich am leichtesten erreichbar."

„Was taten Sie dann?"

„Ich habe meinen Bruder angerufen."

„Mit dem Handy?"

„Ja, aber ich musste erst bis zum Hahnenbergstor fahren. Am Jagdhaus hat man ja kein Netz. Mein Bruder kam dann und hat ein Huhn mitgebracht."

„Wo hatte er das denn her?"

„Gekauft, am Sonntagmorgen auf dem Kleintiermarkt auf dem Annaturmplatz in Euskirchen."

„Warum?"

„Es war die Idee unserer Mutter, meinen Vater mit Hahnenblut zu besprenkeln und ihn am Kuchenheimer Weg abzulegen, damit es so aussah wie damals bei Konrad Bell. Aber ein Hahn wurde auf dem Kleintiermarkt nicht angeboten. Da war's eben ein Huhn."

„Wie haben Sie das Huhn getötet?"

„Mein Bruder hat ihn auf einen Haustock gelegt und mit einem Beil geköpft."

„Was haben Sie mit dem Kadaver gemacht?"

„Wir haben ihn einfach liegen lassen. Ein Fuchs oder Wildschweine würden ihn schon entsorgen."

„Ihr Vater", lenkte Schaeffer die Vernehmung auf einen anderen Aspekt, „ist am Samstag mit seinem Porsche zum Saunaclub gefahren. Was haben Sie mit dem Wagen gemacht?"

Manfred Kump schien einen Moment zu lange zu überlegen.

„Mit dem Porsche? Nichts!"

„Herr Kump, Sie haben versäumt, das Handy Ihres Vaters an sich zu nehmen. Es lag im Porsche und anhand einer Handyortung konnten wir feststellten, dass das Fahrzeug in der Nacht von Samstag auf Sonntag nach Görlitz gebracht wurde. Es hat dort etwa zwei Stunden in der Nähe des Bahnhofs gestanden und ist dann nach Polen gebracht worden. Die polnischen Kollegen konnten es mittlerweile in einer abgelegenen Scheune in Zgorzelec sicherstellen. Zurzeit befindet es sich auf dem Rücktransport. Wir werden es kriminaltechnisch untersuchen lassen, um festzustellen, wer den Wagen nach Polen gebracht hat. Sie können das Verfahren abkürzen und zu Ihren Gunsten beeinflussen, wenn Sie uns jetzt sagen, wer der Fahrer war."

Wieder überlegte Manfred Kump, dann sagte er: „Ich habe keine Ahnung, wovon Sie sprechen!"

73

Schaeffer und Caro hatten Manfred Kump ins Gewahrsam überstellt und sich Karl-Heinz Kump vorführen lassen.

„Herr Kump, Sie werden beschuldigt, an der Ermordung Ihres Vaters beteiligt gewesen zu sein. Sie haben das Recht auf die Anwesenheit eines Anwalts. Möchten Sie davon Gebrauch machen?", eröffnete Schaeffer die Befragung.

Karl-Heinz Kump schüttelte verneinend den Kopf. „Ich brauche keinen Anwalt!"

„Gut, wie Sie wollen", sagte Caro. „Wo waren Sie zwischen Samstagmittag, zwölf Uhr bis Montagmorgen, sechs Uhr?"

Karl-Heinz Kump schaute nachdenklich an die linke obere Zimmerdecke.

„Samstagmittag? – Moment, ja, da habe ich meinen Vater aus dem ‚Club Aphrodies' abgeholt."

„Warum?"

„Madlena Jeremenkova hat mich angerufen. Mein Vater sei bei ihr und habe eine starke Unterzuckerung erlitten. Er sei kaum noch ansprechbar. Ich war gerade mit der Rücknahme eines Miet-Lieferwagens beschäftigt gewesen und bin dann sofort damit nach Schweinheim gefahren."

„Wie hat Frau Jeremenkova sie erreicht?", wollte Caro wissen.

„Auf dem Firmen-Handy."

„Sie hatten demnach Abschlepp-Bereitschaft?"

„Ja, genau."

„Gut, weiter!"

„Als ich in Schweinheim ankam, fand ich meinen Vater apathisch vor, Marilyn…, äh, Frau Jeremenkova war bei ihm."

„Wie fühlte er sich an?", fragte Schaeffer.

„Wie sollte er sich angefühlt haben?"

„Nun, war seine Haut trocken oder verschwitzt?"

Karl-Heinz Kump überlegte einen Moment lang. „Sie war verschwitzt."

„Warum haben Sie keinen Krankenwagen gerufen?", fragte Schaeffer.

„Wir wollten jedes Aufsehen vermeiden. Wenn der Notarzt beim Saunaclub vorgefahren wäre, um meinen Vater abzuholen, wäre das im Nu bekannt geworden. Das ganze Dorf hätte sich darüber lustig gemacht. Sie wissen doch, wie die Leute reden."

„Nein, wie reden sie denn?" fragte Caro.

„Na, halt so ein Zeug wie: da hat der alte Kump sich ins Koma gefickt, den mussten sie mit dem Krankenwagen aus dem Puff abholen."

Aber jeder im Dorf wusste doch bestimmt, dass Ihr Vater der Inhaber des Saunaclubs war."

„Ja, sicher. Aber für meine Mutter war das alles schwer auszuhalten. Sie litt unter seinen Eskapaden und dem Gerede im Dorf."

„Sie sind dann also mit ihrem Bruder nach Schweinheim gefahren…", fuhr Schaeffer fort.

„Mit meinem Bruder? Nein, allein."

„Wir haben aber die Aussage einer Zeugin, die gesehen hat, wie Sie und Ihr Bruder am Samstagmittag mit einem Lieferwagen Ihrer Autovermietung beim ‚Club Aphrodies' in Schweinheim vorgefahren sind."

„Diese Zeugin irrt sich!", rief Karl-Heinz Kump aus. „Ich war allein!"

„Was haben Sie getan, nachdem Sie im Saunaclub angekommen waren?"

„Ich bin bei der Freiwilligen Feuerwehr und weiß, dass man unterzuckerten Diabetikern zuckerhaltigen Saft einflößen sollte. Das haben Frau Jeremenkova und ich getan. Ich habe meinen Vater hochgehalten und sie hat ihm vorsichtig Orangensaft eingeflößt. Als er wieder zu sich gekommen war, haben wir ihn zum Auto gebracht und auf den Beifahrersitz platziert. Ich wollte ihn zu Dr. Caspari bringen. Unterwegs hat mein Vater mich beschimpft. Ich sei ein Versager und ein Weichei, meine Frau sei eine Säuferin und ich noch nicht mal in der Lage gewesen, ihr ein Kind zu machen. Dann ist mein Vater wieder weggesackt. Ich war stinksauer. Da hole ich den Alten schon ab und ihm fällt nichts anderes ein, als mich zu beleidigen! Spontan fasste ich den Entschluss, ihn endgültig aus dem Verkehr zu ziehen. Wir waren auf der Umgehungsstraße unterwegs, und ich bin dann zum Wald abgebogen und habe ihn zu seinem Jagdhaus gebracht. Die Schlüssel trug er immer bei sich. Ich habe ihn dort ausgeladen und in den Hundezwinger gesperrt. Dann bin ich weggefahren. Er sollte an seiner Unterzuckerung sterben."

„Wie konnten Sie alleine ihren Vater aus dem Auto holen? Er wog immerhin 105 Kilo.", wollte Schaeffer wissen.

„Wie gesagt, bin ich bei der Freiwilligen Feuerwehr und geübt darin, Personen zu bergen. Ich habe ihn mit dem Rauteck-Rettungsgriff gepackt und in den Zwinger geschleift."

„Und das Feldbett, die Campingtoilette und eine Flasche Wasser, die standen wohl schon bereit?"

„Es kommt vor, dass der Jagdhüter meines Vaters dort übernachtet, wenn er frühmorgens auf die Pirsch geht. Wahrscheinlich hat er diese Dinge immer dort stehen."

Schaeffer und Caro schauten sich fragend an. Die Kump-Brüder hatten sich offenbar abgesprochen und tischten ihnen jetzt eine wortgleiche Geschichte auf.

„Wann sind Sie dann wieder zum Bembergs Häuschen gefahren?"

„Am Sonntagabend."

„Warum erst dann?"

„Ich wollte sicher sein, dass er wirklich tot wäre."

„Und, war er es?"

„Nein, als ich gegen 21 Uhr am Sonntagabend dort hinkam, lag er bewusstlos auf dem Feldbett, aber er lebte noch."

„Was haben Sie dann getan?", fragte Caro.

„Ich habe seinen Insulin-Pen genommen und ihm die ganze Dosis aus der Kanüle verabreicht."

„Wie oft mussten Sie zustechen?"

„Vier Mal, dann war die Kanüle leer."

„Wo haben Sie den Pen angesetzt?"

„Auf seinem unteren Rücken. Mein Vater lag auf der Seite, und diese Körperpartie bot sich dafür an. Anschließend habe ich meinen Bruder angerufen."

„Wie?"

„Mit dem Handy. Aber vom Hahnenbergstor aus. An Bembergs Häuschen hat man ja kein Netz. Mein Bruder kam dann und hat ein Huhn mitgebracht."

„Wo hatte er das denn her?"

„Gekauft, am Sonntagmorgen auf dem Kleintiermarkt auf dem Annaturmplatz in Euskirchen."

„Warum?"

„Meine Mutter hatte die Idee gehabt, meinen Vater mit dem Hühnerblut zu besprenkeln und ihn am Kuchenheimer Weg abzulegen, damit es so aussah wie damals bei Konrad Bell."

„Wie haben Sie das Huhn getötet?"

„Ich habe ihn auf einen Haustock gelegt und mit einem Beil geköpft."

„Und der Kadaver?"

„Den haben wir einfach liegen lassen. Ein Fuchs oder Wildschweine würden ihn schon entsorgen."

„Was haben Sie mit dem Porsche Ihres Vaters gemacht?", fragte Schaeffer unvermittelt.

„Mit dem Porsche? Nichts!", antwortete Kump spontan.

„Herr Kump, Ihr Vater hatte sein Handy im Porsche vergessen. Anhand einer Funkzellenauswertung konnten wir feststellen, dass das Fahrzeug in der Nacht von Samstag auf Sonntag nach Görlitz gebracht wurde. Es hat dort etwa zwei Stunden in der Nähe des Bahnhofs gestanden und ist dann nach Polen gebracht worden. Die polnischen Kollegen konnten es mittlerweile in einer abgelegenen Scheune in Zgorzelec sicherstellen. Es befindet sich gerade auf dem Rücktransport. Wir werden es kriminaltechnisch untersuchen lassen, um festzustellen, wer den Wagen nach Polen gebracht hat. Sie können das Verfahren abkürzen und zu Ihren Gunsten beeinflussen, wenn Sie uns jetzt sagen, wer der Fahrer war."

Karl-Heinz Kump schüttelte den Kopf.

„Ich habe keine Ahnung, wovon Sie sprechen!"

74

Nachdem Cilli Kump gegangen war, wandte sich Ellebach der Vernehmung von Marga Morringer zu.

„Frau Morringer, wie stehen Sie zur Familie Kump?", überraschte er sie mit seiner ersten Frage.

Marga Morringer rutschte unsicher auf dem Stuhl vor seinem Schreibtisch hin und her.

„Wie meinen Sie das?", fragte sie zurück.

„Nun, bei der Durchsuchung Ihres Gepäcks haben wir den Brief eines Labors gefunden, das für Sie eine vergleichende DNA-Analyse durchgeführt hat."

Ellebach hielt ihr den Schrieb hin.

„Wessen DNA-Probe haben Sie dem Labor zum Vergleich mit Ihrer vorgelegt?"

„Das geht Sie nichts an!", rief sie aus. „Das ist meine Privatsache!"

„Sie irren. Wir ermitteln jetzt in einem Mordfall, und da bleibt recht wenig privat. Ich vermute, dass Sie, wie auch immer, eine Probe von Manfred Kump genommen haben. Wie das Labor bescheinigt, ist es zu 99,9 Prozent wahrscheinlich, dass die beiden Probengeber denselben Vater hatten. Mir ist der Dorfklatsch bekannt, der besagt, dass Leonard Kump nicht der Vater von Manfred ist, vielmehr wird herumerzählt, dass das Konrad Bell gewesen sein soll. Nun, das können wir nicht mehr überprüfen, da dessen sterbliche Überreste nicht mehr vorhanden sind. Wie dem auch sei: Sie und der andere Probengeber sind jedenfalls Halbgeschwister. Wie Sie wissen, haben wir die beiden Kump-Brüder ebenfalls festgenommen und erkennungsdienstlich behandelt. Wir werden über kurz oder lang also selbst herausfinden, ob sie die Halbschwester von einem der Brüder sind."

In Marga Morringers Gesicht spiegelte sich ihre innere Zerrissenheit wider. Ellebach versuchte, ihn ihren Gesichtszügen Ähnlichkeiten mit Margret Kessel und Konrad Bell zu finden, aber seine eigene Erinnerung an die beiden war doch sehr verblasst. Außerdem hatte er Margret nur gekannt, bis sie als junge Frau das Dorf verlassen hatte. Hier vor ihm saß aber eine fast Fünfzigjährige, und das Leben hatte unübersehbar seine Spuren hinterlassen.

„Manfred und Karl-Heinz Kump stehen unter dem dringenden Tatverdacht, ihren Vater umgebracht zu haben. Ich weise Sie in aller Form darauf hin", fuhr er fort, „dass Sie hier im Moment noch als Zeugin vernommen werden und wahrheitsgemäß antworten müssen. Sollten Sie jedoch mit einem der beiden Brüder verwandt sein, können Sie die Aussage verweigern."

Ihre Gesichtszüge entspannten sich. Hatte Ellebach ihr soeben einen Ausweg aus ihrer Situation aufgezeigt? Bevor sie etwas sagen konnte, konfrontierte der sie mit seiner nächsten Frage.

„Wie geht es Ihnen? Gesundheitlich?"

„Gut, wieso fragen Sie?", antwortete sie verwundert.

Ellebach machte eine Kunstpause und fixierte sein Gegenüber mit einem forschenden Blick.

„Ich habe hier den Bericht von den Kollegen der Kölner Polizei vorliegen, die Ihre Wohnung durchsucht haben. Sie waren Beamtin bei der Stadt Köln und haben Ihre persönlichen Unterlagen fein säuberlich abgeheftet. Sehr lobenswert! In dem Ordner mit der Beschriftung „Krankenkasse" fanden sich nicht nur die Behandlungsunterlagen über Ihre Krebserkrankung. Es waren auch Rechnungen eines Diabetologischen Zentrums in Köln-Nippes abgelegt. Sind Sie Diabetikerin?"

Marga Morringer erwiderte Ellebachs Blick und nickte dann.

„Sie wissen also, wie man mit einem Insulin-Pen umgehen muss?"

„Ja, ich muss mir ja täglich Insulin spritzen. Aber ich verstehe die Frage nicht."

„Leonard Kump ist an einer Überdosis Insulin gestorben, die ihm jemand verabreicht hat…"

Ellebach ließ die Worte im Raum stehen und schaute Marga Morringer wieder forschend ins Gesicht.

„Damit habe ich nichts zu tun", stieß sie hervor. „Und Manfred Kump ist mein Halbbruder. Ich mache von meinem Recht Gebrauch, die Aussage zu verweigern!"

75

Erschöpft saßen Schaeffer, Caro, Ellebach und die Bulldogge im Besprechungsraum der Polizeiwache um einen Tisch herum. Dampfender Kaffee aus großen Pötten sollte ihre ermatteten Lebensgeister wieder beleben, was ihm allerdings nur in bescheidenem Umfang gelang. Josi Ellebach hatte für einen kleinen Berg belegter Brötchen gesorgt. Draußen neigte sich ein weiterer schöner Spätsommertag seinem Ende zu.

„Schöne Scheiße", brummte Ellenbach, während er kaute. „Die sind cleverer, als ich dachte!"

„Die haben sich sauber abgesprochen!", stimmte Schaeffer zu. „Jetzt haben wir zwei geständige Täter, und jeder will die Tat alleine begangen haben!"

„Aber sie haben doch gestanden!", warf Caro ein.

„Liebes Kind", knurrte die Bulldogge. „Die Brüder Kump geben beide zu, ihren Vater jeweils alleine ermordet zu haben. Das kann aber nicht sein! Entweder haben sie gemeinsam gehandelt, dann sind sie beide dran. Oder es war nur einer, und der andere gibt ihm ein Alibi, indem er selbst die Tatbegehung einräumt. In jedem Fall müssen wir *beweisen*, wer es war! Die Tatabläufe, die beide einräumen, können wir durch Ihre Ermittlungsergebnisse sicher untermauern. Was wir nicht können, ist, einen der beiden als Täter zu benennen oder auszuschließen. Wir haben ein klassisches Dilemma!"

„Aber sie haben doch gemeinsam die Leiche ihres Vaters an der Umgehungsstraße abgelegt."

„Das ist maximal Störung der Totenruhe."

„Und die Morringer?"

„Sie bleibt bei ihrer Aussage, dass sie in der Mordnacht nichts Außergewöhnliches bemerkt hat", sagte Ellebach. „Sie hat ein bombenfestes Alibi für die Tatzeit: Sie war bei der Arbeit! Das hat ihre Kollegin, die sie abgelöst hatte, bestätigt. Als Schaeffer und ich die Morringer am Montagmorgen in der Tankstelle angetroffen haben, wirkte sie ganz normal. Entweder ist sie besonders taff oder sie hat wirklich nichts mit der Sache zu tun. Jedenfalls können wir ihr auch nichts nachweisen."

„Die kriminaltechnische Untersuchung des Porsches hat auch nichts Belastendes ergeben. Am Lenkrad, dem Schalthebel und den Bedienknöpfen fanden sich die Fingerabdrücke von Leonard Kump, seinen beiden Söhnen und einer weiteren, bisher noch nicht identifizierten Person. Vielleicht stammen die von einem Wagenpfleger oder einem der Mechaniker aus der Werkstatt", referierte Schaeffer.

„Wir haben die Handys der Kump-Brüder untersucht", sagte Caro. „Sie haben am Sonntag um 21.43 Uhr tatsächlich miteinander per Handy telefoniert. Flamersheim und das Hahnenbergstor liegen allerdings in der derselben Funkzelle. Der entsprechende Funkmast steht auf dem Dach der ehemaligen Lederfabrik in Flamersheim. Im Nachhinein festzustellen, wer wann wo innerhalb der Funkzelle genau gewesen ist, ist leider unmöglich!"

„Und was sagt die Jeremenkova?", fragte die Bulldogge.

„Frau Mayntz und ich haben sie vernommen", erwiderte Schaeffer. „Sie verlangte ihren Anwalt. Nachdem sie sich mit dem beraten hatte, verweigerte sie die Aussage, weil sie fürchtete, sich selbst zu belasten."

„Wir haben das Telefon im ‚Club Aphrodies' untersucht. Tatsächlich ist von dort am vergangenen Samstag um 12.11 Uhr ein Anruf auf das Firmenhandy der Kumps getätigt worden" berichtete Caro. „Bei der Hausdurchsuchung haben wir auch etliche CDs sichergestellt, deren Inhalt die Kollegen vom K2 derzeit noch sichten. Die Kamera, die den Eingang zum Club filmt, war zur fraglichen Zeit allerdings abgeschaltet."

„Das Obduktionsergebnis der Rechtsmedizin in Bonn bestätigt das, was Dr. Kurth schon herausgefunden hatte", ergriff Ellebach das Wort. „Leonard Kump wurde mit einer Überdosis Insulin ermordet. Auf dem Insulin-Pen, den wir in Bembergs Häuschen gefunden haben, sind sowohl die Fingerabdrücke von Leonard Kump als auch von den beiden Brüdern Kump zu finden. Das reicht aber nicht, um ihnen die Tat als gemeinschaftlich begangen nachzuweisen. Und das Alibi von Cilli Kump stimmt auch. Sie war von Samstagnachmittag bis Montagmorgen in Herrenbegleitung im Hotel in Schalkenmehren. Den Namen ihres Begleiters wollte mir die Hotelinhaberin nicht nennen. Ich habe auch mit dem Nachtportier gesprochen. Der hat bestätigt, dass Cilli Kump das Hotel am Montagmorgen gegen vier Uhr verlassen hat."

„Das alles deutet auf ein planmäßiges Vorgehen hin", knurrte die Bulldogge und griff sich ein Brötchen vom Stapel. „Aber wir haben nichts in der Hand!"

Alle vier schauten sich ratlos an.

„Heißt das, wir müssen sie wieder laufen lassen?", fragte Caro verwundert.

Die Bulldogge zuckte mit den Schultern und biss herzhaft in ihr Brötchen. Im Besprechungsraum breitete sich betretenes Schweigen aus. Es klopfte an der Tür und einen Augenblick später betrat Johann Ludes, Ermittler beim K2, den Raum. Mit der linken Hand trug er einen aufgeklappten Laptop, in der rechten einen geöffneten Briefumschlag.

„Das sollten Sie sich ansehen!", sagte er und legte die Gegenstände vor Ellebach auf den Tisch.

76

Wie ein Kojote, der um ein Stück Aas herumstrich, das einem viel größeren Raubtier gehörte, war Klefges des Rest des Tages durch die Polizeiwache geschlichen und hatte versucht, hier und da ein Informationshäppchen aufzuschnappen. Als die Bulldogge ihn jetzt in Ellebachs Büro rufen ließ, jagten sich fieberhaft die Gedanken in seinem Kopf. Wollte sie ihn nach Abschluss der Vernehmungen nur umfassend informieren? Oder hatten sie etwas entdeckt, das ihn mit Kump in Verbindung bringen konnte? Mit gemischten Gefühlen öffnete er die Tür.

„Ah, der Landrat!", begrüßte ihn die Bulldogge, die neben Ellebach hinter dessen Schreibtisch saß. „Nehmen

Sie doch bitte Platz. Wir haben da noch ein paar Fragen an Sie."

Jovial wies sie auf den Besucherstuhl vor dem Schreibtisch. Klefges spürte, wie sich sein Herzschlag beschleunigte. Sie hatten Fragen! Mit banger Erwartung ließ er sich auf dem Stuhl nieder. Ellebach und die Bulldogge musterten ihn einige Augenblicke lang.

„Was sagt Ihnen der Name Shakira?", bellte ihm dann die Bulldogge entgegen.

„Shakira…? Wie kommen Sie jetzt darauf?"

„Im Zuge der Ermittlungen in der Leichensache Kump haben wir den ‚Club Aphrodies' durchsucht. Wir haben zahlreiche CDs sichergestellt, die Kunden des Clubs beim Sex zeigen. Eine davon ist mit „Pierre & Shakira" beschriftet. Was darauf zu sehen ist, brauche ich Ihnen wohl nicht zu erläutern…"

Klefges Gesicht färbte sich puterrot.

„Bitte, sagen sie nichts meiner Frau!"

„Herr Klefges", schaltete sich Ellebach ein, „es ist uns völlig egal, welche sexuellen Vorlieben Sie haben und wann, wo und mit wem sie sie ausleben. Uns interessiert in diesem Zusammenhang, ob Sie erpresst wurden. Von Leonard Kump oder Madlena Jeremenkova alias Marilyn und ob die Aufzeichnungen ihrer Besuche im Saunaclub als Druckmittel dazu genutzt wurden."

„Erpresst? Nein, ich wurde nicht erpresst."

Klefges war innerlich erleichtert, dass die Befragung in diese Richtung ging.

„Wo waren Sie am vergangenen Samstag?"

„Ich…?", kam die zögerliche Antwort. „Zu Hause!"

„Kann das jemand bezeugen?"

„Nein, ich war allein. Meine Frau und meine Tochter waren in Urlaub an der Nordsee. Sie sind am späten Sonntagabend zurückgekommen, und ich habe sie in Euskirchen am Bahnhof abgeholt. Wozu wollen Sie das wissen?"

Ellebach zog ein Schreiben aus einem Briefumschlag und legte es vor Klefges hin.

„Das sind Sie doch, auf den beiden Fotos, oder?"

Fassungslos starrte Klefges auf die Bilder aus der Radaranlage im Jagdbergtunnel bei Gera.

„Wo haben Sie die her?"

„Nun, wir haben nicht nur den ‚Club Aphrodies' durchsucht, sondern auch die Wohn- und Geschäftsräume der Kumps. Dieses Schreiben hier war in der Post, die an Leonard Kump adressiert war."

Klefges spürte, wie ihm der Schweiß ausbrach. Jetzt war eingetreten, was er mit aller Macht zu verhindern versucht hatte. Er hatte mit dem Leiter des Straßenverkehrsamtes telefoniert. Gera war zuständig für die Bußgeldbescheide an die Fahrer, die in die Radarfalle vor dem und im Jagdbergtunnel auf der A4 geraten waren.

Peter Klefges hatte ihm des Langen und des Breiten sein Anliegen erklärt. Dieser hatte allerdings für die Nöte eines Landrates aus der rheinischen Provinz kein Verständnis gehabt. Dabei hatte Klefges gar nicht verlangt, dass die Radarfotos von seiner Tour nach Görlitz vernichtet würden. Er wollte nur, dass sie an ihn als Fahrer geschickt wurden, damit er das allfällige Bußgeld diskret entrichten konnte, ohne dass jemand etwas davon mitbekam. Er hatte gebettelt und gedroht – nichts!

„Wir schicken den Bußgeldbescheid mit einem Anhörungsbogen an den Fahrzeughalter. Wenn dieser nicht der Fahrer war, der auf den Fotos zu erkennen ist, kann er uns Angaben zu dieser Person machen, und wir veranlassen auf dem Dienstweg, dass dieser dann in die Pflicht genommen wird."

„Aber der Halter ist verstorben", hatte Klefges eingewandt.

„Dann müssen seine Erben dafür einstehen", hatte der sture Beamte erwidert.

Auf dem Dienstweg! Wer wandelte schon auf *dem*? Der war doch mit lauter Stolpersteinen gepflastert! Peter Klefges wäre nicht dort, wo er jetzt war, wenn er sich immer an den Dienstweg gehalten hätte.

In seinen jungen Jahren hatte er es im Bauamt der Stadt Euskirchen mit einem Vorgesetzten zu tun gehabt, der nach der Maxime verfuhr: Nur wer den Dienstweg kennt, kann ihn umgehen. Und so war mit rheinischer Geschmeidigkeit so manches Bauvorhaben umgesetzt worden, das auf dem Dienstweg bis heute noch nicht fertiggestellt worden wäre. Diese Haltung hatte Klefges verinnerlicht. Wie sonst wäre Leonard Kump seinerzeit zu seinem Grundstück an der Umgehungsstraße in Flamersheim gekommen? Dem ostdeutschen Kollegen war eine solche Mentalität offenbar fremd.

Ellebach legte nach.

„Was war denn in dem Aktenkoffer, den Sie in Görlitz in Empfang genommen haben?"

„Aktenkoffer?"

„Herr Klefges, strapazieren Sie nicht unnötig unsere Geduld", knurrte die Bulldogge. „Die Deutsche Bahn lässt das Bahnhofsgebäude in Görlitz mit Kameras überwachen. Die Kollegen von der dortigen Bundespolizei waren so freundlich, uns die Aufzeichnungen vom vergangenen Sonntagmorgen zukommen zu lassen. Möchten Sie sie sehen?"

„Was sagt Ihnen die Adresse ‚Freudenblick' in Loch?", holte Ellebach zum nächsten Schlag aus.

Der feiste Landrat schwitzte jetzt aus allen Poren. Die Puterröte seines Gesichts hatte sich zu einer Leichenblässe gewandelt, und er müffelte säuerlich. Von dem allmächtigen Hans Dampf in allen Gassen war nur mehr ein Häufchen Elend übrig, das sich in seinen selbstgezogenen Strippen hoffnungslos verheddert hatte. Ellebach tat er fast schon ein bisschen leid.

„Ich glaube, Sie rufen jetzt besser Ihren Anwalt an!"

Epilog I

2015 - 2016

Nach seiner Vernehmung war Peter Klefges in Untersuchungshaft genommen worden. Der Haftrichter hatte die von der Bulldogge vorgebrachte Verdunkelungsgefahr bejaht. Im Tresor seines Dienstzimmers hatten die Ermittler unter anderem einen Chronometer der Marke „Glashütte Senator Navigator" sichergestellt, der anhand der im Uhrenboden eingeschlagenen Fabrikationsnummer eindeutig Leonard Kump zugeordnet werden konnte. Klefges hatte sie als seinen Anteil für die Überführung des Porsches nach Görlitz bekommen.

Kurz nach Bekanntwerden seiner Verstrickung in den Fall Kump hatte seine Partei ihn fallengelassen wie eine heiße Kartoffel. Alte Seilschaften funktionierten nicht mehr. Jeder sah zu, dass er so weit wie möglich auf Distanz zu Klefges ging.

Die Landratswahl war für die Partei trotzdem verlorengegangen. Im Kreishaus regierte nun eine parteilose Landrätin, die mithilfe der Ökopartei und des Wählerbündnisses „Freie KreisBürger (FKB)" ins Amt gekommen war.

Auch seine Familie hatte sich von Klefges abgewandt. Seine Frau hatte die Scheidung eingereicht, das Verhältnis zu seiner Tochter konnte getrost als nicht mehr vorhanden bezeichnet werden.

Im Frühjahr 2015 war Klefges vor dem Landgericht Bonn wegen Bestechlichkeit, Amtsmissbrauch, Hehlerei und Unterschlagung der Prozess gemacht worden. Das Urteil lautete auf drei Jahre und sechs Monate, ohne Bewährung. Die Untersuchungshaft wurde auf das Strafmaß angerechnet. Nach Verbüßung eines Drittels der Strafe und guter Führung wurde Klefges in den offenen Vollzug der JVA Euskirchen verlegt. Sein Anwalt hatte ihm eine Anstellung bei einem Architekturbüro in Weilerswist verschafft, das händeringend nach Bauingenieuren suchte. Sein erstes Projekt war der Umbau eines ehemaligen Saunaclubs am Ortsrand von Schweinheim in eine Ferienwohnungsanlage.

Madlena Jeremenkova war ebenfalls in Untersuchungshaft genommen worden. Ihr Prozess wegen Vertuschung einer Straftat, Hehlerei und Begünstigung der Prostitution fand kurz nach dem Prozess von Klefges statt. Sie hatte gesungen wie ein Vögelchen und ihre Verbindungen zu Leonard Kump und Peter Klefges offengelegt.

Das hatte sich positiv auf ihr mildes Strafmaß von zwei Jahren und vier Monaten ausgewirkt, die Untersuchungshaft wurde auch hier angerechnet. Bei der Hausdurchsuchung im „Club Aphrodies" und ihrer Wohnung waren handfeste Hinweise aufgetaucht, dass sie die Kunden des Club nicht nur heimlich beim Sex gefilmt, sondern dieses Material auch zu einträglichen Erpressungen genutzt hatte. Aus verständlichen Gründen hatte jedoch keiner der Betroffenen jemals Anzeige erstattet, und so blieben diese Verbrechen ungesühnt. Die erpressten Gelder wurden nie gefunden. Über deren Verbleib schwieg die Jeremenkova eisern. Einzig der Aktenkoffer mit den 20.000 Euro aus dem Verkauf von Kumps Porsche wurde bei ihr sichergestellt.

Mit Klefges Hilfe hatte sie am Waldrand in Loch ein leerstehendes Wohnhaus erwerben wollen, um es in einen Luxus-Saunaclub umzuwandeln. Sie wollte sich damit von Leonard Kump emanzipieren. Die 20.000 Euro wären ein gutes Startkapital gewesen.

Klefges Part sollte sein, mithilfe seiner Kontakte, die auch in den benachbarten Rhein-Sieg-Kreis reichten, den Weg für das Geschäft zu ebnen. Er sollte dafür als stiller Teilhaber an den Geschäften beteiligt werden.

Ein entsprechender Vertragsentwurf war bei der Durchsuchung der Wohnung der Jeremenkova sichergestellt worden. Und allein schon die Anschrift des geplanten Etablissements wäre Reklame gewesen, die für sich sprach! Die Anwohner der Straße „Freudenblick", an der das Haus lag, waren, bis es im Prozess öffentlich wurde, völlig ahnungslos gewesen, welcher Kelch da an ihnen vorübergegangen war.

Im Sommer des Jahres 2016 sah Madlena Jeremenkova mit gemischten Gefühlen ihrer vorzeitigen Entlassung aus der Frauenhaftanstalt Willich II in Anrath entgegen, da ihr anschließend die Abschiebung in ihre tschechische Heimat drohte.

Karl Zymler hatte man keine kriminellen Verfehlungen nachweisen können. Sein Versagen hatte im Kadavergehorsam gegenüber Klefges bestanden, das ihn für eine leitende Position in der Behörde disqualifizierte. Nach Abschluss der Ermittlungen hatte Zymler sich einem Disziplinarverfahren gegenübergesehen, an dessen Ende die Rückstufung um eine Besoldungsgruppe sowie um eine Dienstaltersstufe stand. Er wurde in die Direktion Verkehr des Bonner Polizeipräsidiums versetzt und verrichtete nun Dienst als Sachbearbeiter für Verkehrsunfälle im VK2 in Meckenheim.

Manfred und Karl-Heinz Kump wurden vor eine große Strafkammer des Landgerichts Bonn gestellt, obwohl die Anklage von Beginn an auf tönernen Füßen stand. Oberstaatsanwältin Ernestine Kirchberger, die Bulldogge, hatte den Fall mit dem Vermerk, dass ein Täter nicht eindeutig zu ermitteln sei, zu den Akten legen wollen.

Der Generalstaatsanwalt in Bonn war anderer Meinung gewesen und hatte den jungen Staatsanwalt Kevin Paulus mit der Vertretung der Anklage beauftragt. Der ging mit Verve an die Arbeit. Er konstruierte eine Anklage wegen gemeinschaftlich begangenen Mordes gegen die Brüder Kump. Seine in der Verhandlung an den Tag gelegte nassforsche Art beeindruckten Ferdinand Mercklinghaus und Mathias Barion, die Verteidiger der Kumps, in keiner Weise. Sie waren die besten Strafverteidiger, die man in Bonn für Geld bekommen konnte, und sie zerpflückten die Anklageschrift nach allen Regeln der Kunst. Auf ihr Anraten hin blieben Karl-Heinz und Manfred Kump eisern bei ihren Aussagen, die sie vor der Polizei gemacht hatten.

Die Reitlehrerin Friederike Hermagen konnte auch im Zeugenstand nicht mit letzter Sicherheit sagen, wer den Lieferwagen gesteuert hatte, den sie im „Club Aphrodies" hatte vorfahren sehen. Die beiden Ehefrauen der Angeklagten, Veronika und Gabriele, trugen auch nichts zur Wahrheitsfindung bei. Sie hatten von Anfang an von ihrem Aussageverweigerungsrecht Gebrauch gemacht.

Cilli Kump hatte die Aussage, die sie bei Ellebach gemacht hatte, widerrufen und machte fortan ebenfalls von ihrem Aussageverweigerungsrecht Gebrauch. Für die Tatzeit hatte sie ein unwiderlegbares Alibi.

Keinem der beiden Brüder konnte letztendlich die gemeinsame oder alleinige Täterschaft am Mord an ihrem Vater nachgewiesen werden. Gleiches galt für den Vorwurf der unterlassenen Hilfeleistung, der mitverhandelt wurde.

Der Vorsitzende der Strafkammer würdigte ausführlich die Indizienlage und führte in seiner Urteilsbegründung sehr deutlich aus, dass er die beiden Brüder sehr wohl für die Mörder ihres Vaters hielt. Da aber der letzte Beweis fehlte, wandte er den Rechtsgrundsatz „in dubio pro reo" an und erkannte auf Freispruch aus Mangel an Beweisen.

Dem Autohaus Kump hatte die ganze Affäre in keiner Weise geschadet. Natürlich hatte die Gerüchteküche im

Dorf auf hoher Flamme gekocht, aber nach gewisser Zeit fielen die Verdächtigungen und Mutmaßungen in sich zusammen wie ein Soufflé, das man zu schnell aus dem Ofen geholt hatte. Wo hätten die Leute auch hingehen sollen? Die nächsten Werkstätten, die einen vergleichbaren Service geboten hätten, fanden sich in Euskirchen, Rheinbach oder Bad Münstereifel.

Manfred Kump war mit der Bilanz des Jahres 2015 mehr als zufrieden, und es sah nicht so aus, als würde sich in Zukunft viel daran ändern. Und nach Leonard Kumps Tod hatte sich das Betriebsklima in der Werkstatt spürbar verbessert. Niemand weinte dem Alten eine Träne nach.

Marga Morringer war zurück nach Köln gegangen und versuchte, ihr Leben wieder in Ordnung zu bringen. Sie trug schwer an ihrer Schuld. Erleichterung fand sie erst, als sie sich in der Beichte einem katholischen Priester anvertraut hatte. Der hatte ihr geraten, sich den Behörden zu stellen, wovon sie aber absah. Sie verspürte trotz allem wenig Neigung, hinter Gittern zu landen und ihrer Pension verlustig zu gehen.

Nach einigen Monaten des Haderns löste sie schließlich ihre Wohnung auf und verkaufte, was sie nicht brauchen konnte. Den Kump-Brüdern war ihr Schweigen 100.000 Euro wert gewesen, die Marga Morringer zum Teil in den Kauf einer kleinen Finca auf La Gomera steckte. Den Rest legte sie auf die hohe Kante. Man konnte ja nie wissen. Von ihrer Pension würde sie auf der Kanareninsel auskömmlich leben können. Sie kehrte Deutschland für immer den Rücken.

Mit Ablauf des 31.08.2014 war Jodokus Ellebach in den Ruhestand versetzt worden. Am darauffolgenden Montag klagte er beim Frühstück über Enge in der Brust und stechende Schmerzen im linken Arm. Er schwitzte stark, und sein Teint war blass.

Gegen seinen Willen („Nein, keinen Arzt, das geht bestimmt gleich vorbei!") hatte Josi unverzüglich 112 gewählt und ihm damit wahrscheinlich das Leben gerettet. Die Rettungswagenbesatzung schrieb ein EKG, das den Verdacht auf einen Hinterwandinfarkt bestätigte. Im Marienhospital Euskirchen wurde sofort eine Herzkatheterbehandlung durchgeführt, die den Gefäßverschluss fast vollständig rückgängig machte.

Es folgte ein Reha-Aufenthalt in der Eifelhöhenklinik in Marmagen, und Ellebach wurde dort klargemacht, dass er dringend seinen Lebensstil ändern musste. Er sollte sich mehr bewegen und mindestens 25 Kilo abspecke – Wasser auf Josis Mühlen, die ihm seit Jahren mit ihrer Forderung, er solle Sport betreiben, in den Ohren lag.

„Das war ein Wink mit dem Schicksal!" konstatierte sie und übernahm fortan die Regie in Ellebachs Leben, diktierte seinen Speiseplan („Mittelmeerdiät!") und wachte über seine körperlichen Aktivitäten.

Unter dem Weihnachtsbaum fand er ein Fitness-Armband vor, das Josi ihm mit großer Geste anlegte. Fortan sollte er täglich mindestens 7000 Schritte tun. Schummeln war unmöglich! Wenn er eine Stunde lang inaktiv war, machte ihn das Armband mit einem Summen und Vibrieren auf sein Bewegungsdefizit aufmerksam.

Das kaum benutzte Sumo-Fahrrad wurde verkauft und stattdessen bekam Ellebach ein Elektrorad mit tiefem Einstieg. Mindestens drei Mal wöchentlich sollte er mindestens je 20 Kilometer fahren. Akribisch überwachte Josi den Tachostand. Die Ausfahrten auf seiner geliebten „Bella" wurden auf einmal wöchentlich limitiert, nämlich auf den Tag, an dem Josi im Tennisclub aktiv war.

Dieser Tag stellte das Highlight in Ellebachs Pensionärsdasein dar. Er stülpte sich dann seinen altmodischen Halbschalenhelm über, startete die „Bella" und ließ sich den Wind um die Nase wehen. Fast immer trug dieser Wind ihm den unwiderstehlichen Duft von Gegrilltem entgegen, und Ellebachs erster Weg führte ihn meistens zum Hit-Markt in Euskirchen, auf dessen Parkplatz ein fahrbarer Hähnchengrill seinen Standplatz hatte. Selig knabberte er das Fleisch bis aufs Gerippe ab. Die Fitness-Polizei musste nicht alles wissen!

Häufig führte ihn sein Weg aber auch an die Ahr. Im „Hotel zur Linde" in Schuld war ein gern gesehener Restaurant-Stammgast. Auf dem Weg dorthin machte Ellebach manchmal einen Abstecher zum Friedwald oberhalb von Iversheim. Unter einer Buche hatte sich hier Peter Eicks bestatten lassen, nachdem er im November 2014 überraschend das Zeitliche gesegnet hatte.

Ellebach lehnte sich gerne mit dem Rücken an den Stamm und ließ dann seine Gedanken schweifen. Sollte das jetzt sein Leben sein? Unter ständiger Kuratel der Fitness-Polizei?

Irgendwie fehlte ihm sein Beruf. Oder zumindest eine sinnvolle Beschäftigung, die nichts mit Sport und Bewegung zu tun hatte. Ein Fall, ja, ein Fall – nix Dolles, einfach was Kleines zum Ermitteln! Das wär's! Vielleicht sollte er sich als Privatdetektiv versuchen? Das Schrauben an seinen geliebten Oldtimern machte ihm seit einiger Zeit auch keinen rechten Spaß mehr. Wurde er etwa depressiv?

Das Summen und Vibrieren des Fitness-Armbands riss ihn aus seinen Gedanken. Er war eine ganze Stunde inaktiv gewesen! Rein körperlich, denn geistige Aktivität maß der kleine Quälgeist nicht.

Mit einem Griff löste Ellebach das Armband und befestigte es um den Lenker der „Bella". Er stieg auf und ließ den Motor an. Die Vibrationen des Zweitakters würden den Schrittzähler ordentlich auf Trab bringen!

Epilog II

Samstag, 13. August 2016

Ohne von der Frühstückslektüre der „Voreifel-Post" aufzusehen, hielt ein deutlich erschlankter Jodokus Ellebach seine geleerte Kaffeetasse Josi hin, die ihm am Frühstückstisch im Innenhof ihres Bauernhauses gegenübersaß.

Es versprach, ein warmer Sommertag zu werden, und so frühstückten sie im Freien.

„Kann ich noch was kriegen?", brummte er

„Zuviel Kaffee ist ungesund!", kommentierte sie, füllte aber gleichwohl seine Tasse.

Ungesund! Dieses Wort hörte Ellebach bei jeder sich bietenden Gelegenheit. Zuviel Butter auf dem Brötchen: ungesund! Leberwurst: ungesund! Das Frühstücksei: ungesund! Schweinekotelette mit leckerem Fettrand: ungesund! Reibekuchen mit Rübenkraut: ungesund! Ein Bierchen am Abend: ungesund! Ungesund, ungesund, ungesund!

Wenn man Ellebach nach dem Unwort des Jahres gefragt hätte, die Antwort wäre klar gewesen: Ungesund! Dabei war das ganze Leben ungesund und endete stets mit dem Tode.

Ellebach wusste, dass es sinnlos war, sich mit seiner Frau darüber zu streiten. Stattdessen vertiefte er sich wieder in seine Lektüre.

Ein Artikel auf der Lokalseite fesselte besonders seine Aufmerksamkeit:

Grausige Funde in der „Hallekul"
Von Johannes Burdtscheidt

Flamersheim. *Gestern Vormittag förderte der Landwirt Bernhard K. aus Kirchheim beim Pflügen seines Ackers zwischen Flamersheim und Kirchheim einen grausigen Fund zutage: Zwei Totenschädel sowie einige menschliche Skelettteile.*

Er verständigte umgehend die Polizei, die unter der Leitung von Kriminalhauptkommissar Lothar Schaeffer, dem Leiter des Kommissariats 1 der Polizeiinspektion Euskirchen, die Fundstelle inspizierte. Dabei wurden weitere Skelettteile gefunden, die alle der Rechtsmedizin der Uni Bonn zur weiteren Untersuchung zugeleitet wurden.

Über das Alter der gefundenen Skelettteile könne er im Moment ebenso wenig sagen wie darüber, ob die Toten einem Verbrechen zum Opfer gefallen seien, sagte Hauptkommissar Schaeffer dieser Zeitung.

Bernhard K. gab an, Mitglied im Geschichtsverein Euskirchen zu sein. Er wusste zu berichten, dass im Mittelalter an der Fundstelle eine Richtstätte existierte, an der die vom Flamersheimer Gericht ausgesprochenen Todesurteile vollstreckt wurden. Damals war Flamersheim der Hauptort der Herrschaft Tomberg. Die Grafen von Tomberg übten die Gerichtsbarkeit aus. Der Marktplatz von Flamersheim diente als Gerichtsplatz.

Ursprünglich fanden die Verhandlungen dort im Freien statt, später dann in einer Gerichtshalle, dem Dinghaus. Wo die Landstraße nach Kirchheim anzusteigen beginnt, stand in einer Senke einst das Hochgericht, der Galgen. Im Volksmund war die Stelle als „Hallekul" bekannt, die Kuhle, in der die Urteile, die das Gericht in der „Halle" – dem Dinghaus – gesprochen hatte, vollstreckt wurden. Der Scharfrichter fungierte in Personalunion auch als Abdecker, der die sterblichen Überreste der Hingerichteten im Umfeld des Richtplatzes verscharrte.

„Vielleicht habe ich mit meinem Pflug ein paar der armen Teufel aus der Erde geholt, die damals hier hingerichtet worden sind", mutmaßte Bernhard K.
Handelt es sich bei den gefundenen Skelettteilen also um Tote, die schon seit Jahrhunderten in der Erde ruhten? Oder sollte hier ein Tötungsdelikt vertuscht werden, dass sich in neuerer Zeit zugetragen hat? Steht der Fund vielleicht im Zusammenhang mit den Ritualmorden, die den sogenannten „Teufelsbündnern" nachgesagt wurden, die bis vor einigen Jahren im ehemaligen Kloster Schweinheim ihr Unwesen trieben? Es hieß, dass seinerzeit bei der Polizei mehrere Menschen als vermisst gemeldet worden waren, deren Verbleib nie aufgeklärt worden ist.

Kriminalhauptkommissar Schaeffer wollte sich auf derlei Spekulationen nicht einlassen. Er verwies auf die ausstehenden Untersuchungen der Rechtsmedizin und kündigte an, eine Pressekonferenz abzuhalten, sobald Ergebnisse vorlägen.

„Was liest du da gerade?"; fragte Josi schließlich, durch seine gelegentlichen „Hm" und „aha" aufmerksam geworden. Ellebach las den Artikel zu Ende und reichte seiner Frau dann die Zeitung.

Neben dem Bericht war ein Foto von Schaeffer und Bernhard K. abgebildet, die mit ausgestreckten Armen auf die Fundstelle wiesen. Im Hintergrund des Fotos sah man eine junge Frau in Hot Pants und einer asymetrischen Frisur, die am Boden kniete und offenbar ein Fundstück näher untersuchte.

„Guck mal, die Caro!", rief Josi aus. „Und der Lothar! Der sieht sogar in Gummistiefeln aus wie aus dem Ei geleckt!"

Ellebach brummte etwas in sich hinein, das sich wie „Na und?" anhörte. Dann stand er auf und holte sein Elektrorad aus dem Schuppen.

„Ich dreh' mal `ne Runde!" informierte er Josi kurz und knapp, und fuhr, ohne eine Antwort abzuwarten, davon.

Dank

…an meine Frau Marion, für ihre kriminelle Beratung, das erste Lesen des Manuskripts, ihre Anregungen sowie für ihre Geduld und Toleranz, wenn ich Stunde um Stunde vor dem PC verbrachte, um diese Geschichte niederzuschreiben.

…an meinen Freund Jacki, meine Kusine Marianne und an meinen Bruder Wilfried, die als Testleser fungierten und mir wertvolle Hinweise auf Ungereimtheiten im Text gaben.

… ganz besonders an Ute Gentgen für ihr adleräugiges Korrekturlesen. Sie hat mir auch nicht den kleinsten Fehler durchgehen lassen.